小醫女的逆襲 2

墨櫻 著

風
文創
411

目錄

第十四章

午後，將秦長瑞扶進新鋪好的床鋪上，又將陳懷敏託付給他照看，陶氏便帶著陳悠三姊妹將家中裡裡外外洗掃一遍，一大下午，幾人忙得團團轉，總算將「被水泡過的」破舊小院和三間屋收拾出個樣子來。陶氏還從未這樣一刻不歇地幹過活兒，簡直是累得腰痠背痛，三個小傢伙也滿臉疲色。

陶氏去給秦長瑞煎藥時，陳悠不經意瞥了一眼唐仲留下的藥包，只剩下兩、三個了。按著一日一包的量，也頂多支撐三日。現在家中只怕是沒有餘錢來抓藥，她配方子是沒問題，藥田空間裡一般的草藥也有，只是怎麼向雙親解釋就是個難題了。

陳悠一邊做飯，一邊在想著這件事。如今暫且算是安定下來，她也能夠找機會看看陳懷敏的病情，許是自幼生病，陳懷敏已經四歲了，話都說不清晰，精神也比一般同齡孩子差上許多。

傍晚時，一家人匆匆用過晚飯，陳悠正帶著阿梅、阿杏查看她們前些日子開墾出的菜地，由於暮春的這場大雨，剛栽下不久的菜苗被淋壞了許多，種下的蘿蔔種子也未生幾個。

「大姊，菜都死了……」阿梅傷心地道。

陳悠也未想到林遠縣的氣候是這樣，她前世與草藥打交道二十來年，不管是草藥種植還是炮製都可以說是得了祖父的真傳，種這點菜種子自然也不在話下，可有時人算不如天算，一場大雨就把這小塊菜地給禍害了。

陳悠用手中的小鐽子將歪斜的苗扶正，又從密集的地方挖幾株補在稀疏的地方，才轉頭刮了下兩個小傢伙的鼻子。「怕啥，今天不是分家了嗎？前院的菜園子也有我們家一份，等明兒從前頭菜園子移幾株來補上。」

阿梅和阿杏兩個小包子才開心地笑起來，念叨著問陳悠前院的菜園裡種了什麼菜。

陳悠低頭看到阿梅、阿杏破了口子的布鞋，還有一身補丁套補丁的灰色葛布衣，眉頭皺得更緊。兩個小傢伙的鞋子要換了，這布鞋壞成這樣，穿和沒穿根本沒什麼區別。她們經常跟著她在村後頭的山頭上跑，可不能光腳。衣裳可以再將就一段時日，換鞋卻是當務之急。

另外，想要陳永新的身體快些恢復，還要給他做一些有營養的吃食，陳懷敏的身子也需要調理，這一樁樁、一件件哪個不需要錢。摸了摸衣袋裡藏著的十幾文錢，陳悠更堅定了賺錢的決心。

想到這裡，她就想到每次藥田空間升級所給的獎勵，若是下一次藥田空間升級能獎勵一些稀有藥材，那也能解了他們家這當口的燃眉之急。眼下，另一件要快速著手做的事便是給陳懷敏看診，並且讓他的病情短時間內有起色。

陳悠在心中想了個大概，等陶氏替秦長瑞煎完藥，天色已經黑沈。如今，他們真可說是一貧如洗，洗漱過後，一家人全早早上床歇下了。

陳悠等阿梅、阿杏、陶氏睡著後，默唸靈語進了藥田空間，收拾了藥田空間裡的部分草藥後才睡下。

陳悠大清早去東屋送朝食，見陳永新已經起床，靠在床頭不知道在想什麼，身邊的陳懷敏還在沈睡。自從確定陳永新被換了芯兒後，她就有些害怕見到他，因他周身散發出的氣息總是讓人感覺危險。

陳悠小心地將一碗濃稠些的白米粥放在他的床邊。「爹，吃早飯了。」

秦長瑞被喚回神，轉過頭，盯著低頭的陳悠看了良久，才應了一聲，端起碗吃了起來，他扒拉兩下碗中的稀粥，看到碗底還埋著一顆水嫩嫩的白煮蛋。他嘴角微微揚了揚，口中卻沒有多說什麼。

由於他的沈默，讓陳悠的緊張消散了些，她朝床裡側瞅了瞅，見瘦弱的陳懷敏被裹在小被子中，只露出一張乾瘦的臉來。

陳悠鼓了鼓勇氣才敢開口。「爹，您一會兒吃完還要休息，我抱著小弟去西屋睡一會兒，等他醒來便直接給他洗漱。」

秦長瑞拿著筷子的手一停，抬頭看了陳悠一眼，又低頭掩蓋了眼底的疑惑。

聽不到他說話，陳悠心也越來越沈，不知道陳永新這個身體的新住民對她是怎樣的看法？

正當陳悠想要打退堂鼓時，一句話飄到了她的耳邊。「抱過去吧，只是妳人小，小心著些。」

陳悠沒想到秦長瑞會同意，有些驚訝地抬起頭看他一眼，卻與他深沈的目光對視，連忙又低下頭來。等到將陳懷敏抱在懷中時，陳悠真的想感慨一句，陳懷敏真是太輕了！一個已經四歲的小男孩，估摸著只有兩歲兒童的體重。

秦長瑞盯著陳悠抱著陳懷敏走出東屋的幼小背影，眸色深深。

陶氏拿著剛補過的衣裳從外頭進來，瞧見丈夫一臉若有所思，便走到床邊坐下，奇怪地問道：「永凌，怎麼了？」

秦長瑞才收回目光，猶豫了一下，放下手中的碗筷，抬頭看著妻子。「文欣，妳這幾日有注意過阿悠嗎？」

陶氏疊著手中的粗布衣裙，聞言抬頭看了夫君一眼。「阿悠啊，這孩子早熟，平日裡確實比一般孩子心思重些，也盡心照顧著阿梅、阿杏，只是心思還太過簡單。怎麼，永凌你問這些幹麼？」

「我總覺得阿悠還有什麼事情在瞞著我們，這兩日，妳仍然在西屋陪著幾個閨女睡，平日裡注意注意阿悠都在做什麼。」秦長瑞叮囑道。

不是他不放心陳悠，而是他擔心陳悠，一個才十歲的孩子過早懂事，實在是讓人心疼，特別現在還是他秦長瑞的女兒，任何人都可以受委屈，就是他的閨女不行！

陳悠不知道她已經引起秦長瑞的注意，將陳懷敏放在西屋臺子床上，阿梅、阿杏驚訝地圍過來，她們很少見到陳懷敏，以前是因為吳氏的阻攔，後來是因為家中麻煩事接連不斷。如今幼弟就在身旁，阿梅和阿杏也帶了一絲歡喜。

陳悠拉過被子蓋在陳懷敏的身上，一隻手卻趁著兩個小傢伙不注意，伸進被子裡捏住陳懷敏的手腕脈搏。

阿梅仔仔細細觀察陳懷敏，陳懷敏雖然瘦弱，但是那種小孩子的氣息還是存在的，光滑幼嫩的皮膚、睡著時微微嘟起的粉潤小嘴，還有鬈鬈翹翹的睫毛。不得不說，陳永新夫婦生的這幾個孩子，不管是男娃還是女娃，模樣都不錯，也怪不得吳柳英想要將阿梅、阿杏過繼回去了。

「大姊，四弟好瘦好小，但是好可愛。」阿梅壓低聲音抬頭對著陳悠笑嘻嘻道。旁邊的阿杏也忍不住，探出小手想要戳一戳陳懷敏的臉頰，被陳悠攔住。

「阿杏，現在不要碰弟弟，會把他吵醒的。」陳悠笑著摸了摸阿杏軟軟的頭髮。

阿杏連忙收回手，抬起一雙亮亮的猶如黑曜石的眼睛，難得說了一句話。「大姊，等弟弟醒了，我們可以陪他玩嗎？」

「當然行，妳們是當姊姊的，要照顧好四弟，可知道了？」

阿梅和阿杏連忙保證般地用力點頭。

陳悠欣慰一笑，即便是當初吳氏那樣對她們，或許是血緣關係使然，阿梅和阿杏竟然對四弟陳懷敏沒有一點一滴的排斥。不但如此，還願意以後照顧他。陳悠為了兩個小包子那份絲毫沒有被毀壞的純真和真摯感到高興。

不過片刻，陳悠的笑容就僵在了臉上。

端直而長，挺然指下，如按琴弦。陳懷敏這脈象乃是弦脈，而且隱隱還有三脈形。現今沒有聽診器和一些化驗來輔助，陳悠一時也判斷不出陳懷敏這病症到底嚴重到什麼程度。只是號脈初診，可以初步推斷陳懷敏得的是小兒肺炎。這種病可大可小，後面的確診還有待進一步的觀察，現在陳懷敏的脈象氣機不利，脈道拘急，而且平日裡咳嗽嚴重，濃痰堵塞，這是愈加嚴重和惡化的徵兆。

如果不及時採取救治措施，最終會導致肺、心功能衰竭，那時可真是藥石無醫了。

小兒肺炎容易反覆發作，不但要治標更要治本。陳懷敏身體太過虛弱，日後病好後，也不能成日裡待在家中，應該要勤於鍛鍊。

陳悠心中已經對陳懷敏病情瞭解了大概。孩子與老人一樣，腸胃柔弱，而且她也不能光明正大地給陳懷敏服藥，那樣只會讓人懷疑。家中現在是她掌廚，最好的辦法就是給陳懷敏食療。

食療藥性溫和，對陳懷敏的身體也有助益。陳悠這麼想時，陶氏拎著半桶水進了西屋，將水倒入水缸中，才看向孩子們。

「懷敏還沒醒？」陶氏問道。

陳悠被陶氏的話打斷思考，連忙回道：「嗯，四弟還睡著。娘，我去給四弟做些吃的，他年紀小，不能餓肚子。」

陶氏笑著點頭，還開玩笑地說：「等哪一日娘恢復記憶了，再給你們做好吃的。」

陶氏一句話讓三個小姑娘臉色都變得奇怪。

稍後，由兩個小包子打下手，陳悠很快就做好了陳懷敏要吃的藥膳。蔥白、大米和生薑片熬出暖糯濃香的稠粥，其中也就只有這種吃食最是適合，陳懷敏的病情還需觀察，等到後面確診，她再配合適的方子。

陶氏得了夫君囑託，便時不時開始注意陳悠的動作，直到瞧見陳悠給陳懷敏煮的粥，陶氏才恍然發覺，似乎這小妮子每次做飯都會加各種奇奇怪怪的東西。

陶氏前世也算得上是高門貴女中的才女，家中藏書眾多。那時，她與上位者走得近，自然也對這食療一源略懂皮毛。雖然不懂陳悠在食物中加旁的東西有什麼具體功效，但陶氏卻是知道，這其中大有學問。

陳悠將粥做好後不久，陳懷敏就醒了過來。

一睜開眼，就見到旁邊有兩個一模一樣的腦袋，他最先還有點反應不過來，等到阿梅高興地喊陳悠時，陳懷敏才想起這是他的二姊和三姊。

陳懷敏因為身子弱，長年被吳氏關在家中，有點像是變相囚禁，吳氏又不許三姊妹與他接觸，小孩子雖然也聽母親的話，可每當看到大姊拉著二姊和三姊的小手一同出門，就羨慕得不行。加上他身子實在是瘦弱不堪，長年咳嗽，四歲的毛頭小子就變得格外內向，見到誰都不願意說話，所以直到如今，陳懷敏說話都咬字不清、發音不準。

任何一個孩子都期望有個同齡玩伴的，長得一模一樣的二姊和三姊還是第一次與他這麼親密接觸，陳懷敏醒來後第一次沒有哭嚎，而是咧開嘴甜甜地笑起來。

「大姊，快看，四弟對我們笑呢！」阿梅高興地險些手舞足蹈。

陳悠無語地白了她一眼，將擰好的濕布巾拿在手中走過來。「四弟都四歲了，又不是剛出月子的奶娃，笑有什麼奇怪！快幫我把四弟扶起來。」

阿梅俏皮地吐吐舌頭，與阿杏合力將陳懷敏小心翼翼地扶坐在床上，陳懷敏身上瘦得都能摸到一根根小骨頭，阿梅和阿杏手上都不敢用勁，生怕弄痛了幼弟。

陳悠走到陳懷敏身邊，陳懷敏好奇地一直睜眼瞧著她，然後還出乎意料地叫了聲大姊。陳悠不由得抿嘴笑起來，還好，這個小傢伙沒被吳氏給帶歪。

這還是第一次與三個姊姊如此近距離相處，陳懷敏新奇地瞧著圍在身邊的姊姊們，難得露出笑容來。

由阿梅、阿杏替陳懷敏穿衣洗漱，陳悠親自給小傢伙餵了藥膳。陳懷敏第一次被姊姊們這麼周到照顧，小孩童一直抿著嘴巴羞澀地笑著。用過藥膳後，阿梅和阿杏兩姊妹甚至還帶著陳懷敏去小院裡轉了一圈，陳懷敏平日裡顯然缺乏運動，只是兩刻鐘的時間，小傢伙就氣喘吁吁。

過了巳時，家中的事情忙得差不多了，陳悠知會一聲陶氏便去了村後頭的山頭。

陶氏眉頭皺了皺，但攔阻的話她還是沒說出口，將陳悠三姊妹送到院門處，叮囑她們，讓她們早些回來。

阿梅阿和杏今日心情格外的好，兩人手牽手跟在陳悠身後，還小聲哼著童謠。

陶氏瞧著燦陽下三個閨女小小的身影，心中竟然有一種很奇怪的滿足感。可是她的視線一移，瞥見兩個小傢伙腳上破得幾乎不能再穿的布鞋時，剛剛綻在嘴角的笑容就僵住了。

下午陶氏將家中打掃後，又細細整理了一遍，發現家中竟然連一個銅板都沒有，吳氏原身也只剩下兩支不值錢的銅釵子。陶氏沒想到這個家一貧如洗成這樣，饒是她主意再多，心眼如篩子，也不能在這個時候平白變出銀錢來。巧婦難為無米之炊，陶氏發現她也有無奈的時候。

陳悠這邊帶著兩小包子去李陳莊後山頭時，路過李阿婆家，李阿婆拉她進門說話。

「阿婆，妳的眼睛好些了沒？」陳悠一見到李阿婆就朝她眼睛瞅。

李阿婆的臉色比前幾日好許多，雙眼也不再泛紅，瞧著症狀像是緩和了。

「阿悠，妳莫要擔心，妳給的方子，阿婆這幾日一直都持續用著，這兩日，阿婆的眼睛不再乾澀，瞧東西也清晰了些。」

陳悠聽到李阿婆這麼說，也放下心來，她的眼疾不是一日、兩日就能痊癒的，最關鍵的是要堅持，休息好、心態好才最重要。

「阿婆聽說你們分家了，可是真的？」李阿婆擔憂道。

陳悠點點頭，反倒是沒有李阿婆臉上的憂急。

「妳這小妮子都分家了，妳有什麼好高興的，妳那爹娘還不知道會將日子過成什麼樣子呢！」李阿婆以為陳悠露出這副表情是在安慰她，瞪了陳悠一眼道。

「阿婆，妳不要擔心，我娘撞了腦子，現在像是換了一個人，與以前完全不一樣了，說不準她真能與以前不同哩！」陳悠安慰道。

「啥？真的？」李阿婆有些不敢相信，這村裡的流言竟然是真的？不枉陳悠三姊妹吃的苦，老天爺還真是開眼了。

阿梅和阿杏在一邊也不停附和。陳悠拉了拉李阿婆粗糙的大手。「阿婆，總之，我們的日子不會比以前難過，妳這段日子只要養好眼睛就成，若是真有什麼困難，阿悠再來找您幫忙！」

李阿婆高興地答應一聲，她對陳悠這種毫不見外的依靠很滿意。

「好，以後若有什麼難處，就與阿婆說！」

臨走時，陳悠又留了一包給李阿婆治眼病的草藥，叮囑李阿婆一定要按時服用。

李阿婆還嘲笑她這麼一丁點大就是個小管家婆。

好幾日未來李陳莊的山頭，這時候，雨水好，又因為已到了暮春，山頭上的野草瘋長，野菜漸漸老了，許多藥草也都過了最佳的採摘時令。

一下午，陳悠三姊妹的收穫並不多，往日裡，她帶來的竹籃能裝滿，這次三姊妹勞累了一下午，也只是裝了大半籃子而已。

陳悠採了一把新鮮薄荷，另外分裝起來，準備帶回去給陳懷敏做薄荷豆腐。這薄荷豆腐可治療傷風鼻塞、打噴嚏、流鼻涕的症狀，在這樣容易生病的換季時食用，是最好不過。

山頭的野草也越長越高，幾乎掩蓋了兩個小傢伙大半個身子，阿梅拉著阿杏的手艱難地在野草中穿梭，摘著野草叢中鮮紅的枸杞果實。

阿梅的臉頰都被鋒利的野草葉子劃出了一、兩道紅痕，陳悠心疼不已，忙對著兩個小傢伙的方向喊。「阿梅和阿杏快過來，我們去看看以前挖的陷阱，然後準備回去了。」

「好嘞，大姊，妳等等，馬上就摘完了！」阿梅笑著對陳悠喊道。兩雙小手索利地將火紅的小果子摘完，小心放進小布包中。

大姊曾說：「用藥必依土地，所以治病，十癒八九，不知採集時節，所以治病，十不得五也。」當時大姊給她們解釋，採摘藥草，必須要按照時令，採摘有時。現在是枸杞成熟的時候，也是採摘枸杞果實的最佳時期，一年之中只有一次，很寶貴，千萬不能錯過。

兩個小傢伙雖然不識字，對大姊的話也一知半解，不過卻學得非常認真，這些日子跟著陳悠已經認識了不少常用的藥材，張口還能來兩句有關藥材的解意。

陳悠看著兩個小傢伙跑過來，然後小心地將手上裝著枸杞果實的小布包遞給陳悠。面對兩個小包子的認真和好學，陳悠摸著她們的頭誇讚了兩句，心中卻想著，以後要少來這山頭了。

「大姊，妳說我們還能碰到刺蝟嗎？」阿梅抬頭看著陳悠問，小傢伙對那頓美味的刺蝟湯還念念不忘，只可惜第一次吃到，也只是嚐到味道，湯都沒有喝到一口。

陳悠「噗哧」一笑。「那就得看咱們的運氣了！」

三姊妹帶著滿心期待去查看以前做的簡陋陷阱。一個個掀過去，陷阱中除了枯枝爛葉再沒有其他。當陳悠都以為不會再有意外時，她們卻發現一個陷阱中有沙沙的聲響。

為了防止碰到毒蟲野獸，陳悠撿了一根稍長的樹枝，等到挑開上頭蓋著的一層枯草，就連陳悠也驚奇地瞪大眼睛。裡面竟然是一窩剛出生不久的小兔子！數了數有四隻，毛茸茸的。這窩小兔子旁邊有一隻受了傷奄奄一息的大灰兔子，陳悠上前查看，發現這隻兔子的後腿被鋒利的樹枝穿透。

許是當時掉進陷阱時，不小心摔到樹枝上受了傷，然後就沒有力氣爬出去，便在這陷阱中生下一窩小兔子，也幸好這隻大灰兔子一時沒死，這窩小兔子才能活下來。

阿梅驚喜地瞧著軟綿綿的一窩。「大姊，好多小兔子！我們可以帶回去養嗎？」

「當然行。」陳悠小心翼翼地將四隻小兔子放進竹籃中，又將那隻大灰兔子放進去，帶著這意外的收穫與兩個小包子家去了。

等走到家中小院不遠處時，陳悠就見到在岔路口等著她們的陶氏。阿梅和阿杏連忙高興地迎上去，將方才她們發現一窩兔子的事與陶氏說了。

陶氏有些驚訝，沒想到三個小姑娘出去一趟還能帶一窩兔子回來。接過陳悠手臂挎著的竹籃，母女幾人回到家中後，發現那隻受傷的母兔子已經死了。那隻大灰兔子本來就受了傷，又哺乳了幾隻小兔子，能堅持到現在已經算是難得了。

陳悠掂量了下這隻大灰兔子，還挺重，正好今晚給一家人加餐。只是這兔子皮陳悠不會剝，拿在手上左右為難。

陶氏見了抿嘴一笑，接過兔子。「我拿進去給妳爹剝。」

秦長瑞箭術不錯，前世還獵過老虎，連老虎皮都剝過，區區兔子皮算得了什麼。果然，不一會兒，陶氏就將剝好的兔肉拿出來，兔皮洗淨晾乾，只是這張兔皮後腿破了，怕是值不了幾個錢。

陳悠早就準備好了做兔肉的配菜，十來個野山棗和一些作料。取了一半的兔肉，洗淨切塊，加入各種作料和泡過的紅棗，隔水蒸熟。這還是一家人這些日子以來第一次開葷。陳悠趁著蒸兔肉的工夫，又涼拌了薺菜，熱鍋中加了些兔油，過了一遍醃蘿蔔條。兔肉性溫和，老少皆宜，陳悠選的這種做法，吃後有補中益氣、涼血解毒的功效，特別適用於病後體虛的人，正合秦長瑞食用。

等到了吃晚飯的時候，屋內都充斥著一股食物的香味。晚飯時，除了秦長瑞，陶氏帶著四個兒女圍坐在桌邊，剛要動筷子，外面就傳來蕭氏樂呵呵的招呼聲。

「呀！我來得真不巧，正趕上弟妹家中吃飯。」

陳悠剛還揚著的笑容立馬消散，兩個小包子也是滿臉不高興，就連陳懷敏都害怕地往陶氏身邊靠了靠。

蕭氏緊走兩步，手上還拿著一小把韭菜，身後跟著拖著鼻涕的陳順。陳順的眼睛一個勁兒地往陳悠家的飯桌上瞟，用力地抽鼻子，眼睛盯著桌上那碗兔肉，眼珠子都要看得掉下來。

見到陳順這個樣子，陳悠的臉色更加難看。

陶氏放下筷子，將陳懷敏抱到自己的腿上。「二嫂這個時候來咱們家有什麼事？」

「妳瞧我，腦子糊塗，差點把正事忘了。娘不是擔心弟妹家中沒菜嘛，便差我來給你們家送些菜來，沒想到正巧趕上弟妹家的飯點，這分了家就是不一樣，我瞧著啊，這哪裡還需要我來送菜，吃的比我們過年時還好呢！順子你說是不是？」蕭氏一邊說一邊往陳悠家的飯桌湊。

陶氏瞥了眼蕭氏手中抓著的一小把韭菜，洗一洗、切一切怕是連小半碗都不夠，這送的菜還真夠多的。

陳悠瞧著蕭氏的動作，便知道她不安好心，誰會特地在飯點掐著點來送菜，而且蕭氏這表面工夫也不做全，那麼點菜，做給誰看呢！而真實的情況也確實是像陳悠想的那樣，蕭氏今兒一早將菜園子中能吃的菜全摘了，故意想瞧著三房吃癟。而後在傍晚時，又偷偷摸摸地摸到小竹林後偷窺，沒想到竟然聞到從三房廚房裡飄出的誘人肉香，蕭氏眼珠子一轉，才轉身回家拿了一把韭菜，帶著陳順過來想要蹭吃！

「二嫂，那多謝妳的好意了，天色也晚了，二哥還在家中等妳，弟妹也不多留妳了。」陶氏下了逐客令。

蕭氏本就是厚臉皮的人，目的沒達到，哪裡會輕易回去。

「弟妹，妳瞧，我們家順子還沒吃晚飯呢，這孩子這些日子可瘦多了，我這做娘的可心疼哩，也沒啥好吃的給他。」蕭氏故意嘆了口氣。

陳順的眼睛早盯在那碗兔肉上移不開了，陳悠見他雙眼發亮，還不斷地嚥著口水，眉頭就越皺越緊。他這樣滿身是膘的，陳悠是一點也看不出來陳順哪裡瘦了，蕭氏睜眼說瞎話的技能熟練度簡直就是滿格。

陶氏冷笑一聲。「二嫂，請回吧，妳也瞧見了，孩子們正用飯呢！我們三房糧食拮据，妳也甭想打我們主意了，快回家去吧！」

與蕭氏這樣死纏爛打、老愛占便宜的村婦說話，分家後，陶氏早就失了那份應對的耐心，左右已經與二房鬧掰了，她才沒這個閒工夫去應付蕭氏。

蕭氏被陶氏的話語一噎，臉色被說得通紅，當即就不願意了。「三弟妹呀，妳摸著良心說說話，我蕭連做人一貫行得正、坐得直。好心來給你們三房送菜，你們不感謝也就算了，還誣陷我打你們三房的主意，這世上哪有這麼不公的事啊！我這命怎麼就這麼苦！」說著，還真裝模作樣地抹了幾下眼淚珠子。

陳悠可算是看明白了，若是今天不如蕭氏的意，她是打定主意鬧場子了！

「二嫂，作戲也要看在什麼時候，這天色黑了，我們家偏僻，就算妳叫破喉嚨，也不會有村人瞧熱鬧的。」陶氏的話這個時候帶了冷色，顯然對蕭氏已經極度不耐煩。

聞言，陳悠差點沒忍住噴出來，她這個「娘」有時候還真是夠犀利的。

正全神貫注投入在氣氛中的蕭氏被陶氏說得身子一僵，低著頭，眼珠子轉了轉。確實呀，這三房的小院，「前不著村、後不著店」的，她就算把嗓子哭啞了，前院都聽不到，別說別家了。

蕭氏立馬收起那副「委屈愁苦」的模樣，又見到兒子眼巴巴饞得不行的表情，私下裡捏了一把陳順，陳順那胖小子才回過神，埋怨地看了他娘一眼，蕭氏卻朝陳順使了個眼色。陳順被肥肉擠在一起的一雙小眼一亮，母子兩人這個時候的想法竟然出奇一致。

陳悠一直盯著這對母子，蕭氏不是那種不達目的就會甘休的人。

說時遲那時快，陳順猛地撲向桌上那碗香噴噴的蒸兔肉，就如餓狗撲食一般……

但是讓蕭氏和陳順沒想到的是，竟然有一雙小手比他們更快，在陳順撲過來之前，已經迅速端走那裝著兔肉的碗。陳順可笑地趴在陳悠家吃飯的小木桌上，肥胖的身子壓在一盤醃蘿蔔條上，手還朝著陳悠端走兔肉的方向伸著。

現場除了陳悠和陳順，所有人都愣住了，就連兩個小包子和陳懷敏都驚訝至極地將目光落在陳順可笑的姿勢上。

蕭氏也未想到陳悠這丫頭動作這麼快，她本想指使陳順搶走那碗兔肉，沒想到弄成現在這樣沒臉的狀況。

「娘，爹的身子還沒好呢，我把這碗肉送進東屋給爹吃。」陳悠一本正經地捧著碗對陶氏說。

陶氏才從這突然的「變故」回過神來，強忍著嘴角的笑意，朝陳悠揮揮手。「送過去吧！」

陳順從桌上爬起來，不甘心還要去搶，可惜陳悠已經端著肉進了東屋，東屋裡有陳永新，陳順還真不敢進去。

蕭氏見到兒子滿身狼狽，老臉一紅，連忙拉了一把陳順，狠瞪了他一眼。蕭氏心裡憋屈，抱怨兒子真是個沒用的東西，搶一碗肉都能失手，平白吃了一身肥膘。

母子倆再也沒臉待下去，蕭氏臉色難看地道：「弟妹帶著孩子們吃飯吧，二嫂回家去了。」

話音一落，蕭氏拖著陳順出了三房的屋子，手上拿著的那把韭菜始終沒放下來過。陳順那小子一身醃蘿蔔條的味道還不願意離開，直嚷嚷著要吃肉，被蕭氏訓了一頓，才心不甘情不願地離開。

等到蕭氏母子消失在院外，陳悠才端著兔肉從東屋裡出來，臉上因為憋笑憋得通紅。

陶氏也因為陳悠剛才出其不意的動作忍俊不禁，笑罵了一句。「妳這丫頭！」

阿梅和阿杏坐在桌邊捣著嘴巴笑到肚子痛。「大姊，妳沒見到二伯娘剛才的臉色，可難看了！」

陳悠翻了個白眼。「誰讓她打我們家飯桌的主意。」

就連平日裡靦覥的陳懷敏都笑咪咪的。

陶氏無奈地搖搖頭。「好了，你們笑也笑夠了，快些吃吧，菜都要涼了！」

說完，給幾個兒女各挾了一塊兔肉，一家子這時候才安生地吃了頓晚飯。

原本陳悠打算將剩下的幾隻小兔子留下來養著，可那隻大灰兔子一死，這窩小兔子實在是太小，又是野生的，到第二日就已經無精打采的了。

李陳莊還沒人養過兔子，尤其還是這麼小的奶兔子，陳悠對草藥熟悉，對養兔子可是一竅不通。於是，陶氏與秦長瑞商量決定，要將這些小兔子和那張大兔子的皮一起拿去縣城裡，看看能不能賣掉。

眼前家中只有陶氏一人能騰出手，在陶氏和秦長瑞眼裡，陳悠還太小，於是，這賣兔子的任務理所應當就落到陶氏的身上。

恰好第二日就是逢縣集的日子，夫妻倆決定去問問曾氏明兒一早要不要趕集。畢竟是第一次去這樣的縣集，也不知道這其中有什麼講究，況且也不認識路，於是，下午陶氏就去前院問曾氏了，沒想到與曾氏一拍即合。

曾氏恰好攢了半籃子雞蛋，也想著等第二日的縣集賣掉，兩人便約定好明早出發的時辰，趕得及時，說不定能搭上村人的順風車。

陳悠也早與李阿婆約好，去林遠縣賣草藥，可這個時候，她也不知該不該將這件事告訴陶氏，便暫時隱瞞下來。

第二天雞鳴，陶氏就起床了，她輕手輕腳地穿了衣裳，又給床上的三個閨女掖了掖被角，才摸著黑去外面小院的井邊打水洗漱。

東方微微地泛起魚肚白，確定陶氏與曾氏已經出發去林遠縣，陳悠才起床，快手快腳做了朝食，將食物端去東屋知會了一聲秦長瑞，陳悠便藉著去村後山頭摘野菜的由頭帶著兩個小包子出門了。

秦長瑞瞧著陳悠著急的步伐，眉頭微攏。

陳悠帶著兩個小包子急急忙忙趕到李阿婆家中，李阿婆和老李頭今日要去縣集賣籮筐。老李頭這些日子在家裡編織的籮筐和大籃子攢了不少，昨兒晚上特地借了騾子準備拉車到縣集上賣。要不是為了等陳悠，老李頭和李阿婆一大早就要走了。

這回老李頭也要去，不能再把阿梅和阿杏留下來，陳悠有點為難，她想著要不託付李阿婆將她的草藥帶去賣給百藥堂。

陳悠正想開口，老李頭就將一頭騾子拉過來，索利地拴到車上，他轉過頭，笑得眼角滿是魚尾紋。「今天阿公趕車，阿梅、阿杏可以坐車上，也不用兩個小丫頭跑路，兩個丫頭還沒去過縣集吧，今兒阿公帶妳們去瞧熱鬧。」

老李頭這麼一開口，陳悠反倒不好說什麼了。阿梅、阿杏也用滿眼憧憬的眼神抬頭瞧著她，她也不忍拒絕。陳悠最見不得兩個小傢伙不高興，之前她就暗暗下過決心，要讓兩個小包子的生活慢慢變得好起來。也罷，兩個小傢伙懂事又聽她的話，去縣集逛逛也無妨，屆時她多叮囑幾句便是。

「還愣著幹啥呢，阿公都叫妳們坐車上了，還不快去。」陳悠笑著推了兩個小傢伙一把。

阿梅和阿杏沒想到大姊真的會同意她們去縣集瞧熱鬧，歡快地歡呼了一聲。早就聽說縣集裡有很多好玩的玩意兒，還有人把石頭放在胸口，讓人用鐵錘砸。石頭被砸壞了，那人都沒事，和神仙一樣，今天她們也能看到啦！

阿梅和阿杏爬上車之前，還不忘記向陳悠保證到了縣集一定會聽大姊的話，陳悠挎著竹籃笑罵了她們一句「耍寶」。

李阿婆在一邊瞧著這三姊妹綻開笑顏的樣子，也跟著笑得皺紋滿臉。

多虧了老李頭套的騾車，讓他們趕上早市的尾巴，老李頭顯然不是第一次來縣集賣竹筐和竹籃了，他拉著騾車直接到集市的一處角落，周圍立即就有相熟的小販與他打招呼。

阿梅、阿杏早在進林遠縣城的時候，就已經目不暇給，兩個可愛的小包子瞪大眼睛好奇地看著每一處新奇的地方，只覺得兩隻眼睛不夠用，恨不得長上四隻才好。

陳悠扶著阿梅、阿杏跳下騾車，老李頭留下賣這些編織品，李阿婆帶著三個小姑娘去集市上逛逛。還是照例路過東街，去孫記布莊領了些繡活，李阿婆又添置了些繡線，便轉去百藥堂將陳悠帶的那些草藥賣掉。

這回，趙大夫也在藥鋪。陳悠拿的草藥要比上一次來的時候多了一倍，不但有常見的防風、大黃、甘草，甚至其中還有一些賣相上品的麻黃、金銀花和枸杞子等。

趙大夫瞇眼瞅了李阿婆一眼，滿臉難色道：「老阿婆拿來的這些草藥是上品沒錯，可是咱們藥鋪小，有些草藥許久才用上一次，實在是要不了這許多，這……實在是讓我為難。」

李阿婆一聽，也擔憂起來，陳悠這孩子整日忙著採草藥，可不就是為了賺幾個大錢，她父母又是個沒用的，若是這條路子也沒了，這三姊妹日子怕是又要難過起來。

「趙大夫您能不能通融一二，我這藥材都是上好的。」

趙大夫撫了撫鬍鬚，沈思片刻，才一臉勉為其難道：「那這樣吧，老阿婆您每次帶著孩子來也不容易，可我也是開門做生意的，也有一大家子要養，我們各人有各人的難處。本來這外面的草藥我是都不收的，可是既然第一次時我保證了，也不能違背自己說的話，只是……這價格，怕是要降些了！老阿婆您看……」

李阿婆一是並不瞭解這些草藥的市價，二是不願意看到陳悠失了這條好不容易碰到來錢的路子，只聽趙大夫還願意收草藥，哪裡還有什麼不願意的，當即就點了頭。「家家有本難念的經，趙大夫只要能收了我這草藥，就是幫了我的大忙了！」

「多謝老阿婆能夠體諒！」趙大夫說著就喊來鋪子裡的學徒接過李阿婆手中的草藥，拿到一旁過秤。

分裝草藥的小哥，悶聲將陳悠的草藥分揀好，卻無奈地嘆氣。趙大夫這心是越來越黑了，老阿婆送來的這些草藥全部都是常用藥劑，有一些還是藥鋪裡恰好欠缺的。這換季的日子，感風傷寒的草藥就算是去華洲進貨，也是要漲些價錢的，他不加老阿婆的錢也就算了，還壓她們的價。

趙大夫將二十五個錢交到李阿婆手中，李阿婆謝了趙大夫後就帶著陳悠三姊妹離開藥鋪。

陳悠從藥鋪出來，心情就抑鬱得不行。這個趙大夫滿腹黑心腸，她這次拿來的草藥比上次的一倍還要多，而且全部都是應季的廣譜藥材，是這個節氣裡常用病都會用到的配方藥材，不漲價也就算了，還生生被壓了價。

上次那些草藥賣了二十文錢，這次竟然只有二十五文！當時在百藥堂裡，她真恨不得當場拆穿趙大夫，可她還是生生忍住了。不過，陳悠也明白了，這個百藥堂是靠不住的，她手頭上的草藥還是得另外想辦法，百藥堂不是長久之計。

李阿婆將二十五文錢交到陳悠手中時，還不忘記叮囑她，百藥堂這條路子來之不易，以後莫要惹了這個趙大夫不高興。

陳悠什麼也沒說，接過二十五個景泰通寶，對李阿婆點點頭。兩個小包子依偎在陳悠身邊，不明白大姊為什麼賺了錢，情緒還這麼低落，以為大姊嫌棄錢賺得少了。

阿梅搖了搖陳悠的手臂。「大姊、大姊，我和阿杏以後會幫大姊採更多的藥草，讓大姊賣更多錢。」

陳悠被阿梅晃得回過神，深呼吸了口氣，儘量驅趕掉自己臉上不快的情緒，摸了摸兩個小傢伙嫩滑的小臉蛋，對著阿梅和阿杏笑道：「那大姊以後就指望妳們了！」

兩個小傢伙為了自己得以讓大姊依靠的時候而自豪，阿梅揮了揮小拳頭道：「嗯！大姊放心吧！」

陳悠被兩個小傢伙這麼一打岔，心情也好起來。兩個小丫頭好不容易才來一次縣集，正好老李頭也要賣竹筐，她們也有工夫在縣集上逛一逛，不過，基於上次不小心被蕭氏看到的教訓，陳悠與李阿婆都決定不去東市那邊的早市。一般林遠縣各個村子的人來趕集都是為了早市，她們不去早市，碰到熟人的機會會減少許多。

不過，陳悠和李阿婆這次還真是都失算了。

她們避開了東市，所逛的街道小巷也就一些常開的鋪面而已，偶爾有些賣吃食糖水的小販挑著擔子路過，可即便是這樣，兩個小包子仍然看得目不轉睛。前面不遠處有個賣餛飩的路邊小攤，再往前走，轉個彎就是老李頭賣竹筐的市集。

餛飩攤的老闆娘用青色布巾裹著頭，一身青布衣裙乾淨索利，攤前冒著騰騰的白氣，下餛飩的高湯飄出誘人的香味。兩個小包子的視線不由得就被吸引過去，雙眼亮閃閃地盯著餛飩小攤。

老闆娘抬頭見到一個老嫗帶著三個小姑娘，對她們笑著吆喝道：「現包現下的餛飩，一碗兩文錢、兩碗三文錢，買多了還送爽口小菜哩，老阿婆要不要給孩子買兩碗嚐嚐？」

李阿婆見這老闆娘殷勤，賣的餛飩確實也便宜，低頭看阿梅、阿杏滿臉的渴望，拉著三個小姑娘朝餛飩攤子走過去。

這時候，早市尾子，吃朝食太遲，吃午飯又太早，餛飩攤子擺放在窄小街道的兩張桌子只有一、兩個零散的吃客。

「阿婆今日買餛飩給妳們吃。」李阿婆笑咪咪地說。

陳悠擺手連忙推辭。「阿婆不用，我有錢，我自己買就成。」

「妳那草藥一個月能掙幾個錢，還有阿梅、阿杏呢，妳瞧兩個丫頭的鞋，留著買布做鞋吧！聽阿婆的話，又不是什麼好東西，阿婆請妳們吃一次又怎麼了。」李阿婆唬著臉道。

陳悠無奈地點頭。「那讓阿婆破費了。阿梅、阿杏，還不快謝謝阿婆。」

阿梅、阿杏連忙笑嘻嘻地對李阿婆道了謝。

走到餛飩攤前，老闆娘熱情說道：「老阿婆要幾碗餛飩？」

「大妹子，給我來四碗，一碗打包。」

「好，老阿婆帶著丫頭們去那兒先坐，馬上就好！」老闆娘邊說邊揭開了鍋，手上就飛快地包起餛飩，扔進了鍋中。

阿梅盯著餛飩攤老闆娘飛快的動作，驚訝地瞪大眼睛。不到一刻鐘，老闆娘已經將餛飩做好端上來，還送了一小碟子醬黃瓜。

一碗餛飩分量挺足，高湯下的餛飩聞起來就鮮香饞口。

陳悠瞥了眼李阿婆，估摸著李阿婆是要把餛飩打包了帶給老李頭吃。陳悠往李阿婆身邊湊了湊。「阿婆，您也嚐一個，大娘的手藝可不錯哩！」

說著陳悠就用湯勺挑了一只餛飩往李阿婆嘴邊送。李阿婆想要推辭，可是瞧見陳悠滿眼期待地瞧著自己，她就有點不忍心，況且，她也確實有點饞……

李阿婆就著陳悠的湯勺吃了一口餛飩，笑罵了一句「鬼靈精」。

兩個小包子見到大姊的動作，兩雙澄澈的大眼眨了眨，也朝李阿婆這邊湊，李阿婆沒辦法，也吃了兩個小傢伙餵的餛飩。

這邊「祖孫」四人吃得溫情融融，連餛飩攤的老闆娘都笑著感嘆這幾個小姑娘懂事，不自私吃獨食，還能想著老人。

正當李阿婆暫時想小解離開位子片刻時，偏巧曾氏與陶氏也朝這邊走來。

「弟妹，這家雜貨鋪子雖然偏僻，但東西便宜，上次我來時，老闆娘還與我說，她家中還剩些陳年的舊布疋，雖然陳舊了，但是料子都是好的，我們也不圖個新，只圖個便宜實惠就成，上回我身上的錢沒帶足，就特地讓老闆娘幫我留下來。」曾氏笑著道。

「那就多謝大嫂了！」陶氏剛將四隻精神已經不太好的小兔子賣掉，買小兔子的還是一個抱著孩子的婦人，因懷中的孩子一直哭個不停，這才買來逗孩子的。然後曾氏又陪著她將那張兔子皮賣給製皮匠，因為不是熟皮子，皮子腿上又破了洞，也只給十來文錢。這一窩兔子換了將近三十文。

妯娌倆又轉到百藥堂，陶氏將丈夫吃的藥方給了抓藥的小夥計，詢問這方子一服藥劑的價格。

小夥計錢一說出口，陶氏眉頭就攏起來。這方子一劑三十五文，而她手上連三十文都沒有。

曾氏也一怔，嘆了口氣，家中還有一大口子，她總不能給三房貼錢。

陶氏笑了笑，出了百藥堂，前世人參、靈芝都不是什麼稀罕物，陶氏從來也沒想過自己會有一天連三十五文一劑的藥包都買不起。

曾氏以為三弟妹會感傷落寞，沒想到走出百藥堂不遠，三弟妹就平靜地詢問她哪兒有布莊。曾氏問起買布的用途後，就帶著她來到小巷中的雜貨店。

陶氏花了二十文錢，買了兩塊鐵灰的棉布，妯娌倆剛從雜貨鋪子出來，一轉彎，陶氏視線一閃，忽然瞧見東頭不遠處的餛飩攤上幾個熟悉的身影。

剛剛帶了些鬆快的心情瞬間就被打散，她整個人僵硬地站在原地，緊緊盯著餛飩攤，臉色陰沈，嘴角也抿了起來。

曾氏在吳氏旁邊喊了兩聲，沒聽她應聲，奇怪地轉過頭，才見到她難看的臉色，還有周身突然變化的憤怒氣場，不明所以地順著她的視線看過去。

曾氏一見之下，也是一驚，她抬手揉了揉眼睛，再看，不遠處還是那三個丫頭。「阿悠怎麼和妹妹們在縣城裡？」

而且還在餛飩攤上有說有笑地吃餛飩，她們哪裡來的錢？不過後面的話曾氏憋回了肚子裡，沒說出來。

曾氏著急地看了眼彷彿僵住的陶氏。「弟妹，莫不是阿悠她們被壞人拐來縣城？我們趕緊把她們帶回來！」

陶氏的怒火很快就被她自己壓下去，她一把拽住曾氏。「大嫂，先別急，我們跟在後頭看看，到底是誰想要拐走我的閨女。」

曾氏一想，也同意此決定，左右這集市人多，若真要遇到歹人，她們兩個婦人大喊一聲，也能有人出來幫忙。她們倒是要看看，到底是哪個黑心肝的，要拐走別人的閨女，被她們逮到，非要去官府報案不可！

這時候的陶氏卻不這麼想的，陳悠不像是那種單純的孩子，而且見兩個小包子的神情動作，也不像是被人拐走，這其中，陳悠一定隱瞞了她什麼事情。她說想要查拐子，也不過是為了跟著陳悠，瞧她做了什麼找個由頭而已。

不過，陶氏的確是很生氣，陳悠就算再聰明，也不過是個十歲的孩子，阿梅、阿杏也才六歲，她就這麼大大咧咧地帶著妹妹和陌生人一起到縣集，實在是不應該。若真的出什麼事，她們三個小孩又要怎麼辦？

這邊陳悠和妹妹們吃好了餛飩，瞧著天色也不早了，便與李阿婆一起去尋老李頭。

老李頭編製竹筐、竹籃雖然不是頂精細的，但是勝在耐用，這會兒工夫便賣得差不多了，還有一些都是回頭客。

李阿婆接了老李頭賣竹筐、竹籃的活兒，把打包的餛飩遞給老李頭，讓他到邊上吃去，不消半個時辰，就只剩下一、兩個竹筐子了。

已近午時，老倆口也不想再等，就索利地套好騾子，帶著三個小姑娘回李陳莊。

回來時，貨物都賣出去了，陳悠也能跟著坐在車上歇歇。

陶氏和曾氏一直跟在老李頭的馬車後，曾氏奇怪道：「三弟妹，這不是村口的老李頭夫妻倆嗎？阿梅、阿杏怎麼跟他們來了縣集？」

曾氏瞧見陶氏臉上的不解，才想起來老三媳婦才剛剛失了憶，拍了下腦門，解釋道：「這老李頭夫妻倆，年輕的時候就住在我們村了，我還是聽當家的說，他們有一個兒子，說是出去做生意，這麼多年一直沒回來，也不知道是生是死。夫妻倆有幾畝薄田，這麼多年一直相依為命。弟妹，這老倆口不像是壞人，平日在村裡，也是與人為善，這下我們都可以放心了。想必，方才餛飩攤上的餛飩也是老李頭老倆口買給孩子們吃的。」

曾氏說完瞧見陶氏還是滿臉黑沈，想到她以前那樣對待孩子，心裡就一咯噔，不會是三弟妹那性兒又回來了吧？

「三弟妹，妳也別生氣了，孩子小就是貪玩，回去說說也就是了，阿悠和阿梅、阿杏都懂事，下次一定不會這樣了。」

陶氏嘆息了一聲，轉頭對曾氏說道：「大嫂妳放心，我不會像以前那樣對待幾個閨女的。」

此時，陳悠坐著老李頭趕的騾車回到李陳莊，還不知道她們今日去縣集的事情已經被陶氏瞧了個正著。

李阿婆要留陳悠她們在家裡吃飯，被陳悠給拒絕了。李阿婆和老李頭年紀都大了，在外面跑了大半日，這個時候都累了，需要休息，她們哪裡還能打擾兩個老年人。照例拎著昨日放在李阿婆家裡的野菜和一些草藥，陳悠帶著兩個小包子回家。

阿梅、阿杏還有些意猶未盡，一路上都興奮地說著今日在縣集上的所見所聞。陳悠笑著聽兩個小包子說話，快到家中的小院時，才耐心叮囑兩人，千萬不要將今日去縣集的事情說漏了嘴。

等到陳悠拉著兩個小傢伙進了家門，陶氏正坐在堂屋裁布料。

陶氏瞥了陳悠一眼，陳悠打了聲招呼，見她並沒有其他的要交代，就要與阿梅、阿杏去西屋。

陳悠的步子還沒邁開，陶氏的話就從身後傳來，明明是平靜無波的話語，卻讓陳悠的心跟著一顫。

「把東西放下後，去東屋，妳爹有話要問妳。」

陶氏話音剛落，就有萬千種念頭從陳悠的腦中閃過。

陳永新這個時候找她有什麼事？而且吳氏還特別交代她，有事問她……

陳悠的心七上八下的，慌亂應了陶氏一聲，就拉著阿梅、阿杏進了西屋。做了好一番心理建設，陳悠才邁開步子低頭朝東屋去了。

陳懷敏已經被陶氏抱出來，現在東屋中只剩下秦長瑞一人。

嚥下口水，陳悠艱難地推開東屋的門，若是以前的陳永新，陳悠也沒什麼好怕的，可她如今確定陳永新已經換人了，而且她還隱隱覺得，現在住在陳永新身體裡的這個人比吳氏還有心思！她身上也帶著秘密，若是被看出來，她不知道後果會是怎樣……

秦長瑞聽到東屋門被推開的聲音時，就已經睜開了假寐的深邃雙眼，他朝小姑娘低垂的頭看過去，然後又收回視線。

陳悠等了片刻也沒聽到有人說話，內心更加忐忑，只好開口問道：「爹找我有什麼事？」

秦長瑞抬頭瞥了陳悠一眼，大女兒懂事又可愛，他光瞧著慈父之心就已經氾濫了，可想到妻子知會自己的事，又連忙收起心思，故作嚴肅道：「阿悠，妳今日去哪裡了？」

陳悠沒想到他會這麼問，整個身子猛地一僵，臉色瞬間就發白了，低頭想著自己該怎麼隱瞞去縣集的事，一時，東屋中再次沈寂下來。

秦長瑞看到陳悠這模樣有些於心不忍，一直以來，他對三個閨女冷沈著臉，一方面是因為他演的陳永新並沒有失憶，陳永新之前對幾個女兒也是漠不關心，他不能突然轉變，引人懷疑。另一方面，秦長瑞是個十足的女兒控，上輩子的心願就是一直想要個軟軟聽話的小女兒，可是天不遂人願，所以才有了將同僚家中小女娃都抱遍的「報復心態」。

如今，突然就有了三個女兒，讓他驚喜非常，可他又沒有過養女兒的經驗，反而一時不知道該怎麼面對閨女們、怎麼教導閨女們，以至於每次見到陳悠三姊妹只能板著臉，其實他心裡喜歡得不行，臉上卻不知道擺出什麼樣的表情。連秦長瑞自己都不敢相信，他在朝堂上你爭我鬥、遊刃有餘，卻在面對女兒時，心情忐忑。

第十五章

陳悠一時也是被秦長瑞的氣場給震懵了，等到她反應過來，才大感懊惱。只要沒有證據，就算讓他知道她去哪裡又有什麼要緊？她這樣面露怯色，只會讓人對她更懷疑。

這麼一想，陳悠膽子也大起來，她抬起頭直視秦長瑞的臉。「我帶妹妹們去村後山頭採野菜了，籃子還放在西屋。」

陳悠眼神雖然果敢，可明顯底氣不足，秦長瑞與她對視了一眼，什麼話也沒說，良久過後，卻長嘆了一口氣。「阿悠，爹不管妳這話是真是假，真的當然更好，假的爹也不怪妳，爹有些話想對妳說，妳也是大孩子了，不管妳相不相信，爹只是想讓妳明白一些事。」

陳悠還以為陳永新會立即劈頭質問她，卻沒想到他會說出這番話，不解地歪了歪頭，繼續聽他道。

「阿悠，妳到爹身邊來。」秦長瑞朝陳悠招招手。

陳悠頓了一下，還是聽話地走到床邊，在床沿坐下來。

秦長瑞摸了摸陳悠的頭。「爹明白其實妳心中是怨我和妳娘的，但是妳娘現在失憶了，這段在床上躺著的日子，我也明白了許多。或許說來阿悠妳會覺得奇怪，但是爹確實覺得自己清醒了，以前的那些生活就像是在雲霧裡一樣，現在想來是多麼可笑。阿悠，或許爹之前做過許多錯事，但是爹現在是真心想要改變，妳現在還能原諒爹嗎？」

這番話，秦長瑞說得推心置腹，而且還怕陳悠一個孩子聽不懂，所以說得特別白話。

陳悠有些震驚地盯著眼前人，他這是在變相承認陳永新已經被他取代了？他這是在向她攤牌？

秦長瑞說的話一點都不像是騙人，陳悠從他的眼神裡也能看出來，這位新來客，確實是希望把他這個父親當得好，擔負起一個家庭的責任。

在秦長瑞的眼裡，與陶氏一樣都小看了陳悠，認為她就算是有點小心眼、小聰明，也只是個過於早熟的孩子而已，並不是心智成熟的成年人。他們既然用的是她們父母的身體，就一定會擔負起這個責任，所以秦長瑞才想出這套說詞。

陳悠雖然腦中考慮了很多，但其實也就是片刻的時間。

秦長瑞雖沒有直說，可也是變相承認了，這也算是對她的信任。到目前為止，秦長瑞與陶氏對她們姊妹一直都猶如親生父母一般，這比陳永新夫婦在的時候日子要好多了。她何不試著相信他？畢竟他現在是這個身體的爹，是這個家的一家之主，以她目前的年紀根本就做不出什麼事，到頭來還是要依靠他們夫妻倆。既然這樣，他們如果真的能扭成一股繩，就比她一個人打拚要容易上百倍千倍。

決定後，陳悠開口道：「爹，每個人都會犯錯，都有做錯事的時候，我不怨您，只要您以後不要犯同樣的錯就行了。」

秦長瑞等到陳悠這句話，開懷大笑起來。「阿悠說得對，爹保證以後不會像以前那樣了，可好？」

至此，這「改湯換藥」的一家人才真的放下芥蒂坐到一條船上。陳悠點頭。

「既如此，阿悠便與爹說說帶著妹妹們去縣集做什麼了？」秦長瑞話鋒一轉，卻是又繞了回來。

回馬槍殺了陳悠個措手不及，一時驚訝地瞪著他，原來他早知道她與阿梅、阿杏去了縣集！

陳悠抿了抿嘴，覺得自己這個時候說謊不大合適，便將她讓李阿婆幫著她賣草藥的事情一五一十說了。最後陳悠猶豫了一下，還是將今日在百藥堂賣草藥所得二十五文錢拿了出來，遞到他面前。

秦長瑞低頭瞧著十歲女兒長滿繭子的小手中躺著的二十五枚景泰通寶，一時喉頭哽著，竟然說不出話來。

陳悠見他失神，輕喚了一下，秦長瑞有些狼狽地應了一聲，詢問起陳悠為什麼會認識草藥，陳悠只好又將應付李阿婆的那套說詞拿出來。

秦長瑞此時真的不知道該怎麼看待這個大女兒，只好胡亂應了兩聲，便讓陳悠出去了。

從東屋出來後，陳悠輕鬆了許多。之前每次去賣草藥，總是要偷偷摸摸，現在卸下這個擔子，以後有什麼事情也能與陳永新夫妻倆商量著，這無疑是一大助力。

阿梅和阿杏見到大姊從東屋裡出來，連忙從外面跑進來。

「大姊沒事，阿梅、阿杏別擔心。」陳悠安撫她們道。

阿梅和阿杏聽到大姊這麼說，才揚起笑臉。

接下來的幾日，陳悠仍然會去李陳莊後的山頭，只是並不像初春時那樣，一待就是一日，往往早上出發，中午就回來了。採藥草講究時令，林遠縣這時的氣候，許多藥草已經過了大量採摘的節氣。陳悠也不浪費工夫，這些天下來，她也沒有在陷阱裡發現其他的動物。

陶氏與秦長瑞知道她上山頭採藥草，暫時沒有攔阻，只是陳悠也不知道他們到底是什麼想法。

幾日過後，李阿婆的眼病已經有了明顯好轉，若是能堅持用藥，很快眼睛就能恢復健康，杜絕白內障。

陳悠中午時路過李阿婆家得到這個結果，瞬間，她的雙眼就亮了起來。要不是兩個小包子還在身邊，她定會立馬進空間查看一番，瞧瞧這次藥田空間升級給了什麼獎勵！

按捺下激動的心情，陳悠想到今日陳永新吃的藥劑已經是最後一包了，而外出的唐仲還沒回來。其實，她早就將方子配出來了，放著的藥包只是還沒找到一個合適的藉口拿出來而已。若是這次藥田空間中真的能獎勵什麼珍貴草藥，那他們一家生活也能得到暫時改善，房屋也能稍稍修葺，也好給他們騰出點喘息的時間。

這一日的時間好似過得漫長不已，陳悠只覺得度日如年，好不容易在家中挨到晚上，在西屋中躺在床上等到陶氏和阿梅、阿杏睡著。

陳悠睜著大眼望著屋梁，興奮地吸了口氣，默唸著靈語，再一睜開眼，就已經在藥田空間中了。

什麼都顧不得，陳悠轉眼就朝藥田看過去；一塊塊延伸到視野盡頭的藥田光禿禿的，什麼也沒有，旁邊只留有一些藥草的秸稈。而近處，那幾塊藥田中的藥草搖曳著，長勢極好。

陳悠傻眼，她數了數，栽種草藥的藥田數目根本就沒變，空間中的一切都還是她上次離開時的樣子！藥田空間根本就沒有升級，說好的升級呢？

陳悠不死心地將栽種著藥草的藥田翻找了一遍，根本就沒有新長出的藥草。這時，陳悠激動的心情也平靜下來，只是還心有不甘，她來到藥田空間的大湖邊，坐在湖邊，盯著清澈的湖水中自己的倒影。等了許久，也不見如前兩次一般虛空中出現閃著柔光的字體。

整個藥田空間好似沈寂了一樣，陳悠懊惱地在湖邊撿起一個石子，用力投進湖水裡，打破湖面一小片的平靜。水一圈圈蕩漾開來，彷彿陳悠的心情，由波動慢慢地歸為冷靜。

陳悠抱著膝蓋坐在湖邊，絞盡腦汁地想著藥田空間為什麼沒有升級。明明她推算的一切都好好的，也都符合前兩次升級的條件，為什麼這個時候就不靈驗了？

要說是因為李阿婆的眼病沒有完全痊癒，那不可能，空間第一次升級時，孫記布莊孫大姑娘的甲癬也沒有完全好，陳永新的腿傷也到今日還不能下床呢，空間一樣還是升級了，那為什麼這次就不行？

之前一心指望著藥田空間升級所帶來的福利發家致富，現在一切都在瞬間化為烏有，從巨大的期望跌落到巨大的絕望中，這樣大的心理落差，著實讓陳悠不大好受。

想了許多，陳悠也沒有想出到底是哪裡出了問題。盯著一望無垠的寬闊湖面，一股無奈襲上心頭，她這時也無心再打理藥田空間裡的草藥，心事重重地出了藥田空間。

陳悠躺在床上聽著兩個小傢伙綿長輕緩的呼吸聲，卻久久不能入睡，藥田空間不知道哪裡出了問題，原來將所有籌碼都押在上面的陳悠卻是再也不能指望它升級所帶來的福利了，必須得另外想法子賺錢才行。她無聲地苦笑，怎麼感覺，自己被這勞什子藥田空間給坑了呢！

第二日，陳悠帶著妹妹們從村後的山頭回來，就見到陶氏正在堂屋中做針線。見到她們姊妹，陶氏將兩雙一模一樣的小鞋拿到阿梅、阿杏面前，笑道：「來試試娘給妳們做的鞋子合不合腳。」

阿梅、阿杏忙跑過來，看到面前擺放的兩雙精緻小布鞋，竟然還覺得自己是在作夢。兩個小傢伙歡快地拿起鞋子，剛剛要往腳上套，便心有靈犀般一起揚著高興的小臉道：「娘、大姊，我們先去洗腳，不然把新鞋穿髒了。」

陳悠心口一澀，兩個小傢伙有時候的舉動總能讓人覺得心酸和感動。她並沒有阻攔，反而笑著說：「大姊陪妳們一起去。」

阿梅、阿杏先前的鞋子已經壞得不成樣子，以前穿的鞋也多是王氏和趙氏做的，原先的吳氏恐怕給兩個小傢伙做的鞋不超過一雙，以前也多是穿陳悠的鞋子。

在她們的記憶裡，或許這是娘親第一次給她們親手做鞋，兩個小傢伙怎能不興奮。

等到阿梅、阿杏將新鞋穿到腳上，喜孜孜地左看右看，越看越滿意。「娘，您做的鞋真好看！」

要不是陶氏攔著，阿梅和阿杏都想將新鞋收起來，這麼好看的鞋，她們不捨得穿。

等到陳懷敏醒了，陶氏將他抱出來交給陳悠後，便進了東屋與秦長瑞說話。

陳悠讓阿梅、阿杏看著陳懷敏，自己在小院中打理那個小菜園子。

這些日子以來，陳悠明顯感到陳懷敏說話清晰許多，咳嗽和哭嚎的時間也少了。現今，小傢伙跟在阿梅、阿杏身後亂轉悠，陳悠才覺得這個時候的陳懷敏像個正常的四歲毛頭小子。

黑夜中，聽著身旁兩個小傢伙平緩的呼吸，陳悠也放鬆了心緒。想起昨夜藥田空間裡還什麼都沒打理，陳悠默唸靈語就進入了藥田空間。

一進藥田空間，劈頭就迎來一片閃著微光飄浮在虛空中的字體，那猶如螢火蟲光芒組成的字跡闖入陳悠的視野裡，對她來說就如同通知她彩票中獎的天籟女音。

「不積跬步無以至千里，恭喜藥田空間提升到凡級三品，無尚緣法由自心，只求莫忘本心！」

陳悠仔仔細細地將這句話讀了出來，然後將它們記在心中。

由點滴微光組成的瀟灑字跡在虛空慢慢消散，最後化為虛無。陳悠此時的心情就像是遭逢絕路的人，扒開一片樹叢發現眼前竟然是尋而不得的桃花源；又像是被醫生宣判不治的病人被告知拿錯了診斷書，當真是柳暗花明又一村！

陳悠的嘴角都忍不住地翹起來，然後一聲聲清脆如銀鈴般的笑聲飄蕩在藥田空間中。等著偷樂夠了，陳悠才快步走向不遠處一望無邊的藥田，喜孜孜地數了數眼前種滿藥草的藥田。

欸？是不是她數錯了，怎麼回事，數目沒變？

剛剛還洋溢在嘴角的笑容瞬間就僵硬下來。陳悠不死心又數了一遍，仍然是之前的數目。

等等，有什麼不對？方才藥田空間升級的話裡是怎麼說的？陳悠一字一字地將那句升級的話又說了一遍，腦中如雷電一閃，這句話竟然分毫未提到草藥二字！

一念天堂、一念地獄，就如陳悠此時的心情。

陳悠將種滿藥草的藥田翻找了一遍，確定沒有什麼野山參或靈芝這種名貴中藥材藏在裡面，整個人才如洩氣的皮球一樣癱坐在地上。

她這是被藥田空間坑了？

陳悠苦笑了一聲，之前盼著它升級，在縣集上見到一個病人她都想要撲上去，可真等到藥田空間升級時，卻又出乎她的意料，誰想到這次升級竟然什麼都沒有！

就連一種廣譜草藥空間都沒獎勵……這座藥田空間與之前凡級二品時沒什麼不同。

陳悠洩氣地咒罵了一聲，按道理來說，等級越高，不是獎勵越多嗎？若不是每次升級虛空中都會顯示字體，陳悠都要以為這個藥田空間生出了靈智，像是故意與她作對，在捉弄她。

深呼吸了一口氣，方才這一喜一悲之間，幾乎讓她耗盡全身力氣，如今身體顯得格外疲憊。陳悠晃到大湖邊，抬頭看了眼遠處宛如天庭洩下一條玉帶的瀑布，嘆了口氣，蹲在湖邊，就著清澈的湖水洗了把臉。勉強讓自己冷靜下來，她開始思考這次藥田空間升級的原因。

之前李阿婆也因為她的診治有了很大起色，或許還應該算上陳懷敏，這次藥田空間升級的條件竟然是兩個人！

陳悠被自己的猜測給噎到了……這難道就像是玩遊戲升級所需要的經驗一般，等級越高，升級所需要的經驗就越多？那這不是坑爹嗎？藥田空間之前的升級還好，等到後面救治百人乃至千人所需要的時間光想想她就覺得頭痛，就算她免費開義診，也不是短時間就能做到的事。

何況治病救人又不能急功近利，許多病症都是徐徐漸進之事。她就一個人，再厲害、再牛逼也不能將天下病患看遍是不是？那麼，這空間升級幾乎成幾何倍數增長的要求豈不是無稽之談？

陳悠現在總算明白了，靠天靠地靠空間，總不如靠自己來得實在，更遑論這藥田空間根本就是個靠不住的。這麼一想之後，她反而放鬆下來。前幾日藥田空間帶給她的影響也像瞬間被除去了。

陳悠心境平靜地整理一番藥田空間中的草藥，就出了藥田空間。

等到第二日，陳悠並非像前些日子一樣，一大早就要帶著妹妹們上村頭後山，反而是安穩地待在家中。

昨晚從藥田空間出來後，她躺在床上想了許久。這暮春過後，一轉眼天就要熱起來了。進入了梅雨季，天氣更加陰晴不定，他們這房屋得趕緊修繕，不然到時候一家人都要遭罪。現在前院可是去不了，凡事都需要他們自己想辦法。

家中糧食眼看也要見底，哪處都需要錢，前世也看過許多的穿越小說，這女主角隨便上山一找就弄出一株野山參對她是不可能的。她也想過在縣集中擺個小攤做些大魏朝稀罕且沒有過的吃食，可她現在連小攤的成本都沒有，而且大魏朝律法對商販管制也嚴，她這身體年紀還小，到時候做什麼都要雙親出面。因此這種事，還是要等到陳永新的身子好了，一家人再商量。

結果陳悠想了一夜，才勉強想了個成本既低又是她擅長的賺錢法子，只是此事還要與陶氏商量，有她配合才行。

一家人吃過簡單簡陋的朝食，陶氏猶豫再三，還是尋了陳悠說話。

母女兩人坐在堂屋，陳悠教坐在旁邊的兩個小包子分揀處理好的草藥。「阿梅、阿杏，枸杞子、茯苓、茯神、大棗、砂仁、棗仁這些一個碗中放這麼些，可知道了？」

阿梅和阿杏很高興自己能給大姊幫忙，這段日子，她們跟在陳悠身後，已經認識許多常用藥材。剛才陳悠叫她們分揀的，都是她們熟悉的，所以兩個小傢伙立即點頭表示明白。

陶氏瞧見陳悠的動作有些驚訝，同時，她也感到些許欣慰和高興，因為陳悠在做這些時已經不再避著她，這表明他們一家人之間的隔閡正慢慢消失。

教好阿梅和阿杏，陳悠才將目光落到吳氏身上，然後從一邊拿出幾份藥包，擺放在她面前。「娘，這是爹的藥。」

陶氏吃驚地看向她，也想過讓陳悠替丈夫配藥，可是當陳悠真的將藥包放到她面前，還是出乎她的意料。

陳悠見吳氏滿面震驚，尷尬地咳嗽一聲解釋道：「娘，唐仲叔走的時候和我說過方子，我就默默記了下來。其實之前我就配好了，但是擔心這其中藥材的分量不對，一直不敢拿出來。可爹的藥已經吃完了，咱家又沒有餘錢來買新藥包，唐仲叔說過，爹吃的這方子是普通的方子，其中所用的藥材也大多溫性，就算我配的相差一些，頂多藥效不如唐仲叔配的，對身子不會有什麼危害。」

實際上，陳悠拿出的這個方子並非唐仲之前配的方子，但是所用的草藥有許多都相同。

她這個方子此時給秦長瑞服用，更符合他現今身體的需求。陳悠之所以對陶氏這麼說，也只是為了讓她安心。

陶氏因為沒有吳氏的記憶，並不懷疑陳悠與唐仲學了認草藥、配草藥的事情。陳悠說得對，如今有藥吃總比沒有好，等他們有了錢，再去藥鋪抓藥，這也是沒辦法的事。

「阿悠，我知曉了，我與妳爹都相信妳。」陶氏放鬆臉上的表情，笑著對陳悠說。

陳悠放鬆下來，她還真怕此時吳氏鑽牛角尖，對她的能力有所懷疑。

「對了，娘，還有一件事要與妳商量。」陳悠往她身邊挪了挪，話一說開，這後面的事就好開口多了。

陶氏看了陳悠一眼，示意她繼續。

「娘，我跟著唐仲叔學了好些方子，有安神的、有驅蟲的，還有提神醒腦……我們能不能做些小藥包去縣集上賣，反正這草藥都是我自己採的，也不需什麼本錢，只是這裝草藥的小荷包要拜託娘來做了。」

百藥堂坑她的草藥錢，陳悠打算再也不賣給他們草藥了。而吳氏的針線活兒，她昨日在阿梅、阿杏的小鞋上是見過的，要是有她的幫忙，這小藥包的賣相會好看許多。

陶氏也未想到陳悠會提出這麼個賺錢的法子，她猶豫了片刻，道：「阿悠，一會兒我與妳爹說說，聽聽他的意見可好？」

陳悠自然不會反對，她猜出陶氏雖然嘴上這麼說，其實心中大半是同意這個做法的。雖然不知道銷量會怎樣，可這法子勝在成本小，就算沒賣出去幾個，她們也不會虧本，不管怎樣，都要先試試。

等到午飯後，陶氏便與陳悠說丈夫同意了。母女兩人這個時候好像都鬆了口氣。

秦長瑞雖然博學睿智，可如今的生活環境畢竟變化太大，他又是愛妻如命的人，不願意妻子受一丁點委屈，說好聽點是捨不得妻子受苦、說難聽點就是太過大男人主義了。

這在高門深府中可能不算什麼，但是處於溫飽都困難的農家卻是不可取的。生活在底層的老百姓，誰還遵著女子大門不出、二門不邁那套？況且大魏朝的民風也還未嚴苛到這個程度，即便是簪纓望族，女子也是有正常社交的。

不過，也只是在普通的荷包上繡點小東西做些點綴，這要比做繡活來賣讓秦長瑞容易接受些，所以在陶氏耐心勸解下，勉強點頭同意了。

於是，下午母女幾人便在堂屋中開始嘗試做第一批小藥包。

陶氏找出原身吳氏一些鮮亮些的舊衣裳裁剪了，在陳悠的指揮下，縫成可愛的心形、三角形、菱形等形狀的小布包，然後在布包上繡一、兩朵各色的花樣或是雲紋、纏枝紋、萬字紋，最後再在小布包上繫一根紅線。

這布包約阿梅、阿杏的小手心那麼大，陶氏照陳悠的建議又自己加了些點子，做好第一個小布包。

小巧的淡粉心形布包上繡了一朵顏色稍深的半綻海棠，並非是滿繡，為了節省時間，陶氏只是略微用針線勾了個輪廓，又在心形邊上加了些雲紋點綴，布包裡被陳悠塞了安神的小藥包，撐得鼓鼓的，上面掛了一根紅繩。

陳悠將心形小布包提起來，雖然做小布包的布料不好，但是陶氏的女紅實在精細，這麼一看竟然覺得像藝術品一般，連陳悠瞧著都有些愛不釋手了。

陶氏也挺喜歡這小巧的小布包，精巧細緻，還有安神的作用，放一個在身邊，可比以前整日裡在房間熏的那些香爐好多了，而且這些小布包形狀可愛，最是惹姑娘和年輕婦人的歡喜，最關鍵的是成本便宜，只要她們賣的價格不貴，不怕賣不出去。

陳悠看著漂亮的小布包，也對自己這個點子越來越有信心。現在她們沒成本，等到有了本錢，她們還可以改良，在這小布包的外形上下工夫，比如綴上一個流蘇或是玉石，再將這小布包上繡紋做得精細些，做成高檔貨，專門賣給有錢人。陳悠想得喜孜孜，手上分揀各色作用小藥包的動作也沒停。

一個樣品出來，後面就簡單得多，陶氏一個下午一口氣做了十來個這樣小巧的小布包。陳悠就根據小布包不同的形狀來分裝小藥包；心形的是提神藥包、三角形的是驅蟲藥包，菱形的是安神藥包……陳悠總共做了五種，她用的配方是現代經過改良的，中藥味不重，還帶著花香，就算是當香包戴在身上也可行。

母女四人一直忙活到太陽落山，才收拾手上的東西。

幾日時間一眨眼而過。陳悠整理這幾日做的各色小藥包，第一次出售，她們不敢做太多，總共才做了三、四十個。

第二日縣集，陶氏與陳悠一早起床，陳悠做好了簡單的朝食，叮囑兩個小包子好好照顧家中，便與陶氏一起去趕集。

前兩日，陳悠已經與李阿婆說好了，今日縣集她們三人一道。李阿婆還是有些驚奇陳悠竟然會與她娘一道去縣集，雖說這老陳頭家的三兒媳失了記憶，可有句話叫「江山易改本性難移」，李阿婆擔心不久這「吳氏」就會故態復萌。

但是今兒一早與陳悠她娘一道去林遠縣，卻讓李阿婆驚訝非常，這吳氏完全與以前判若兩人，若不是這外貌啥的沒絲毫變化，她都不敢相信吳氏與以前是同一個人。

李阿婆朝陳悠眨眨眼，陳悠回給李阿婆一個笑容。

「阿悠，妳和妳娘今兒帶的是啥呢？」李阿婆好奇地瞧著陶氏臂彎上挎著蓋一層灰布的竹籃。

陳悠與她說今日要同她娘一起去縣集，順便就告訴了李阿婆，她不去百藥堂賣草藥了。李阿婆還擔心地勸她，當時，陳悠對她甜甜一笑，讓她放心，她有旁的賺錢法子。

陳悠神秘地對著李阿婆笑，逗趣道：「保密！」

李阿婆伸手捏了陳悠嫩滑的小臉蛋，故意嗔怪道：「連阿婆妳都瞞著！」

陶氏在一旁瞧著陳悠與李阿婆的互動，眸色一深，卻是什麼也沒說。

「阿婆不要急，一會兒到了集市妳就知道啦！」陳悠調皮地朝李阿婆吐吐舌頭。

「妳這鬼靈精的孩子，到時阿婆定要看看是什麼好東西！」

三人邊走邊嘮嗑，這去林遠縣的路途也不顯得那麼枯燥和遙遠了。今日她們來得早，到了林遠縣時正是集市上人最多的時候。

李阿婆帶了些做好的繡活要送去孫記布莊，還有十來個雞蛋要賣，陶氏與李阿婆在東市選了個不錯的位置。

陶氏還是第一次在這麼頂放踵的縣集上出售東西，臉色有些繃著，不大習慣。

陳悠笑著接過陶氏手中的竹籃，揭開蓋在竹籃上的那層灰棉布，站在邊上的李阿婆連忙好奇地探過頭來。

竹籃中放著各色精緻可愛的小布包，那形狀和樣式，還有隱隱散發出來的淡淡香味讓李阿婆眼前一亮，她這個經常在布莊拿繡活做的人，都沒見過這般精緻奇怪卻出奇好看的小布包呢！李阿婆一見就喜歡上了。

「阿悠，這就是妳今兒要賣的東西？」李阿婆驚喜地問。

陳悠抿著嘴笑，對李阿婆點點頭，然後伸手拿了一個遞給李阿婆。「阿婆，您聞聞味兒。」

李阿婆將可愛的小布包放在鼻尖，輕輕嗅了一口，一股清甜的金銀花味道立即就衝進鼻腔，讓她瞬間感到精神一振，腦中也清明了不少。

李阿婆將這可愛的心形小藥包在手中仔細看著，驚喜道：「阿悠，這小布包可神奇哩，阿婆聞了後，感覺舒服許多，這味兒也好。」

陳悠笑嘻嘻解釋道：「阿婆，裡面裝的可都是配好的草藥呢！您看這不同形狀的，裡面配的方子都不同，作用和味道也都不同。」

陳悠一邊解釋，一邊把三角形和菱形的小藥包遞給李阿婆看。

李阿婆還沒見過這麼小巧漂亮，還有用處的小東西，新奇到不行，一個勁兒誇讚陳悠聰明機靈。

東市本就人多，賣啥的都有，這時又是市集一日最繁忙的時候，陳悠方才與李阿婆的對話都被旁邊的小販和路人聽了去，幾乎是立時就有人對陳悠和陶氏賣的這小布包產生興趣，紛紛過來詢問。

陳悠不緊不慢地將各色小藥包分揀開，竹籃底下鋪著一層陳悠昨日特地摘來的翠碧荷葉，淺色的精緻小藥包映襯在新鮮的綠色荷葉上，給人一種視覺衝擊。

做完這一切，陳悠才抬起頭耐心地向詢問她價格的年輕大姑娘、小媳婦們解釋。方才李阿婆問她時，她是故意將這小藥包的作用說出來給周圍的人聽的，還將它拿在手中展示，她與李阿婆對話間，無意就給這小藥包做了廣告。

人們對於新鮮事物都有好奇的心理，況且陳悠母女賣的這精巧別致又實用的小藥包好看又便宜，大家伙兒也不會在乎這幾個大錢。

一個大娘捏著一個三角形的小藥包，放在鼻尖聞了下，好奇問道：「小姑娘，這奇怪的小荷包真有妳說的這些用處？」

陳悠也不膽怯，大大方方地拿起一個菱形的小藥包。「大娘，咱做的可是實誠生意，您聞聞味兒就知道了，這小包裡頭放的都是草藥的配方。這方子都是從古醫書上謄下來的，靈得很，您瞧這驅蟲的藥包給經常上山打柴的人帶在身邊最合適不過了，您要是不相信，就買一個回去試試效果，左右只兩個包子的錢，不管是自家帶還是送人都是極好的。」

這有些微胖的大娘被說動，笑著嗔陳悠。「妳這小姑娘，這才多大，嘴皮子忒厲害。來，給我來一個回家試試。」

「大娘，今兒我們頭次賣，優惠價，一個兩文、兩個三文，大娘，您要不拿兩個？」陳悠笑嘻嘻地對眼前的婦人道。

「成，就拿兩個！」

「大娘，妳要哪種的？」

「就方才妳說的那什麼驅蟲還有醒腦的。」

「好！」陳悠將兩個小巧的藥包遞給眼前這大娘，收了錢遞給陶氏。

陶氏接過三個大錢時還在愣神，剛剛陳悠熟練地招呼客人、推銷小藥包那能說會道的勁兒，讓陶氏還處於驚訝之中。

陳悠見到陶氏的模樣，喊了一聲。「娘？」

陶氏被喚回神，這才想起來，她竟然讓陳悠一個小姑娘來應付這些來買小藥包的客人，李阿婆也一時未想到陳悠做的小藥包這麼受歡迎，頓時放下自己這邊的攤子，過來幫忙。

一日有一個人買了，後面想嚐新鮮的就像是開了閘的洪水，紛紛都表示要帶兩個回家去試試效果。不到兩刻鐘，這幾日她與陶氏做的小布包都賣空了。這後頭聞訊趕來的兩個大姑娘還沒買著，特地詢問陶氏她們下次市集時還來不來賣，聽到陶氏的保證後，兩個結伴來的大姑娘才離開。

這小藥包賣的速度大大出乎陳悠的意料，幸而這大魏朝安寧平和，太平盛世，使得百姓手中有餘錢買些這類小玩意兒。不然如他們家一樣，連溫飽都成問題，誰還會去花錢買這小藥包。

收了小攤，陶氏臉上也有幾分喜色和開懷，四十個小藥包全部賣完，一共賺了七十文錢。

實際上，這四十個小藥包並未花多少草藥和布料，比陳悠拎著處理過的草藥去百藥堂直接賣要划算多了。

錢全部交給陶氏收著，等李阿婆賣了雞蛋，幾人一起去孫記布莊。

這頭一回小藥包用的是吳氏以前的舊衣裁成的，這後面做小藥包要的布料卻是要買了，順便買些各色絲線並半尺質地稍好些的緋色布料。

之前陳悠在家中與陶氏商量過，若是這小藥包賣得好，她們就將一部分朝精細裡做，檔次分開。她們人工有限，不適合走薄利多銷這條路，將小藥包做精細了，這一個小藥包的價錢就抵得上十來個甚至是幾十個，所以方才陶氏挑起絲線和布料來也不吝嗇。

陶氏雖賣東西不行，但前世那麼多年的貴婦生活，眼光卻是極好的，一眼就比對出料比價高的這種布料。

孫大姑娘邊給她們剪絲線，邊笑著嘮嗑。「阿悠，妳瞧，我這手可都全好了！現下和正常人一樣。」說著孫大姑娘還將一隻白嫩的小手伸到陳悠的面前。

「恭喜孫姊姊！」陳悠撇頭看了眼陶氏，有些尷尬地回孫大姑娘。

孫大姑娘活潑善良。「嫂子，有阿悠這樣的孩子可真是您的福氣，就連我也羨慕呢，要不是我娘去得早，我也好想能有個阿悠這樣的妹子。」

陶氏帶著淡笑的聲音在耳邊響起。「這孩子從小就懂事，就像孫大姑娘說的，她是我們一家人的福星。」

陶氏的話讓孫大姑娘高興地瞇起眼睛。實際上，孫大姑娘聽李阿婆提過些老陳頭老三家的事，知曉陳悠的母親以前對她一直不好，難得這母女倆會一起來孫記布莊，孫大姑娘就想著藉這個機會提點一下這個村婦，讓她對自家女兒寬容些。但讓孫大姑娘沒想到的是，陶氏會這般回話，令孫大姑娘又仔細瞧了陶氏兩眼。

「阿悠，我今早買了許多桂花糕，一會兒讓妳帶些回去吃。」

陳悠連忙拒絕。「不能每次來都要占孫姊姊的便宜，桂花糕還是孫姊姊留著吃吧！」

「無事，我買得多，要是覺得占了孫姊姊的便宜，下次就送我一個妳們做的那小藥包，方才聽隔壁的春蘭說了，聽著怪好玩的。」孫大姑娘將陳悠她們買的絲線和布料包好，還特意多裁了些給她們。

「這好說，下次就給孫姊姊帶。」

臨走時，孫大姑娘塞了個油紙包到陳悠懷裡，將三人送到了布莊門口。

與李阿婆一道，陶氏買了些細白麵，在陳悠的建議下，又買了些便宜的豬下水和豬骨並些佐料，今日賣小藥包賺的錢就差不多了。

家中只有阿梅和阿杏照料，陶氏與陳悠都不放心，急趕著回去，幾人並未在縣集中耽擱。

剛過午時，陶氏與陳悠便回到家中。阿梅、阿杏忙高興地迎上來，陳悠將孫大姑娘給的桂花糕遞給她們，讓她們拿到東屋跟陳懷敏一起吃。

兩個小傢伙驚喜地盯著油紙包，對於她們來說，桂花糕這樣的零食糕點，已經許久都未吃到了，幾乎已經記不清桂花糕的味道。

午飯是早上熬好的稀粥，晚上一家人第一次包了一頓白菘菜素餡餃子，在林遠縣買的豬骨頭下午時被陳悠放在鍋灶上熬著，洗淨的豬大腸紅燒和剩下的豬肚，陳悠想著明日做個槐花豬肚湯，健脾胃、止血。

這節氣正好槐花初綻，李陳莊到處都是槐樹，摘槐花也容易，這道湯正適合秦長瑞和陳懷敏這樣剛傷病癒合的脾胃虛弱之人。

晚上，大人帶著孩子們終於吃了這許多天來最豐盛的一頓飯。細白麵包的肥胖餃子、燉得濃鮮的骨頭湯、飄散著濃郁香味的紅燒豬大腸……

吃過數百種山珍海味的秦長瑞夫婦，在吃到眼前一頓簡單的家常飯時，竟然覺得美味無比，味道絲毫不輸於以前那些精心準備的膳食。

一家人暫時找到賺錢的法子，接下來的幾日，陳悠也不再帶著妹妹們去村後的山頭，而是與陶氏在家中做小藥包。

第二次製作，兩人比第一次多了許多經驗，小藥包也多了五瓣花和四葉草等形狀。她們花了些心思做了二十個更加精緻的小藥包，在藥包底下綴了各色的縷子，這次她們一共做了百來個。

第二次去縣集賣小藥包，果然生意變得更好了，孫大姑娘還特意帶了手帕交來捧場，她們做的那些精細小藥包也銷量不錯，等到中午已經一個不剩。這次她們居然賺了四百多文錢，大概半兩銀子，這是陳悠沒有想到過的。

第十六章

陶氏與陳悠去縣集賣這小藥包，一直持續了兩、三個縣集，終於攢了一兩多銀子。母女幾人辛苦了這半個月，也有了收穫。

這時節已經將近五月，再過上一個來月，氣溫也越來越高了。這半月期間，也下了兩場雨，雖然沒有暮春那次下得大，不過也讓一家人累得夠嗆。雨一停，三間屋幾乎沒有一間保持乾爽。

陳悠早就與李阿婆打聽翻修屋頂所需的銀錢，所以一家人剛湊夠一兩多銀子便急著找人來修繕房屋。沒辦法，這件事實在是沒法再耽誤下去。

今兒一大早，陶氏便與陳悠一起去村東頭的大山嫂子家。大山哥是蓋房修屋的一把好手，現今田裡也就一些除草鬆苗的活計，大山哥也有時間。

找好了修房的人，陶氏和陳悠都鬆了口氣。

大山嫂子和大山哥都是急性子的人，做事風風火火。陳悠與大山嫂子說後的第二日，大山哥就帶著他幾個擅長蓋房造屋的兄弟上門了。修房頂的瓦片材料都是陶氏出錢讓大山哥和他的幾個兄弟幫著買的。

這群人確實都是好手，這第一日加上採買修繕材料的時間就已經翻新了兩間房的屋頂，現在只剩下堂屋了。

中午，陶氏包了大山哥他們一行人的餐飯，這群漢子實誠，飯後不多久又上房幹起活來。晚上走時，陶氏過意不去，一人多給了幾個大錢。

明日大概還有半日，這屋頂便能修好。一家人這日臉上都帶著笑容，以後下再大的雨，他們都有一片可以遮擋的地方了。

這晚，陶氏帶著幾個孩子剛用過晚飯，就著微弱的燈火做小藥包。白日裡，忙前忙後，都沒空，再過兩日就是縣集了，他們這房屋一修葺完，之前的積攢也花得差不多了，必須得抓緊做活才成。

陶氏小藥包上的一朵桃花繡了一半，就聽見院外的腳步聲。

陳悠皺眉放下手中的草藥，站起身來剛想出去瞧瞧，這腳步聲就到了門檻，便見來人是蕭氏還有陳秋月。

一進門，蕭氏的眼珠子就往她們面前的簸箕裡瞟。

陶氏放下手上的活兒，抬眼朝蕭氏看過去。陳悠也連忙將各種草藥收起來，用一塊棉布蓋住，放到一邊。

見吳氏與陳悠這般防範，蕭氏不悅地撇了撇嘴，這幾日聽說三房做那什麼小藥包發財了，就連修房子的錢都出得起了，她很早就想來探探風聲，可又找不到理由。

今兒一早，後院這邊就熱鬧得很，她指派陳順來偷看，才知道三房在修房子呢！於是，三房賣小藥包賺錢賺得盆滿缽滿這事，她就更加肯定了。蕭氏嫉妒得不行，恨不得立馬去瞧瞧這小藥包是怎麼做的，剛才她瞧了一眼呢，就被人像是防賊一樣防著了。

蕭氏輕笑了一聲。「小妹，我說吧，這個時候三弟妹家中定然還未歇息，這堂屋燈還亮著呢，三弟妹忙著賺錢，哪會這麼早就睡下。」

陳秋月彆扭地叫了聲三嫂。

陶氏應了一聲。「這麼晚了，二嫂和小姑來有何事？」

蕭氏又瞥了陳悠藏在身後的簸箕一眼，眼珠子一轉。「還不是聽三弟妹家要修房嗎？今兒大山他們家來，聽說妳管他們的飯，還一人給了二十個大錢。三弟妹，不是我說妳，雖然妳現在有錢了，可也不是這麼花的，這在縣城裡做活，一日也拿不著二十個大錢呀！大山那房，雖說與我們同宗，但怎能比妳親兄弟還親？妳二哥也是個修房的好手哩！三弟妹，妳瞧瞧我們家那房，被當家的修過後，這都好幾年了，從來不漏雨！」

陳悠聽到蕭氏這麼說，險些要笑出聲來，這蕭氏什麼意思？是怪罪她們給這麼高報酬的工作不找自家人來做，反而找了外人，肥水都流到外面去了？

「二嫂的好意我心領了，但之前早與大山說好，都這時了去毀約不妥當。」陶氏平靜地回道。

蕭氏抬頭看了看頭頂，眼角亂瞟。「是，是二嫂話多了。三弟妹，這屋子還未修好吧，左右妳二哥這兩日在家也沒什麼事，明兒我也叫他來幫忙。」

陶氏張口要拒絕，蕭氏連忙打斷。「娘不是說過嗎？咱們是一家人，沒事都要互相幫襯著，這事不算啥，弟妹妳也別推拒。」

蕭氏是死要將丈夫往這裡塞了，陶氏也不說答應。

蕭氏見這事能成，連忙繼續道：「弟妹啊，妳還不知道吧！今兒娘已經給秋月定了人家，就是妳娘家村子的，過些日子就要下定了呢！」

陶氏轉頭看了眼陳秋月，見她羞怯地低著頭，臉頰在燈光映照下有兩團酡紅，確實不像是假的，只是沒想到王氏會給陳秋月這麼快就定下親事。

陳悠想著也有點納悶，王氏對這個么女的疼愛是有目共睹的，寧願將她在家中多留兩年，也不願委屈了她，讓她隨便嫁個人。現在又怎麼這麼急就定下親事？可吳氏根本就不是原裝貨，即便是蕭氏與她說男方是她娘家顏莊的人，她也猜不出會是誰。

「那可要恭喜小姑了。」

陳秋月兩次說親失敗，都間接與原身吳氏有些干係，這些雖不是她所願，卻是因她而起。而今，陳秋月能找到一樁滿意的姻緣，陶氏也真心為她高興。

「三嫂，妳說哪兒的話，這日子還沒定下呢！」陳秋月嬌羞道。

「啥沒定下啊，今兒劉媒婆都上門了，男方家那麼急，這還不就是幾個月的事，說不定啊，咱們秋月以後還能做上官太太呢！」蕭氏用胳膊肘拐了下陳秋月玩笑道。

陳悠一怔。官太太？現下她終於明白，陳秋月這個親事為什麼定得這麼倉促了。原本陳秋月及笄後，沒定下人家，很大一部分原因便是她的眼光太高，老陳家在李陳莊也算不得好人家，而且以陳秋月的相貌，想攀個「豪門」確實勉強了些，但是這姑娘偏不信邪，老實普通的漢子不想嫁，偏要挑些門第高的。一來二去，也就慢慢耽擱了。

可正經讀書人或是有貢生位的青年怎會看上條件不好的陳秋月？而且還急著成婚？陳悠總覺得這其中怪怪的，有些讓人難以琢磨。

蕭氏這句話一出口，讓陶氏也是一愣。

蕭氏揶揄完了陳秋月，用手掌心抹了把嘴，繼續道：「三弟妹，秋月以後的男人可是會有官身的，娘的意思呢，咱幾房當初分家的時候也是答應好的，等秋月成婚了，要給她湊點。如今，秋月嫁了個好人家，要還是像咱村平日裡那樣的陪嫁，以後秋月在娘家就沒臉了！娘想讓咱們幾房多湊幾個錢，給秋月打一副銀頭面。秋月到婆家有臉，也是咱們老陳家有臉不是？」

閒扯了半天，蕭氏終於將話題扯到正頭上。還是來要錢的，不僅要，還要得理所當然，這件事的確是當初分家就答應好的，這也是她做嫂子的本分。

「該咱們出錢，咱們不會比大房、二房少一個大錢的，秋月妳放心！」陶氏說。

聽了陶氏的話，陳秋月一愣，想要開口，臉上頃刻露出一片愧色，張了張口又將話嚥了回去，低頭小心瞥了眼蕭氏。

蕭氏暗裡瞪了她一眼，抬起頭瞧著陶氏，假笑道：「三弟妹，妳還是沒明白我的意思。

大房那兒我不知道，可是光說我們二房，這眼見著我們家老大也到了議親的年紀，這下頭還有阿荷和順子，兩年一過，又都是要嫁要娶的年紀，一樁親事就要耗盡家裡的積蓄，何況兩、三樁呢！我這就算能每日造錢，也不夠這幾個兔崽子花啊！但妳不同，你們家阿悠才十歲，又是女娃，懷敏雖是男娃，年紀卻小，要娶親可還得十來年呢！這麼長時間，可夠你們給懷敏攢娶媳婦的錢。眼下，能者多勞，也多出，三弟妹，妳也別推辭，我早聽說你們賣那啥小藥包賺了一大筆錢，瞧，你們連房子都修上了，多出些銀錢給秋月做嫁妝也是應該的是不！」

陳悠要被蕭氏氣笑了，她這什麼神邏輯，憑什麼陳秋月成婚，他們三房就應該多出銀子？拿他們當兔大頭？攥了攥拳頭，若非蕭氏是長輩，陳悠現在恨不得拿起扁擔攆她出門。

陶氏眸子一閃，淡笑道：「二嫂這話怕是有些言過其實，我與阿悠每日辛苦賺錢，也才勉強湊夠這修繕房屋的銀子，現已所剩無幾。當家的還在養傷，藥錢必不可少，二嫂和小姑也都是女子，妳們也當明白女子賺錢不易，要真說起來，我們三房的狀況還抵不上大房二房。當然，小姑那件事，我們是一早就答應了，大嫂與二嫂也算得是長輩，我們也不該越過長輩對不對？」

陶氏這話說得冠冕堂皇，但也在理，蕭氏沒想到她會拒絕，當即臉色便不大好看，陳秋月也低頭咬了咬唇。

這兩日她聽說三房賺了錢，這在嫁妝中添銀頭面的事是她自己向王氏提出來的，王氏雖然沒有直接說她這條件過分，卻也只一句話塞給陳秋月，她說：「妳若能說動妳哥嫂們出錢給妳打一套銀頭面，我也不會阻攔。」

於是，才有蕭氏帶著陳秋月上門這一事。陳秋月被陶氏這太極一打，也覺得沒臉。

「三弟妹，瞧妳說的這是什麼話，妳……」

「二嫂的意思我明白，到時，妳與大嫂出多少錢，即便是我們三房再窮，一分錢也不會少了小姑的。天色也晚了，今兒修房子，孩子們也累了，二嫂與小姑也早些回去休息吧！」陶氏將蕭氏的話堵了，直接下逐客令。

蕭氏沒想到她會在這裡碰到軟釘子，左右說不過這個伶牙俐齒的三弟妹，蕭氏氣鼓鼓地率先走出陳悠家的堂屋，連一句招呼都不打。陳秋月畢竟還是姑娘家，給她開道的二嫂都走了，她也不好意思繼續問三房討要，也灰溜溜地離開了。

打發了「兩個吸血鬼」，陳悠與陶氏心有靈犀地互看了一眼，陳悠憋不住笑出了聲，惹得陶氏瞪了她一眼。

陶氏拿著小藥包，飛針走線。「我們可不是兔大頭轉世，有時候該強硬的地方就要強硬、該軟弱的地方就要軟弱，這是求生之道。阿悠，妳可懂？」

陳悠停下手中整理藥材的動作，明白這是陶氏有心教導她，點了點頭。「娘的教誨阿悠記下了。」

陳悠想了想。「娘，不知道小姑姑定下的是哪戶人家？」

「管她做甚，妳沒瞧見妳小姑滿臉都寫著願意嗎？左右日子是她過，我們也管不著，是福是禍都要由她自己承擔，我們要是管多了，反倒還要遭人嫉恨。」陶氏叮囑陳悠道。

陳悠本還想要打聽打聽陳秋月要嫁的這戶人家，聽陶氏這麼一說，也徹底打消這個念頭。

「阿悠，別亂想了，把手頭這些做好，就帶著阿梅、阿杏去休息。」陶氏將一個做好的小藥包放在一邊的空簸箕中。

晚上睡覺，陳悠躺在床上，想著已經有好幾日未去藥田空間中看看了，默唸靈語，就閃身進入空間。

第二日，二伯陳永賀果然一早就來了，一來就往他們家西屋跑，一點也不客氣地問有沒有朝食，他還空著肚子呢！

陳悠與陶氏無法，只好將她們準備吃的韭菜薄烙餅和稀粥端給他，二伯陳永賀一人坐在堂屋中，一口氣竟然吃了五張烙餅子，盛給他的稀粥也都喝完了。這才打著飽嗝等著大山哥帶人來修屋頂。

西屋中，阿梅拽了拽陳悠的衣袖，小傢伙也被驚到了。「大姊，二伯怎地這麼能吃，他吃了我們四個人的朝食，怪不得二伯娘要將他趕出來了……」

陳悠嘴角抽了抽，他們二房是有便宜不占渾身不舒服吧，以前與陳永賀接觸不多，現下看來，還真不是一家人不進一家門，與蕭氏半斤八兩。

那烙餅子一張有兩個碗口那麼大，普通人的食量一張韭菜烙餅加上一碗稀粥便差不多飽了，而陳永賀一口氣全吃完，現在正坐在堂屋中撐得搗著胃順氣……

「阿梅、阿杏餓不餓，大姊給妳們做蛋羹？」

兩個小傢伙先是臉上一喜，片刻才搖搖頭。「雞蛋留給爹和弟弟吃吧！我和阿杏隨便吃點就行。」

陳悠摸了摸兩個小包子的頭，笑了笑。「妳們出去將小院菜園子的蘿蔔澆些水，一會兒做好就叫妳們進來吃。」

陳悠還是給她們一人蒸了個雞蛋羹，等到兩個小傢伙吃完，大山哥帶著人也來了。大山見到老陳家頭家的老二也在，頓了一下，才上去打招呼，叫了聲「二叔」。結果這個堂屋的房頂，大山帶著他的兄弟們原本半日就能完成的活兒，因為陳永賀生生拖了一日。陳永賀老覺得自己是長輩，大山和他的兄弟們都應該聽他的。大山不好駁陳永賀面子，畢竟陳永賀是同族的長輩，但他那幾個兄弟卻與陳永賀沒有半毛錢關係。他們本是按照商量好的修繕屋頂，被陳永賀指手畫腳當然不願意，他那幾個兄弟看不過，說了兩句，讓陳永賀的臉色也不大好看。

不但如此，中午吃飯時，陳順還過來了，那小子上桌「嘩嘩」將一碗乾菜燒肉中的肉都挑出來吃了個乾淨。大山哥和他兄弟們臨走前，陶氏同樣一人給了二十個大錢，還讓大山哥代她向他的兄弟們道個歉。二伯陳永賀瞧見陶氏給大山他們工錢，也杵在院子不肯走。

陶氏轉身笑著朝陳永賀走過來。「今兒多虧了二哥，我們家屋子才這麼快修好，回頭等永新身子好了，讓他買酒請二哥喝，這家裡還一團亂呢，弟妹就不陪二哥，先回去收拾了。」

陳永賀一愣，張嘴想拿二十個大錢，卻怎麼也開不了口，朝吳氏走遠的身影啐了一口，才滿臉不高興地回家去了。

大山和他兄弟才走沒多遠，就被他一起做活的兄弟給埋怨上了。

陳永賀在背後被別人說得一無是處，他這自己還感覺良好，認為今兒要不是他，房頂能這麼快修好？可是三弟妹真是有眼不識金鑲玉，連工錢都不給，他這是白出了一天的力！等回頭定要與爹娘說這事。

他這會兒在路上走著走著愈加覺得自己受了虧待，連自家也沒回，沒和蕭氏商量，就直接去王氏那兒。

進了屋就開始抱怨，卻愣頭愣腦挨了王氏一頓訓斥。

王氏指著自己二兒，氣得冷哼一聲。「順子他爹，你還好意思說，永新是你弟弟，你幫著他們修一日房怎麼了？家裡人的錢你也要賺，拿在手裡你不覺得燙得慌！」

陳永賀沒想到他娘不但不為他作主，還要罵他，當即就頂嘴道：「誰的錢不是錢，拿到手裡才是自己的錢！」

王氏氣得用手裡還沒納好的鞋底就朝著陳永賀扔過去。三十大好幾的漢子，被自己老娘追得滿屋跑，臉都丟光了。

晚上陶氏帶著三個小姑娘將堂屋收拾了，一家人簡單用完了晚飯，陶氏服侍秦長瑞喝完了藥，才在堂屋中歇下來，計算著這幾日的花銷。本來，房子半日修好了，大山帶來的人每人就能省下十個大錢，現在不但錢多給了，還要招來抱怨，陳永賀還真是把搗亂的好手。

購置修繕房屋的材料加上這兩日的飯錢和工錢，先前他們攢下的，幾乎所剩無幾。前院陳秋月要出嫁，蕭氏來訛他們三房，雖被她擋了回去，但必要的銀錢還是要出……想到這裡，陶氏嘆了口氣，臉色疲憊。

這些日子，為了賺錢修房子，她們母女可以說是夜以繼日地趕工做小藥包。

這幾日修繕房屋，她們白日跟著後頭幫忙，晚上還要熬夜做活，方才阿梅、阿杏坐在小馬扎分揀藥材時，都迷迷糊糊的頭一點一點的，困倦到不行。

陶氏怕累著孩子，連忙讓陳悠帶著阿梅、阿杏先去休息。她自己活了這麼多年，也從未像這段日子這般累過。有時，繡小藥包時間久了，站起來，腰腿都痠麻得厲害，可儘管這麼累，她仍然要堅持下去。這麼一想來，她前世的那些生活簡直是太過安逸了。

第二日，天矇矇亮，母女二人就起床，安排好家中事務，就帶著做好的小藥包去往林遠縣，因她們這次做得多，比平日早出發。

李阿婆若是沒事，也不是次次縣集都會去的，以前她是為了照顧陳悠，如今陳悠有她娘照顧，她也不用每次都跟著了。李阿婆畢竟年紀大了，早上起那麼早傷身，也被陳悠勸了下來。

陶氏與陳悠到林遠縣時，早市的人還沒有很多，她們尋了平日裡常待的那個位置，等到了時，已經發現一對母女早已蹲在那兒了。

陳悠一怔，低頭朝她們面前擺放的竹籃看過去，裡面竟然也是與她們一般無二的小藥包，雖不知道這小藥包裡頭裝的藥方如何，但是光論外表，與她們做出來的相差不多。除了她們另外做的那些精細小藥包，要一般人買回去，定然看不出區別。

那賣小藥包的母女也會吆喝。「兩文一個，多買優惠。」

陳悠瞪眼看著那對母女，這小藥包因為賣得好，價格早已不是第一次賣的兩文一個，而是漲到三文一個，而現在這對母女竟然比她們賣的還要便宜！

陶氏也有些愣怔，沒想到這麼快就有人搶了她們生意。

其實古往今來，盜版層出不窮，一行東西賺錢，就避免不了別人拷貝，但要是這件事真的這麼快發生又是出在自己身上，想必沒人心情會好過。

特別是像小藥包這麼好複製的東西，除了小藥包裡頭的方子，這樣的外形，只要是買回去的，略通針線手藝的人比照著，大多能做個樣兒出來。或許上頭的繡工不如陶氏的好，樣子不如陶氏做得好看，也沒有陶氏做得精細，可是幾文錢的東西，一般人買回去又有幾個會在乎這些，只要便宜就好了嘛！

陳悠早想到有這一日，只是未想到這般快，想必，過不了多久，各家針線鋪子裡也會直接有小藥包出售。她們做不成品牌，吃不了這口長期飯，也就只能做第一個吃螃蟹的人，賺一賺第一桶金而已。

此時，見到眼前的情景，陳悠是氣憤的，可她又能怎樣呢？對方可能也是像她們一樣這般拮据的母女，她難道要上前掀了她們的攤子，大罵她們抄襲嗎？開玩笑，大魏朝又沒有發明專利。

攤前的小女孩見她們愣在面前，還笑著招呼她們，問她們要不要買小藥包。

陳悠頓感心塞，陶氏平靜地瞥了眼這對母女，拉著陳悠快步離開。

陶氏與陳悠一走，擺攤的母親才長吐一口氣，那灰色短褂的女娃對她娘說：「娘，我們是不是做得不對？」

「都是憑手藝吃飯，有啥不對的，她們能做，我們照樣也能做！這籃子小藥包賣完了，就能給妳買布做衣衫了。」

女娃咬著唇點頭。

陶氏與陳悠重新在東市上尋了一處擺攤，儘管她們已經降價，可是買的人並不多，一個上午，只賣出去一半。路過還有人問她們是不是學東市那頭的那對母女，只叫陳悠無言以對。

早市到中午已經沒什麼人，大多來趕集的農人都挑著擔子回家去了。

寥寥無幾的客人，讓陶氏與陳悠都無心留在早市，母女倆置辦一些用品吃食，準備回去，打孫記布莊路過的時候，被孫大姑娘叫住了。

「嫂子，還有阿悠，妳們都進來，我有話與妳們說。」孫大姑娘蹙著眉，瞥眼見了她們籃子中賣的還剩下一半的小藥包。

「孫姊姊，妳有什麼事？」進了布莊，陳悠疑惑問道。

孫大姑娘泡了兩杯粗茶端來，放到陶氏和陳悠面前，才坐到她們身邊。

「今日，嫂子和阿悠想必瞧見市集上那對母女了吧！」陳悠點頭。

「前幾日，這對母女便來我家鋪子裡，那日正是我坐堂，這對母女旁敲側擊問我，妳們買過什麼絲線和布料，那時我便覺得奇怪，所以多留意了兩眼。沒想到前兒個，我又見到她們，因為對她們母女印象極深，我便站在鋪子門口注意著，瞧她們進了百藥堂，然後拎了一包東西出來，還是趙大夫親自將她們送出藥鋪。」

想到那趙大夫，陳悠心中就添堵。

「多謝孫大姑娘提醒，是我們大意了，原本因為這小藥包的方子是從古醫書上得來的，便以為這藥包沒人能做，沒想到還是讓別人投了巧。」陶氏嘆息道。

小藥包裡用的方子是現代改良的，配藥全部是經過陳悠的手，就算是行家買回去拆開了，也不能清楚估算出每種藥包用藥的分量，況且裡面像砂仁、枸杞子等都被她搗碎摻雜在其中，就算百藥堂能模仿出相同功效的藥方，但是絕對與她的方子有很大出入。

「妳們這生意怕是做不長，那百藥堂的趙大夫可是個掉錢眼裡的人！」孫大姑娘感慨道。

陳悠對這個深有體會，也不知他這種品格的人是怎麼成為大夫。

「孫大姑娘放心，我們會另想法子的。」這別人不偷不搶的，她們還能舉報別人不成？

孫大姑娘低頭想了片刻。「妳們這還大半籃子的小藥包帶回去也是放著，若是不介意，便放在我這布莊裡代售，嫂子，妳看可行？」

陳悠當然是高興孫大姑娘肯幫忙，林遠縣布莊來來往往的人也多，賣出去幾個總比她們帶回去睡大覺好。

「那可再好不過，不求全賣了，能賣幾個是幾個，到時賣的錢分一部分給孫大姑娘。」陶氏也是欣然同意。

「這事權當我幫阿悠，就擺放在鋪子裡也不礙事，哪能還要分利，只要妳們以後做什麼稀奇古怪的玩意兒給我留一份就成。」孫大姑娘說起話來眼睛彎彎的像月牙，瞧起來讓人覺得格外親切。

陶氏起身將籃子裡沒賣掉的小藥包都寄放在孫記布莊裡售賣，這會兒接近中午，趕早市的人已經回去了，布莊也沒什麼生意。陶氏母女與孫大姑娘聊了一會兒天，就準備告辭，孫大姑娘留兩人吃飯，被陶氏拒絕了。

三人剛到鋪子門口，林遠縣街道上就有人朝她們這邊指過來，然後聽到一個粗獷帶著怒意的聲音響起。「就是她們，快，攔住她們，別讓那婦人和孩子跑了！」

隨後就有幾個壯碩的莊稼漢子朝她們這邊跑過來，臉上都是怒氣騰騰的。

陳悠下意識覺得不好，這些人好像是朝她們來的。不一會兒，那幾個莊稼漢就把陶氏和陳悠給圍住了。

孫大姑娘驚恐地在一邊瞧著，反應過來時，兩人已經被困住。

「你們是什麼人？光天化日之下膽敢在街道上堵人，不怕官府的巡邏兵嗎？」孫大姑娘急忙怒道。

「小娘子，不關妳的事，妳別擋著道兒，不然我們連妳一起帶走！」

這莊稼漢子說話雖然凶狠，可也只是出言威嚇，並沒有真的動手，這一看起來，也不像是那種凶神惡煞的人，到真像是地地道道的種田漢。

陶氏連忙將陳悠護在懷裡，然後被其中一個黑臉漢子推了一把。「走，跟我們走，今兒讓趙大夫給斷斷，妳們該怎麼賠償，若妳們不依，咱們就告到官府去！」

陶氏一把推開那推搡她的莊稼漢，背脊筆直地站在原地，雙眼冷冷朝著眼前這幾個長得頗像的男子看了一圈，眸光冰寒似鐵，直將四個粗壯漢子瞧得後背發涼，他們從沒見過一個女人也能這麼有氣勢。

「你們不分青紅皂白就要將我們帶走，帶到哪兒去？今兒在這兒你們要不說個所以然來，怕是告官的就不是你們了！」

「妳這婦人，妳還有臉說，賣那些東西害人。我婆娘和妹子便是今日買了妳們那什麼小藥包帶在身上，回家後，就口吐白沫，昏迷不醒，妳說，是不是妳們的錯！」那漢子悲憤道，眼眶紅紅的，恨不得馬上掐死這個說話輕巧的婦人。

陳悠因這漢子的話吃驚地睜大眼睛盯著眼前這幾人，她的藥方絕對不會有問題，那是在現代經過成千上萬人試驗過的，即便是有敏感性過敏體質的人，也未對這個方子產生過這樣劇烈的反應。

陶氏到底是經歷過大風大浪的人，她此時要比陳悠冷靜許多。「你們憑什麼認為你們妹妹和妻子突然生病是因為我們的小藥包？藥包我們母女賣了將近一個月，那麼多人買過用過，都沒有出過問題，或許你妻子和妹妹本來就有病在身，突然發病卻要賴在我們的小藥包身上！」

「妳這婦人不但心腸黑硬，還忒會狡辯，趙大夫親口說了，俺婆娘和小妹是因為佩戴小藥包而發病，那還能有假！妳不用狡辯了，跟我們去一趟百藥堂！」

其中一個漢子說完，又要上來拽陶氏與陳悠。

陳悠現在已經鎮定許多，肯定和相信自己的配方一定沒有問題後，她的底氣就十足起來。「你們憑什麼認為是買了我們的小藥包才出的問題，今兒縣集，還有一對母女也在賣草藥包，如果這樣的話，你們應該連她們都抓住！」

「就是妳們幹的事，還想要推到旁人身上，我們早打聽過了，這麼些日子，每逢縣集，妳們就來賣小藥包，小妹昏迷前說賣給她與嫂嫂藥包的是一對母女，除了妳們還能有誰？別廢話了，快走，我們不吃這一套。」

幾個粗實的莊稼漢將陳悠母女推搡到百藥堂門口。

孫大姑娘不放心她們，連忙去後院告訴孫老闆，又託付隔壁鋪子照看下布莊，便與孫老闆一起去百藥堂。

陶氏低聲在陳悠耳邊詢問。「阿悠，咱們的方子……」

「娘，我敢向妳保證，方子絕對沒問題！」陳悠嚴肅著臉低聲保證道。

陶氏深深看了她一眼，頷首道：「娘相信妳！」

百藥堂門口已經被看熱鬧的人圍得水泄不通，趙大夫正在坐診的裡間給兩個患者診治。

「讓讓，都讓讓！」那莊稼漢大吼道，百藥堂擁擠的人群前才讓開一條小道。

幾個漢子將陶氏與陳悠推進去，百藥堂大堂裡此時躺著兩個女子，其中一個還是個頭沒長開的少女，兩人此時腰間還掛著兩個不同形狀的小藥包。

陳悠盯著小藥包仔細看了看，猛地一驚，這小藥包竟然真的是她們的！即便早上那對母女是完全模擬她們做的小藥包，可是個人手法不同，繡工也不同，仔細看的話，就能分辨哪個是她們賣的哪個不是她們的。

趙大夫轉頭見到她們母女，立即滿面憤怒，抬手指著陶氏與陳悠。「妳們為了那點錢，這般傷天害理的事都能做得出來，若這兩姑嫂不是送來得及時，只怕這個時候已經一命嗚呼了！」

趙大夫一副打抱不平的樣子，一見著陳悠母女就迫不及待要給她們定下「死罪」！

「無憑無據，如何能證明這對姑嫂的病症與我們有干係？」陶氏緊蹙眉頭反駁道。

趙大夫甩了甩袖，冷哼一聲，「證據？妳們看，這對姑嫂腰間繫著的小藥包就是證據！就是怕妳們抵賴，方才我一直未動這小藥包，就是為了讓妳們在大家面前供認不諱！只要是經常來縣集的人，這麼些日子，誰不知道早市上有一對賣各色功用小藥包的母女，就連門口這些人，好些人腰間也戴著這小藥包，是也不是？」

趙大夫話音一落，果然見圍觀的人群一陣騷動，其中幾個大姑娘小媳婦的腰間都掛著小藥包。

其中還傳來一個老婦人一驚一乍的聲音。「我說妳們還戴著幹啥，沒瞧見人家都躺著了嗎？」

幾乎是這話音一落，許多掛著小藥包的人立馬解了下來，前些日子還受人追捧的小藥包，頓時像是瘟疫一樣讓人避之唯恐不及。

陳悠眼光掃了圍觀的人群，嘴角抿了抿，所謂三人成虎，想必就是這樣的情況了。趙大夫一句話，就讓這群人嚇破了膽。

陶氏直直與趙大夫對峙。「趙大夫，怎麼能憑你一句話就要將這天大的罪名推到我們母女頭上？假若是有心人想要陷害呢！如今我們誰說都沒用，便讓這對姑嫂說說實情如何？」

在陶氏說話間，陳悠往這對躺在地面門板上的姑嫂看過去。這對姑嫂兩人都還處於昏迷中，臉上有不正常的潮紅，顯然是因為發燒的緣故，裸露在外的頸部皮膚還有淡淡的紅色丘疹，有些嚴重的地方生出了小水皰，這明顯是藥物中毒的症狀！

這類型的藥物中毒與她小藥包所用的中草藥沒有半點關係！陳悠明白其中緣由後，內心就平靜許多。只要與小藥包沒關係，這個趙大夫縱使巧舌如簧，她也要揭開他的真面目！

第十七章

當陶氏要求聽聽還處於昏厥的這對姑嫂的親口供詞時，趙大夫有瞬間的慌亂在臉上略過。

趙大夫即便是個十分善於隱藏的人，這片刻的慌亂也未能逃過陶氏的眼睛。

之前，陶氏並不確定這幾個來找她們母女賠償的莊稼漢到底是不是百藥堂找來的打手，她原本只是想試探一番趙大夫，此時卻確定這對姑嫂來百藥堂真是來看病的，這突發症狀都是真實的，並非是趙大夫捏造。

確定了這些，看來能證明她們清白的或許真的是這對還在昏迷、躺在地上的姑嫂！

這邊孫老闆也站出來說話。「我看這法子行，不管如何，我們總不能冤枉了人，應該讓受害人來說明其中的情況。」

孫老闆在林遠縣也算是比較有聲望的人，他站出來說話，原本那幾個躁動的莊稼漢也安靜下來。在門口圍觀的群眾也紛紛表示，理應這麼做。

那其中一個莊稼漢哼了一聲，道：「若這件事真與妳們母女無關，那麼我們哥兒幾個便給妳們上門賠禮道歉！」

約莫兩刻鐘後，昏迷中的姑嫂二人開始有了些意識，幾個莊稼漢連忙都圍過去，焦急詢問道：「孩子他娘，小妹妳們都無事吧？」

方才趙大夫替她們針灸，這姑嫂兩人的情況都好了許多。

那少女先虛弱地搖了搖頭。「大哥、二哥、三哥，我沒事，就是身上無力。」

「二嫂怎樣了？」

「妳二嫂沒事！」

少女這才長吁了口氣，看向擔憂的哥哥們。「大哥，這是哪兒，怎地這麼多人？」

「妳和妳嫂子到家一會兒就暈了，把我們幾個可嚇得不輕，我們借了牛車才將妳們送到縣城的藥鋪。趙大夫說，妳們突然發病是因妳們今日買的小藥包。小妹，妳告訴大哥，妳與妳嫂子這小藥包可是在眼前這對母女那兒買的？」莊稼漢說著朝陶氏和陳悠的方向指過去。

少女虛弱地順著大哥的視線看去。眼前的一對母女，雖然穿著簡樸，可是這通身氣韻卻讓人不敢小瞧，她看了一眼低下頭，皺著眉頭好似在回憶著。

「小妹，到底是不是她們？妳一定要與大哥說實話，若不是人家，我們冤枉了人，就和別人道歉；若是她們，大哥絕對不會讓妳和妳嫂子吃這個虧！」

一屋子人也都注意著這少女，一時間，百藥堂安靜得連根針掉在地上都能聽到。

趙大夫同樣一瞬不瞬地盯著，眼瞳幾乎有凶煞露出。

陶氏朝趙大夫的方向瞥了一眼，嘲諷的輕笑逸出嘴角，讓趙大夫整個人一僵。

千算萬算還是百密一疏，這對姑嫂確實藥物中毒，當了這麼多年的大夫，即便他醫術再不精，這點還是能診斷出來。當時兩人身上掛著的是另外那對母女所做的小藥包，自小藥包銷售紅火時，趙大夫便開始關注了。為了研究這小藥包中的成分，他專門叫藥鋪裡的小夥計去陳悠母女那兒買了幾個回來，拆開來分析了好幾日，才半湊成功效差不多的方子，為此他還高興了一日，好似眼前的小藥包已經變成小金錠。

今兒在早市上占了陳悠母女她們位置的那對母女其實是趙大夫家的親戚，趙大夫特意尋了與陳悠母女差不多樣子的人，將這小藥包生意交給她們做。

今兒逢集，那對母女小藥包賣得很不錯，午時前就把他的那份分紅送到了百藥堂，那時，他還高興地數著銅錢，哪曉得不一會兒，就遇到了幾個莊稼漢抬著兩個女子進來了。

他一查之下，沒想到是自己的方子有問題，第一日就讓人中毒，抬眼一瞥眼前三個人高馬大、身強力壯的莊稼漢，趙大夫心中便有些害怕。若是讓這幾個魁梧男子知道事情真相，還不將他的百藥堂給砸了。於是，他腦中靈光一閃，想到陳悠母女，就將這件事推到她們身上，讓她們來做冤大頭。

為了製造證據，他特地將三個莊稼漢指使出去。由於之前研究了陳悠母女做的小藥包好幾日，自是一眼就分辨出哪個是她們做的，於是趁著三個莊稼漢不在，他將姑嫂二人身上的小藥包掉了包。

少女被哥哥扶著，想了許久，才歉意地道：「大哥，我不記得是不是她們了，早市時人多，她們攤前人也多，嫂嫂趕著還要採辦家什，我就匆匆給錢拿了兩個便走。我只知道是對母女，相貌卻是記不住了……」

少女這話一出口，趙大夫原來蒼白的臉瞬間好似「枯木逢春」，而陶氏與陳悠卻皺起眉頭，她們怎麼也未想到這少女竟然記不清那對母女的樣貌了！

莊稼漢也怔了一下，轉頭問旁邊的婦人。「弟妹，妳可見到那對母女的模樣？」

婦人搖搖頭。「因那攤前人多，我在外面等著小妹，並未擠進去瞧一瞧。」

瞬間，百藥堂裡議論紛紛，有的人說中毒就是因為這對母女賣的小藥包引起的；有的人則說今日早市好像還有一對母女也在賣小藥包，眼前的母女二人或許是冤枉的。

「妳們還是莫要再狡辯了，我診過了，這對姑嫂確實是因妳們賣的這小藥包才中毒發病的，也不知是哪裡來的怪方子，就這麼做成小藥包出來賣，今兒這兩位症狀還算輕的，日後要是危及大家的性命可怎麼辦！」趙大夫一番話說得人心惶惶。

陳悠猛地看向趙大夫，他滿口胡言不說，還這般威嚇，分明是想要將她們母女的活路堵死。這趙大夫這麼狠心，多半也怨恨她不將草藥賣給他的藥鋪。

莊稼漢橫眉豎目地對陳悠母女道：「趙大夫說得對，還好今日我們將家人及時送到醫館，若以後還有此類情況，稍稍耽擱說不定這人就沒命了，妳們賠得起嗎？我們也不為難妳們母女，給些銀兩當作藥費吧，以後這小藥包妳們也莫要再做了，害人的玩意兒！」

莊稼漢話一說完，藥鋪門口圍觀的人就有人罵罵咧咧起來，甚至還有人將前幾日買的小藥包砸到陶氏身上！

孫大姑娘一陣不忍，就要上去阻攔，卻被她爹一把拉住。「阿穎，這事發展到這個地步，咱們幫不上忙，妳上去說話只會火上澆油！」

孫大姑娘抿了抿嘴，不忍地看著陳悠，頓了頓，才在原處站好。

陳悠瞧趙大夫得意的臉，小臉被氣得通紅。相較於陶氏，即便是被眾人咒罵也未表現出絲毫的慌亂與恐懼來，她站在百藥堂的大堂中央，面色平靜，雙眸深邃，讓人看不出她的情緒。

「各位鄉親，我們打從做小藥包以來，前前後後將近一個月，我們次次來縣集上賣這小藥包，已經出售不下上千個，從未有人傳言說過我們的小藥包有問題，也從未有人因為我們的小藥包患得什麼病症。可以說，我們這小藥包的生意越來越好，我想正是因為這樣，才有人眼紅。這一個月什麼問題都未出，偏偏在今日出了這等事！難免不是有心人為之？大家的眼睛都是雪亮的，想必很多人都瞧見了，今日還有另一對母女在早市上賣小藥包！這其中莫不是有蹊蹺？」陶氏擲地有聲地將這番話說完，說到最後一句時，厲眸掃向趙大夫。

趙大夫未想到這個婦人這般強硬，要是普通人，早就嚇得什麼話也說不出口了，哪裡還能狡辯，趙大夫突然覺得自己惹上一個棘手的人了！

陳悠也不禁要為這番詰問叫好。這趙大夫其實漏洞百出，要是周圍有精通草藥醫術之人，便一眼能夠看穿他的詭計，可奈何陳悠自己如今才十歲，就算她將真相說出來，恐怕也沒幾個人會相信，不但不會相信，還會嘲笑她胡說！

趙大夫臉色被氣得黑沈，一雙眼盯著眼前的婦人恨不得將她燒個窟窿來，他背著手，伸著脖子氣急敗壞地道：「妳們做錯了事，還這般詭辯，妳這無知村婦，妳的意思難道是說我與這幾個大兄弟是一夥的，專門下套坑妳們？」

陳悠心叫一聲不好，這趙大夫這句話一說完，邊上那幾個莊稼漢就坐不住了。「啥，妳這婦人說啥！我們坑妳們？我嫂子和我妹子的命都金貴著呢！我們會捨得捨命坑人？妳這婦人不要將我們惹急了，官衙門口就在林遠縣城南邊！」

這幾個莊稼漢空有一身力氣，被趙大夫當槍使了也不知道，所謂「秀才遇到兵，有理說不清」，陶氏即便是有十張嘴，又怎能抵得過這幾個莊稼漢的拳頭！

「告訴妳們，今兒這事，要不賠錢、要不咱就上官府！」那莊稼漢咄咄逼人。

「光賠錢怎麼行，她們這藥包也不知道有沒有問題，若要是有問題，林遠縣這麼多人買了，可怎生是好？依我看，讓她們將這些小藥包的藥方說出來，讓我們百藥堂鑑定一下才行！」趙大夫不要臉地提議道。

「對，檢查藥方、檢查藥方！查了我們才能放心！」

圍觀的人群中立即就有人附和道，很快地喊著要求「檢查藥方」的聲音便越來越大。此時情況對她們母女越來越不利，就連陳悠也不由急得滿頭是汗。

這趙大夫根本是想要偷藥方！就算她把正確的藥方說出來，她們也不能洗脫干係，只要趙大夫來驗，他大可以想說哪個方子有問題。

陳悠腦中急轉著，林遠縣就這麼大，藥鋪也就這一處，想要現在找出一位大夫來還真是不簡單，何況不能保證這新找出來的大夫人品如何，會不會公正地看待這件事。

當陶氏與陳悠兩相為難之時，百藥堂外圍觀的人群突然就讓開了一條道，原本正在高喊的聲音也慢慢平息下來。

陳悠回頭，恰看到唐仲一身索利的青布短打，身後揹著一個藥簍從百藥堂圍觀的人群中進來。因唐仲這些年一直在林遠縣周圍行醫，他醫術好，診金也公道，林遠縣大大小小的村莊大多都知道他這個人。

唐仲在外行醫將近一個月，今兒準備在林遠縣城採買些東西便回李陳莊，剛巧遇到百藥堂門口「人滿為患」，稍稍打聽了下，就知道裡邊發生了什麼事。

門口突然安靜，讓趙大夫也奇怪得很，抬頭見到進來的是唐仲時，整個人臉色就突然黑了下來，他在心裡咒罵這個死對頭。

林遠縣不大，除了他在林遠縣開的這家百藥堂，就數唐仲這個赤腳大夫了。他與唐仲可以說是競爭對手，最氣人的是，這傢伙給人看病收的診金和藥費都低得可憐，這一比較，搞得他像是黑心肝的人一樣。若不是唐仲四處行醫，並不做堂診，他這百藥堂就沒人來看病了。

唐仲揚起嘴角，走到趙大夫的面前，朝趙大夫抱了抱拳。「好久不見啊，趙大夫！」

趙大夫撇頭冷哼了一聲。「姓唐的，我與你不熟。」

唐仲放下背上的藥簍，向周圍環視了一圈，與陳悠的眼神碰撞時，眼睛眯了眯，好似在對陳悠笑。

「趙大夫，今日你這百藥堂可是熱鬧得很啊！唷，都這麼多人，都是來看病的？」唐仲笑道。

莊稼漢見到唐仲像是見到救星一般，連忙走上前來。「唐大夫，快些給我妻子和小妹瞧瞧，之前在家中忽然暈倒，把我們幾個弟兄的魂嚇得都沒了。」

唐仲朝著此時已經被扶到椅子上坐著的姑嫂兩人。「便是這兩位病患？」

「唐大夫，正是、正是，您快幫我們看看！」那莊稼漢焦急回道。

唐仲嘴角含笑，瞧了一眼在邊上氣得吹鬍子瞪眼的趙大夫。「趙大夫，不知道我能不能瞧瞧你這位病患。」

趙大夫被唐仲的話氣得呼哧呼哧地喘氣，人家家屬都要他瞧了，他偏還要問他一句，這是在他面前得色？

「你要看便看，問我做甚！」

「趙大夫同意便好，我也是讓你有個心理準備，不然，到時候我診出的結果與你不一樣便不大好了。」

「你！」趙大夫指著唐仲被噎得說不出話來。

唐仲不再與他鬥嘴，在兩位女子對面坐下，靜心給她們診脈，然後又細細詢問這兩人昏厥時的感覺。唐仲一時把所有人的注意力都吸引去了，倒是沒人再為難陳悠母女倆。

片刻，唐仲邊擰眉思索邊敲擊桌面。

莊稼漢等不及地詢問。「唐大夫，我妻子和小妹到底是咋回事？」

就連趙大夫等得也心焦，雖然他對自己的診斷很有信心，不過要是這個死對頭故意要與他對著幹怎麼辦！

「大兄弟，你莫急，讓我想想。」唐仲突然挪過自己藥簍，動作迅速地在裡面翻找起來，一樣樣的草藥被他從藥簍中拿出來，終於，唐仲喊了一聲。「找到了！」

只見他將一株開滿密集淡藍色小花的花枝舉起來，帶笑朝著陳悠的方向看了一眼，這才緩聲解釋。「這兩位大姊和妹子都是藥物中毒。」

他這診斷一出口，百藥堂圍觀的群眾都譁然，趙大夫說得不假，真是草藥中毒，那這小藥包豈不是真能致病？

「請問這位大姊，妳與妳家小妹這些日子是不是在服用什麼湯藥？」唐仲不理會百藥堂裡喧譁的聲音，轉頭向眼前的兩位女子問道。

那婦人想了想。「唐大夫您猜得不錯，先前我與小妹手腳上都患有癬疾，便來百藥堂瞧了病，配藥包回家煎服，方子吃了不久，我與小妹就好了，可前兩日我身上卻又復發，我便將藥包尋出來，煎了兩劑，怕小妹也會復發，所以我們兩人都喝了湯藥。」

這個婦人說到這裡，陳悠眼睛一亮，恍然大悟。

唐仲手中拿著的丁香恰是治療癬疾的常用草藥，丁香溫中、暖腎、降逆，是一種常用草藥，但它不能與大黃混用，否則就會中毒。

「那藥包妳們還有沒有？」

「昨日已經喝完了，但是上次趙大夫給我們開的藥方還在，今日本想來藥鋪抓藥，可當時趕著回去，東西又多，便將這事忘了。」婦人說著就從自己的袖口裡摸出一張紙遞給唐仲。

唐仲接過打開掃了一眼，嘴角的笑意更濃了，走到趙大夫身邊將這方子遞給他。「趙大夫，這可是你開的方子？」

趙大夫瞥了一眼，確實是他的字跡，這是正常治癬病的方子，他也沒什麼好心虛不敢承認的。「是我開的方子！」

「這就對了。」唐仲抬手將手上那簇丁香花舉到趙大夫面前。「趙大夫，你我都身為大夫，想必不會忘了這丁香的禁忌吧！」

「這我怎會不知，丁香不能與大黃混用，否則輕則昏厥、重則喪命！」趙大夫理直氣壯地道。

「趙大夫說得好！」隨後唐仲又接著道：「眼前的這位大姊和姑娘便是丁香中毒！」

唐仲聲音微提高，將這句話說出來，然後直直盯著趙大夫。

趙大夫的醫術是跟著老爹學的，他們趙家也說得上是世代行醫，可惜他學得半斤八兩，後來老趙大夫去世了，他便繼承百藥堂。因為林遠縣也就這一家藥鋪，生意倒也未因他不到家的醫術差了去，他接手藥鋪大半輩子，雖然看病坐診不甚精通，可也從未治死過人。憑他的水準能診出草藥中毒已經不錯了，至於什麼草藥中毒，他是診斷不出的，所以那時他才慌亂地將這事推卸到陳悠母女身上。

唐仲這些年在林遠縣積下的聲望，讓多數人都相信他所言。

圍觀人群中有人已經等不及了。「那這兩姑嫂丁香中毒與她們戴在身上的小藥包有關係嗎？」

唐仲才朝著姑嫂兩腰側掛著的小藥包看去，那婦人連忙將身上的藥包解下來遞到唐仲手中。唐仲也不客氣地接過，先是放在手中掂量了一番，暗裡向陳悠瞥了一眼，將小藥包放在鼻尖輕嗅，然後他讓人尋來一個托盤，毫不猶豫地將小藥包撕開，將裡面的藥物都倒進托盤裡。

他雙手在托盤裡撥弄了兩下，讓端著托盤的小夥計端到趙大夫面前。「給你們趙大夫瞧瞧！」

陳悠冷眼看著這一切，因為她做的小藥包中根本沒用到大黃一味。

趙大夫瞥了那托盤一眼，不屑地哼了一聲，陳悠母女做的小藥包，他前幾日早已瞧了個遍，還有什麼可看的。他配製的藥包雖然也有大黃，但是兩味草藥根本沒有混在一起煎服，根本就不會致使中毒。這唐仲再查，也不能將這事賴在他身上，頂多算這對母女無事便是。

「大姊，妳可記得今日妳在家中煎服藥劑時的一些細節？」

婦人身邊的少女忽想起什麼道：「二嫂，今兒中午妳讓我看藥時，我在一旁把玩那小藥包的時候，不小心將小藥包掉進藥罐中，等我撈起來的時候，上面都滿是藥漬！」

那少女這麼說後，便拿起自己腰間的小藥包，驚奇地「咦」了一聲。「我記得，我雖是用水洗了這小藥包，可是上面的污漬還有剩下的，怎麼現在變得這般乾淨了？像是新買的一般！」

趙大夫一驚，明白是不好了！

唐仲一笑，轉頭對趙大夫道：「不知趙大夫可為我們解釋一二？」

趙大夫氣憤又心虛地眼睛一瞪，抖著手指著唐仲道：「姓唐的，你什麼意思，這與我有什麼干係，為何你要問我？即便這對姑嫂的病症與那小藥包沒聯繫，可也與我沒關係，你怎能含血噴人！」

那莊稼漢擰著粗眉盯著趙大夫，用懷疑的眼光看著他。

少女此時拉了拉她二嫂的衣袖。「二嫂，妳將妳那好的小藥包換給我啦？」

見婦人搖搖頭，少女又看向身邊的哥哥們，幾個莊稼漢也紛紛表示從來不會去動小妹的東西。

少女低頭嘀咕道：「那怎會變成這樣呢，欸？這個小藥包瞧起來好似精緻些啊！」

她那幾個兄長中突然有一個人上前指著趙大夫憤憤道：「我知曉了！你之前將我們支出去，怕是小妹身上的小藥包被你調換了！」

他們三兄弟從頭至尾都未離開過兩姑嫂，唯一不在身邊的那會兒，就是出去尋陳悠母女時，若是說小藥包被人調換，也只能是這個時候。

「你們憑什麼說是我調換的，就算你們不在藥鋪中，可這藥鋪除了我還有其他人，你們為什麼不懷疑其他人！」趙大夫奮力解釋，但這個時候他的解釋好似是此地無銀三百兩。

百藥堂的幾個小夥計也都瑟縮地往後躲了躲。

「你們！」趙大夫指著那幾個學徒夥計，臉色鐵青，額頭青筋都暴突起來。

這時，不知是誰從百藥堂的一個角落，翻出幾個小藥包送了過來。

「唐大夫，您瞧瞧這些小藥包？」那粗壯的漢子道。

唐仲將小藥包放進托盤中，端到那少女面前。「大妹子，妳瞧瞧這其中可有妳那小藥包？」

其中幾個嶄新的小藥包中間，那個染色的小藥包一眼就能看出來。

「唐大夫，這個便是我原來的那個。」

唐仲順手接過一把撕開小藥包，挑揀了兩下，將一個切片的塊狀根莖從裡面挑出來，放在鼻尖嗅了嗅，舉著對趙大夫道：「趙大夫，這個小藥包中的大黃你怎麼解釋？」

孫大姑娘這時候也明白了其中的原委，連忙上來幫著道：「前兩日我還瞧見今日也在早市中賣小藥包的母女從百藥堂出來，莫非那對母女與趙大夫你有關係？」

趙大夫現今已經百口莫辯，只覺得之前對他有利的一個個圍觀群眾瞬間化成了餓狼，要將他撕爛。

陳悠盯著趙大夫狼狽的樣子。「趙大夫，你不是還想要我們小藥包的藥方嗎？我看你是對我們這小藥包的藥方覬覦已久！」

唐仲這時候也不再說話，低頭寫了個方子給身旁的婦人，讓她按照方子抓藥，她與她家小妹便可不日而癒。

那幾個莊稼漢沒想到真相竟然是這樣，趙大夫當場就被其中一個漢子提起了衣襟。「好你個趙大夫，你竟然騙我們，若不是唐大夫在，我們豈不是冤枉了好人！」

趙大夫一把年紀，哪禁得起幾個人打，怕是這幾個莊稼漢一人一拳也要將他打得散了架。他連忙求饒。「幾位大兄弟，這事是我不對，有話好好說啊，你們要多少銀兩都好商量！」

幾個莊稼漢也不真的是凶惡殘暴之人，只是一時氣不過，險些就被這趙大夫當了槍使，不嚇嚇他怎能出得了這口惡氣。

趙大夫兩腿發軟，渾身顫抖，生怕眼前幾人的拳頭就要落到他身上。

這邊陶氏拉著陳悠走到唐仲身邊，謝道：「這次多虧了唐大夫，不然我和阿悠還真不知道怎麼辦才好。」

「陳三嫂說哪裡的話，舉手之勞而已，只是妳們下次可是要更小心了，這趙老頭經過此事怕是要記恨上妳們。」唐仲說完，笑著瞧了陳悠一眼。

陳悠禮貌地叫了一聲唐仲叔。

這邊事情真相大白，方才砸小藥包群情激憤的人好些都慚愧地與陳悠母女道歉。

孫老闆與孫大姑娘一起走過來。「今日之事真要多虧了唐大夫啊，不然這趙大夫就要得手了！」

陶氏連忙向孫老闆道謝。「方才多謝孫老闆幫我們母女說話，日後若是有什麼咱們母女能幫上忙的，孫老闆便直說。」

孫老闆摸了摸花白的鬍鬚。「無妨，我家妮子喜歡阿悠，我幫著說話也應該，大妹子別這麼客氣。」

這邊幾人寒暄幾句，孫老闆本還想請陳悠母女還有唐仲一起去布莊坐坐，可這件事一鬧，早已過了午時，再不回去，就要走夜路了。

唐仲謝過孫老闆的好意後，也與陳悠母女一道回了李陳莊。

至於百藥堂這邊，幾個夥計早就嚇得鑽人群裡，溜回家了，只剩下趙大夫一人。

趙大夫家又不在林遠縣城，也沒個家人能幫忙，被幾個莊稼漢一嚇，認命地賠了一大筆銀錢還搭上了幾劑藥包。那幾個莊稼漢見趙大夫賠了錢，也並未將這事真鬧到官府去，直接租了牛車，帶著姑嫂兩人回家去了。

趙大夫一把老骨頭被嚇得滑到在地直喘氣，他向自己藥鋪看了一圈，桌椅凌亂，有些藥材還被人翻出來混進其他的藥材中，頓時老眼一翻就要暈過去。他朝藥鋪門口看去，恨恨地啐了一口。「姓唐的，還有那婦人孩子，你們等著瞧！」

陶氏帶著陳悠與唐仲一道，同行的還有幾個同村人。

「陳三嫂，不知道阿悠她爹的身子現下可好些了？」唐仲邊走邊問道。

陶氏與陳悠順利度過危難，此時心情也很放鬆。

「阿悠她爹這段日子好多了，再過些日子，就能下床走動了。」

唐仲看向陶氏和陳悠挎著半空的籃子。「陳三嫂，妳們這些日子都是賣小藥包賺錢的？」

「是啊，阿悠琢磨出來的點子，說來還是要謝謝您，阿悠說這些小藥包的配方都是您說的，沒經過您同意我們就做了小藥包，真是不好意思。」陶氏歉意道。

陳悠暗叫一聲不好，縮了縮脖子，沒想到陶氏能有與唐仲通氣的時候，她這是在唐仲面前又暴露了！

陳悠心虛地低著頭，忍不住抬頭朝唐仲瞟了一眼，正好與唐仲意味深長的眼神對視，嚇得她急忙又低下腦袋。

陶氏又與唐仲閒聊了些事，說了她們與前院已經分家，陳秋月許了人家云云。

幾人聊著時，後面一個粗獷漢子的大嗓門在後頭叫著。「大姊妳們等等……」

陳悠疑惑地轉過頭，只覺得這聲音有些熟悉，定睛一看，才知道是在百藥堂中誣賴她們的那漢子。

陶氏、陳悠與唐仲都停下腳步，不一會兒，那莊稼漢趕著一隻青頭騾子到了她們面前。

那壯碩的漢子抓了抓頭髮，滿是虯髯的臉上都是歉意，一邊說，一邊從腰間扯下一個藍布荷包雙手遞到陶氏面前。「之前冤枉嫂子，連累嫂子這生意以後也做不成了，這些銀兩就權當賠罪！」

陶氏抿唇看著他，沒說話也不接。實際上，她對這個幾個莊稼漢還是有埋怨的，這幾個人愣頭青說話做事都欠考慮，不分青紅皂白就將她們母女抓去，相信那趙大夫的一面之詞，若今天不是唐仲站出來替她們說話，說不定真要鬧到官府去！

「嫂子妳就接著吧，其實也不是我們的銀錢，我們家也拿不出這麼多錢來，都是那趙大夫的。」

陶氏猶豫了一下，最終還是將那莊稼漢手中的藍色荷包接了過來。

「大嫂子，今日是我們不對，若是大嫂子不嫌棄就留個地址，我們兄弟定然登門道歉。」那莊稼漢還是個怪講理的。

陶氏輕輕搖頭。「道歉就不必了，我既收了你們的銀子，那這件事便一筆勾銷吧，今後，我們誰也不欠誰的。」

莊稼漢見她說得堅決，只好無奈地點頭，他懊惱又虧欠地抓了抓頭髮。「那我便不耽誤大嫂了。」話音一落，他就上了青頭騾子拉的車，趕著車，極快地離開了。

陶氏瞥了那人的背影一眼，拉著陳悠就朝李陳莊走，也不再和唐仲說話。

回到家中，已近傍晚，秦長瑞在家中都等急了，阿梅、阿杏兩個小傢伙聽到小院籬笆牆外的腳步聲，急忙迎了出去。

唐仲跟著陳悠母女進了家中，進東屋替男主人看診。

唐仲上下打量了兩眼眼前還是像之前一樣削瘦，不過臉色卻好看多的男子。「今日才歸，路過林遠縣城，遇到了陳三嫂和阿悠，便一同回來，順道來給陳三哥瞧瞧。」

秦長瑞這些日子被陳悠調養得全身狀況大好，甚至身體原本有些陳年的舊疾也得以根除，他自己都能感到這個身體是越來越舒暢了。

「那便有勞唐大夫了。」秦長瑞溫言道。

唐仲眉頭微攏，有些納悶地看了眼半靠在床邊的男人一眼。雖然他接觸陳永新的時間不長，但也明顯感覺到眼前的這個男人與之前給人的感覺大不相同。變得彬彬有禮、笑容溫和，而且神情難測！

唐仲甩甩頭，驅趕掉腦中這種奇怪的感覺。什麼都能騙人，可陳永新身上的傷口不能騙人，這傷口是他親手包紮醫治的，眼前之人不是陳家三哥，還會是誰？也許以前是他不瞭解陳永新，或許陳永新本來就是這樣性格的人。

秦長瑞這樣慢慢展示自己真實的一面給別人，是故意為之，他不是陳永新，更不可能一輩子模仿他，他要讓周圍的人漸漸適應新的陳永新。所謂潛移默化，不外如是。

唐仲按捺下心緒給秦長瑞把脈。這脈象平穩下來後，卻讓唐仲嚇了一跳，這脈象三部有脈，一息四至，不浮不沈，不大不小，節律均勻……這乃平脈啊，根本就是健康正常人的脈象！離陳永新身體受傷不過一個月未到，按照原來陳永新虛弱的身體，要養好起碼也得兩、三個月。他當初臨走時給的方子雖是不錯，但也達不到這樣的奇效。

唐仲眉頭擰了又擰，實在是不明白陳永新的身體為何會恢復這樣快？這時，他竟然第一次懷疑自己有沒有診錯脈。直到連續確認兩次，他才完全相信陳永新的身體基本上已經痊癒了，只等著腿上的傷好，就可以與一般人無異。

這唐仲變換的臉色卻讓秦長瑞有些擔憂，他懷疑自己這身體有什麼不適的地方。

「唐大夫，有一事我要與您說。」秦長瑞儘量平靜道。

唐仲被他打斷思維，抬頭看著他。「陳家三哥有何事，直說無妨。」

秦長瑞便將家中無錢買藥包，這些日子吃的都是陳悠照唐仲那方子配的藥包的事情給直說了。

唐仲皺眉想了片刻。「陳家三哥，不知你這裡可還有未煎服完的藥包？」

秦長瑞便朝床尾的床櫃上指去。

唐仲取來藥包，拆開來瞧了瞧，並將幾味藥材放在鼻尖輕嗅，才將藥包重新包起來。

「陳家三哥，你吃這方子時日有多長了？」

「估摸大半個月了，自從您留下的那藥包吃完，便一直吃這個。雖是一樣的藥包，可我平日裡吃來總覺得味道有時有些不同，不知是不是我傷口未癒的緣故……」秦長瑞將他這些日子以來的感受全說了。

唐仲細細聽著，最後，他斂目想了片刻。

「唐大夫，可是我這身體惡化了？」秦長瑞自重獲新生後，為了挽回前世的遺憾，便一直非常惜命。他要是這個時候為此陷入病痛折磨，只會讓他更加不甘和後悔，所以養傷以來，他一直都萬分小心。

唐仲聽出他話語中的擔憂，連忙笑著安撫。「沒有的事，陳家三哥，你這身體好得很，雖然阿悠配的藥不如我之前的方子，但是藥效也不差，再過幾日，你就可以試著下床走動了。我只是沒想到阿悠真能記住我給她說的那些方子，真是個聰明的姑娘。」

見唐仲的話語神情都不似作假，秦長瑞才放下心來。

而在院中給小菜園子澆水的陳悠，抬頭瞧了一眼東屋，撇了撇嘴，對於唐仲她早就「債多不愁」了，便讓他猜去吧！

唐仲很快就告辭回家，陶氏留他用飯也推辭過去。臨走時，只是笑著瞧了陳悠一眼，陳悠被他看得心中毛毛的。

晚間睡覺前，陶氏將今天白日裡發生的事情都與秦長瑞說了一遍。秦長瑞聽得險些大發雷霆，並默默在心中的小黑本上給趙大夫劃上一筆。

小藥包的生意是做不成了，所以這天晚上母女幾個都閒了下來，總算能好好睡個好覺。

陳悠平躺在床上，身邊是阿梅、阿杏平緩有規律的呼吸聲。今日那幾個兄弟賠的銀錢估摸著有一兩多，夠他們一家六口人溫飽一個月，可陳秋月那邊不知道什麼時候又要銀子。不管怎樣，她們就算是一時賺不到銀錢，也不大要緊，腦中的弦繃緊了這麼多日，算是可以輕鬆幾日了，唐仲的事也暫時放到一邊……陳悠想著想著便進入香甜的夢鄉。

一夜酣眠，陳悠難得睡遲了，睜眼時，透過打開的窗戶朝外看去，外頭天光大亮，陶氏已經在院裡餵雞了。

前院分過來的那幾隻雞，為了讓牠們多產蛋，阿梅、阿杏總是會抓一些小蟲來餵牠們。現在幾隻母雞在小院裡悠閒地踱步，蓬鬆的雞毛蓋在肥肥的身子上，瞧起來有些呆頭呆腦。晨光穿過白色的厚厚雲層灑向大地，給萬物鍍了一層金色光輝，瞧起來分外美麗和諧。

很快又到了林遠縣縣集的時候，陶氏今日要去縣集上買些糧食。早間，唐仲出門時，將兩服藥包交到陳悠手上，託她將這兩服藥包送到縣學裡王先生手中。

王先生有風濕性關節炎，一到陰雨天就會犯病，他與唐仲是在遊學中認識的，唐仲給他治了多年，也未根治，每月唐仲都會託人給他帶藥，這次便將這事交到陳悠這裡來。

因是舉手之勞，陶氏和陳悠當然欣然答應。

這日一早，陶氏與陳悠便一早出發，陶氏算過了，若是回來東西太多，她們便雇一輛牛車送回來。

打孫記布莊路過時，陳悠將早上做的槐花糕送了一份給孫大姑娘，他們家中也沒什麼好東西，一份槐花糕權當感激的心意而已。

孫大姑娘從櫃下數了三十文錢給陳悠。「阿悠，這些日子這小藥包不好賣，我便作主一文錢一個賤賣了，這是賣小藥包的錢，還剩下幾十個，下次若是賣了，再把錢給妳。」

果然不出陳悠所料，小藥包的生意一落千丈。「一朝被蛇咬，十年怕草繩」，就算上次那件事不是她們的過錯，人們對小藥包已經有心理陰影。

陳悠笑了笑。「多謝孫姊姊，要不是孫姊姊幫忙，這些小藥包不知道什麼時候能賣出去呢！」

孫大姑娘本還想多安慰陳悠幾句，見陳悠這般看開，也不再多說。她撫了撫陳悠臉側散下的鬢髮，笑著道：「天下的路千千萬萬，一條路死了，轉過身就能看見更多條，說不定下一條才是最適合自己的呢！」

陳悠笑著點頭，告別了孫大姑娘，便與陶氏會合，等到母女倆將小件的東西置辦得差不多了，陶氏向路人打聽縣學所在，朝著林遠縣南邊去了。

第十八章

走了小半刻鐘，街道的盡頭，陶氏與陳悠瞧見了林遠縣的縣學。

縣學是供過了童生試的學子學習的地方，幾乎聚集了一個縣城所有的菁英。王先生是秀才出身，學富五車，只是考了幾十年還是沒中舉，後來終於死心，便死心塌地留在縣學中教書。瞧著這些他親手教出的學子一飛沖天，也慰藉了他多年未圓的夢想。

陳悠與陶氏到縣學時，已近午時，恰是縣學午休的時候。兩人正想託人將王先生請出來時，縣學門口便三三兩兩走出身著各色長衫、頭戴儒冠的學子。陳悠好奇地向裡面張望了兩下，攔住了一個學子詢問起王先生。

那學子朝身後指了指。「這位姑娘，那位便是王先生。」

順著學子所指看去，便看到一老一少，老者瞧著普通，倒是他身邊的少年很吸引人。只見那少年臉色蒼白，臉頰削瘦，唇色也很淡，不過一雙眼卻清亮深邃。

少年似乎對陳悠毫不避諱的打量有些不喜。他不動聲色地皺了皺濃眉，然後突然身體的什麼開關被打開一樣，呼吸變得急促，一陣陣抑制不住的咳嗽聲就接連而來。

王先生連忙拍著他的後背，幫他順氣。「阿磊，要不要回去歇息，你的病又犯了。」

「先生，我無礙，好不容易能來縣學一日，我可不想這麼早就回去關在屋子裡。」

陳悠聽著他們奇怪的對話，心想，難道說這個叫阿磊的十幾歲少年並非經常出門？

陳悠瞧著這少年，他這病一看就是哮喘，可不是簡單就能治好的。這時，她不禁開始佩服起少年來，患了這等難癒的病症，竟然如此有毅力沒有荒廢學業，小小年紀就已經過了童生試，真是了不得。

一旁的陶氏整個人像是僵住一般，她仔細打量眼前這病弱的俊美少年，好似要在他的臉上找到前世的影子。她越看越心驚，原本她還抱著一絲僥倖，卻沒想到真的是他！

陶氏深深地吸了口氣來平復自己激動的情緒。眼前少年名叫趙燁磊，前世在她與秦長瑞知曉的情況下身體還算康健，而現今眼前這個病弱少年臉上完全找不到一丁點與前世相似的影子，除了他眉間的那顆痣。她一時心中五味雜陳，若非自身心理素質極好，這個時候恐怕早就吃驚得語無倫次。

陳悠並未注意到陶氏不同的神色，她只是認真注意著趙燁磊的臉色還有他的病症表現，這番動作完全就是身為中醫師的通病。

趙燁磊一抬頭就見到一個小姑娘在看他，他臉上一陣尷尬，頓時泛出紅暈來，這時竟讓他看起來臉色似好了許多。他終於忍受不了陳悠毫無避忌的視線，對陳悠瞪了一眼。

這時，陶氏也回過神來，忙拉著陳悠上去攔住王先生。「敢問您是王先生嗎？」

王先生抬頭不解地看過來，見攔住他的是一對母女。「是老朽，這位夫人有什麼事？」

陶氏急忙將尋他的原因說了，又將藥包親手交給王先生。臨走前，陶氏向旁人打聽了那與王先生走在一起的少年，才神色怪異地帶著陳悠匆匆離開縣學。

下午，母女倆租了輛牛車，將買的糧食運回家中。

陶氏幾乎是剛到家中，就迫不及待進了東屋與秦長瑞商量事情了。

「文欣，妳說什麼？妳今日見到了趙燁磊？」秦長瑞吃驚得幾乎要從床上跳下來。

陶氏按下丈夫緊張的身軀。「永凌，起先我也不相信，世間同名的人百千，可他那眉間相同之處的暗痣如何解釋？」

「他怎麼會在這裡？還是趙舉人之子！」秦長瑞皺眉低喃。

前世趙燁磊剛入朝堂之時，他派專人調查過他的身世，趙燁磊乃是孤兒之身，若非一個孤寡養父，怕不知何年就夭折了，所以他一入朝堂便被歸入清流派，直至自己與那個世界告別，趙燁磊都是左相旗下的人。而今趙燁磊並非像是前世一般，不但如此，身體還如此孱弱，難道他也如他們一樣，被偷梁換柱了？

秦長瑞眉頭深鎖，他總有種奇怪的感覺，認為前世隱藏的種種正在一步步地揭開面紗。

「永凌，接下來我們該怎麼辦？」陶氏低聲詢問。

秦長瑞的食指輕輕地敲擊桌面，不一會兒，他問道：「文欣，妳與我細細說說今日見到趙燁磊時的情景。」

陶氏當然仔細描述了，就連趙燁磊的一個表情都未錯過。

「等等，趙燁磊臉色極不好？」秦長瑞突然問。

陶氏點頭。「夫君，我雖不懂醫術，但像他那樣咳嗽得那麼厲害，怕是身上的病症已經到了很嚴重的地步。」

「文欣，妳可打探他家住哪裡？」

「未曾，我急著回來告訴你這件事，根本就沒想起來打聽趙燁磊的住址。不過，他既是趙舉人的獨子，想必也不難打聽。」

「是為夫一時急糊塗了。文欣，妳下次去縣集定要打聽打聽趙燁磊的病情，不管他與我們是不是同一類人，這個時候我們都不能讓他病死。」秦長瑞嚴肅地叮囑道。

「永凌你放心，我知曉了。」

第二日天還未大亮，陳悠穿戴起身去小院中洗手臉，準備做朝食。她還未走到井邊，就聽到小院籬笆牆外有個聲音在喚她。

陳悠立即轉身，見到唐仲揹著一個大藥簍站在籬笆牆外笑看著她，她才放鬆地拍了拍自己的胸口，然後迎過去，不解地問道：「唐仲叔，你這麼早來有什麼事？」

唐仲身前圍著一塊灰色布巾，身上也穿著索利的短打衣衫，對陳悠笑道：「尋妳一起去村後山頭採藥。」

陳悠防備地看了他一眼。「為什麼要尋我一起去？」

「難道阿悠忘記之前對我的承諾了？」

唐仲這句話一出口，陳悠不情願地應了一聲，道：「唐仲叔且等等，我進去與我娘說一聲。」

唐仲點頭，就見陳悠快步跑進家中。

陶氏未阻攔陳悠與唐仲一起出門，畢竟在他們夫妻眼裡，陳悠所會的一些「簡單醫術」都是唐仲教授的。唐仲對於陳悠來說，與老師已經沒什麼區別，於是，陳悠便挎著竹籃與唐仲一起去往村後山頭。

陳悠偷瞥了眼揹著藥簍的唐仲，見到唐仲滿面高興，她低下頭撇撇嘴。「唐仲叔遇到什麼高興的事，心情這般好？」

唐仲低頭看著陳悠，嘴角揚起的弧度怎麼也忍不住。「阿悠可聽說過麻沸散？」

陳悠此時也不在唐仲面前刻意隱瞞自己知曉藥理一事。

麻沸散簡直是太熟悉不過了，藥效就是後世的麻醉劑，史傳華佗創麻沸散時，要比西方早了一千六百多年，陳悠身為醫藥學博士又怎會不知這段振奮人心的歷史？

陳悠毫不隱瞞地點頭。「聽說過。」

唐仲沒想到陳悠竟會點頭，他雙眼閃亮。「阿悠說的可是真的？那妳來說說麻沸散是作何用的？」

陳悠翻了個白眼，清亮的聲線穿透空氣飄蕩到人的耳中。「服用後，讓人暫時失去痛覺，以利於外傷的處理。」

這是最粗略的麻醉劑用法，想必唐仲怎樣也想不到後世還會有針對不同部位手術的麻醉方式吧！

陳悠話音一落，唐仲像是找到知己一般看著她。此時，兩人已經不是相差二十多歲的兩輩人，而是平等的醫學研究者。

唐仲從來都不是個看重面子的人，他激動地捏著陳悠細瘦的肩膀，驚喜又吃驚地問道：「阿悠，妳說得全部都對，那妳知曉這麻沸散的配方嗎？」

唐仲想到陳悠上次給他的十全大補酒的配方，眼裡充滿了期待。

陳悠對著唐仲淡定地搖搖頭。「我只是聽過，並不知道它的配方。」

相比唐仲，陳悠要冷靜許多，因為見識過後世發達的外科醫術和麻醉術，小小的麻沸散早已不能讓她激動興奮。

「妳真的不知道？」唐仲臉上激動的表情慢慢平靜下來，他還不死心地又問了一遍，最後長嘆一聲，放開陳悠的雙肩，因為他能看出來，陳悠不像在說謊。

陳悠也的確不是在說謊。華佗製造了麻沸散，就連現代高科技都未查證出麻沸散的真正配方，她又如何得知？

唐仲的雙眼裡帶著失落，他抬頭看向東方慢慢升起的朝陽，緩聲道：「華佗傳記載，若疾發結於內，針藥所不能及者，乃令先以酒服麻沸散，既醉無所覺，因刳破腹背，抽割積聚。這樣的起死回生之術卻因為這劑麻沸散的失傳多少年已經沒有大夫再動過一次。阿悠，妳可知道這世間多少人，因為在外傷手術時忍耐不了疼痛，活活疼死！這些年，我到處行醫，為只是找尋這麻沸散的真正配方，讓萬千病患不再受到疼痛的折磨。」

陳悠未想到唐仲會與她說這番話，一時也心念觸動，喟嘆無言。

其實陳悠心中也有幾個麻醉的方子，只是並未經過驗證，不知其藥效和副作用。現代時，大多的麻醉劑都是現成的，她之所以會記得這個方子，還是因為當初她碩士的畢業論文題目是有關當歸的，而當歸正是最古老的麻醉藥方中的必備中草藥，她翻閱文獻時，見到了這段記載，覺得有趣，便隨便記了下來，沒想到會有派上用場的一日。

「那唐仲叔可有進展了？」陳悠抬頭詢問。

談到這裡，唐仲臉色才好些。「雖還不知道我尋的這個方子有沒有用，但總算也有些進展了，我不打算出去巡診，正是因為想要潛心研究一番我這多年琢磨出來的麻沸散藥方。」

唐仲既然這麼說，陳悠也將她知道的那兩個方子給嚥回肚子裡，她不能肯定她的藥方有沒有用，既然唐仲有自己的方子，她也不想多此一舉。

「唐仲叔，你今日尋我出來到底是為了什麼事？」唐仲並不是個做事不帶目的的人，他定然有什麼事情要與她說。

「先不急，等我們從村後山頭回來時，我再告訴妳。」唐仲神神秘秘地道，惹得陳悠又翻了個白眼。

唐仲帶著陳悠在山頭上轉悠，時不時與她聊一些話題，但是唐仲的眼神卻時常落在陳悠手中的動作。陳悠也知曉唐仲在觀察她，她此時隱瞞唐仲已沒了意義，便放開手像平日那般採藥草。

兩人直到近午時才回李陳莊。

半路上，陳悠問道：「唐仲叔有什麼事現在可以說了吧？」

唐仲一笑。「阿悠，想必妳已經知曉，那日我與妳娘說了，要在林遠縣開一家藥鋪，想讓妳去藥鋪幫忙。」

陳悠一怔，她怎麼也未想到唐仲會提這件事。「可……」

「阿悠，那日妳是怎麼答應我的？」

陳悠皺眉。「唐仲叔，我是向你承諾過，可是你讓我丟下阿梅、阿杏去林遠縣，我……很不捨。」

瞧著陳悠為難的臉色，唐仲解釋道：「阿悠，唐仲叔也並非想要為難妳，妳這身認識草藥的本領，唐仲叔知道妳不想說，也不追問。可若是放任妳在村中，白白浪費了妳這天賦，何不用來造福百姓？況且，我開那藥鋪要準備的東西還有許多，怕是沒個一年半載也是開不了的，左右時日也多，妳好好想想，也與妳爹娘商量商量。」

陳悠覺得唐仲說得在理，當即應了下來。這話一說開，兩個對醫藥十分癡迷的人都侃侃而談。陳悠知識全面，可是中醫藥發展到了現代早有許多失傳，唐仲擅長外科，兩人倒是互補不足，聊得倒也暢快。

這時候，陳悠不免慶幸，唐仲是個君子，並非是那種墨守成規的人，也對醫藥人才十分珍惜，才讓她可以在唐仲面前毫無禁忌、暢所欲言。

自從來到這個世界，陳悠已經好久沒有這般暢快地聊天了。

知己相逢暢聊的路途總是顯得特別短暫，不一會兒陳悠就到了家門口，與唐仲告辭後，便回家去了。

剛回家中，阿梅、阿杏就跑過來，陳悠看了眼兩個小包子，見她們臉上不大高興，皺眉問道：「阿梅、阿杏怎麼了？」

阿梅皺著小眉頭。「大姊，剛才大伯娘將娘叫到前院去了，說是小姑姑婆家人來了。」

陳悠一怔，這才幾日，陳秋月的婆家就來下定了？這場婚事這般匆匆忙忙，總覺得其中必有蹊蹺。

陳悠道一聲「知曉了」，便帶著兩個小包子回家吃飯。飯畢，陳悠讓阿梅、阿杏帶著陳懷敏去午休，剛想自己去前院瞧瞧，就被秦長瑞叫去前院看看情況。

到了前院，陳悠瞧見院中老陳頭家的堂屋裡坐著幾個衣著體面的人，此時估摸著已經都用過午飯，正坐在堂屋聊天。

陳悠不動聲色地站到陶氏的身後，抬眼打量對面陌生的那家人。劉媒婆綠衣紅裙，頭上還插著朵石榴花，一個勁兒對著王氏說男方家的好話。

「老大姊，妳這乘龍快婿可是個好人才，從小便是個讀書的料子，不知得過先生多少誇讚！只不過一心向學，耽誤了幾年，妳將女兒嫁到他家，說不定過個兩年，秋月就要當官夫人了呢……」劉媒婆得勁地往死裡誇。

陳悠抬頭瞧著對面端坐著、身穿藏青長衫的男子。外表乍瞧來，倒還真是有幾分學子的儒雅風範，方臉濃眉，但是那雙輕浮的雙眼卻洩漏他躁動的情緒。

此時，老陳頭家中的人幾乎都在，若不是他娘在家中早交代了他，不管如何都要在陳家人面前做出派頭來，這時候他哪裡還坐得住。

吳任平只覺得渾身都不舒服，一雙眼珠亂瞟，恰好見到立在曾氏身後的白氏。

白氏低著頭，臉側的一縷碎髮落下，映襯著紅潤白膩的臉頰，讓她渾身都散發著成熟的風韻。白氏本來長得不錯，尤其側臉更美，一時讓吳任平看呆了。

幸而吳任平的娘親雲氏知道兒子的壞習慣，連忙在桌下踩了他一下，才勉強沒讓他在老陳頭家丟臉。不過，這個小動作卻被陶氏和陳悠看在眼裡。

這邊王氏與雲氏正聊著，蕭氏跟在一邊附和，陳娥和她妹子都纏著曾氏，讓曾氏分不開神。另一邊陳奇又嘀嘀咕咕與白氏不知說什麼事，竟然沒有人發現這新姑爺吳任平的異樣來。

聊天時，雲氏會時不時朝陶氏這邊瞥一眼，心中總有些忐忑，陶氏的原身——吳氏畢竟在顏莊住了那麼些年，吳任平的事當然也多少聽過一點，即使這兩年她兒子那事被她壓下來不少，可難保吳氏不會透露。

可直到雲氏與丈夫、兒子走時，陶氏都沒什麼反應，雲氏才放下心。這小定下了，婚事多半算是正式定下，到時候想悔婚就不容易了，這媳婦也就只能是他們吳家的。再將婚期定得早些，很快兒子就有媳婦了。

吳任平一家人剛走，陳秋月就迫不及待地從裡屋出來，略圓的臉上滿是羞怯的紅暈。

蕭氏一把將她拉到身邊坐下。「秋月來瞧瞧妳未來婆婆帶來的這些好東西！妳看看，這麼重的銀鐲子，我還是第一次瞧見呢！妳這姑娘，真是個福大的，以後可有妳的好日子過！」

蕭氏將吳家下定禮裡的銀鐲子拿在手中把玩，還誇張地放在牙上咬一口，雙眼放綠光道：「嘿，還是實心的！」這要是她的該有多好。

陳秋月原本臉上的笑意因著看到蕭氏這般粗魯的動作僵在臉上，她心疼地看了眼那鐲子，好似上面已經有了蕭氏的牙印一般。

陳秋月氣憤地一把奪過蕭氏手中的銀鐲子，用手中的帕子擦拭兩下。「二嫂，這東西我以後可是還要帶到吳家的，若是上面有個印子啥的，以後可讓我怎麼解釋。」

蕭氏沒想到陳秋月這個時候這麼不給她面子，方才還笑著的一張臉頓時整個都氣綠了，她一把將手中拿的其他東西扔到桌上，冷冷哼了一聲，冷言道：「小姑真是體貼，這人還沒嫁呢，都為婆家考慮起來了，真是個好媳婦呢！」

王氏被蕭氏說得不快，也沈下臉。「有啥好吵的，這大喜的事，都住嘴！永賀媳婦妳少說幾句！」

蕭氏可不是個善罷甘休的，當即就不樂意了。「娘，您這話是什麼意思？哦，秋月是您親女兒，我們這些媳婦就是別家的，不該您疼，我還給你們老陳家傳宗接代了呢！」

本該是一件喜事，瞬間這氣氛就變了。陳順見他娘被嬸嬸罵，也上去指著陳秋月罵道：「小姑姑，妳不就是圖吳家的錢！我娘說得有什麼錯？」

陳秋月臉色難看得厲害，抓著吳家作為小定禮帶來的首飾盒，十指捏得發白。她怎麼瞧怎麼覺得這一家人嘴臉醜惡，恨不得明天就能嫁到吳家，擺脫才好。

「順子你是怎麼說話的！」若不是還要給媳婦些面子，她現在都要一巴掌搧上去了。

陳永賀連忙拉了蕭氏一把。「孩子他娘，妳少說兩句！」

這邊曾氏和陶氏也連忙跟著勸兩句，陳悠只覺得陳秋月和蕭氏兩人狗咬狗，並無分別，只乖順站在旁邊看熱鬧。

陳秋月眼眶一紅，用袖口抹了把眼淚，抱著那首飾盒就跑回自己屋子去了。

老陳頭吐出一口旱煙，用旱煙桿子敲了敲桌面，臉色難看道：「都說啥！老二媳婦，秋月也在家中待不了幾日，妳就算不喜她，以後也見不著了，莫要裝出這副誰欠了妳的樣子，做給誰看！」

蕭氏被老陳頭說得沒臉。可是公公脾氣暴躁，她也不敢亂頂嘴，只好抓住丈夫的一邊衣袖，壓抑著哭聲，無聲地看了眼陳永賀。

陳永賀被他媳婦看得也覺得父親這話說得重了。「爹，順子娘好歹是我媳婦呢，您就不能給她些面子？」

陳永賀這句話剛剛出口，老陳頭的聲音立馬提高八度，用著旱煙桿指著他，瞪著眼怒吼。「畜生，你說啥！」

陳永賀被自己老爹這麼一指，完全蔫了，什麼話也不敢再說。

「都莫要吵了，秋月要嫁出門了，當初分家的時候便與你們說好的，秋月出嫁，你們每個房頭都要出些銀錢。原本是不想讓你們破費，可是這吳家的小定禮也送來了，對於我們這樣的人家，這定禮算是頭等份了。秋月是你們的親妹子，以後她在外頭有臉，也是你們臉上有光。既然人家的禮這麼重，我們也不能太過輕了去。我們條件有限，這般多是拿不出來，我合計了下，你們一家便出半兩給你們小妹添妝吧！」

王氏這話一說完，蕭氏就受到驚嚇一般。「娘，妳說啥？半兩銀子！賣了我也拿不出這麼多來！」

曾氏臉上也是一臉為難，大房人頭多，個個都要穿衣吃飯，還有老二也要娶親，一下子要拿出半兩來還真是有些強人所難。

陳悠想到前些日子那莊稼漢送的一兩多銀子，那日逢集買糧食用品等已花去了小半，要再給陳秋月添半兩銀子，他們也只能剩下一、兩百文。沒了這些錢，三房的日子又顯拮据了。

不過，這次王氏確實要得多了些，雖然她疼愛么女，可是這般剝削幾個兒子也說不過去。王氏本只想要讓他們一人拿出三吊錢來，可方才被蕭氏一氣，便說了半兩，再見蕭氏還敢反駁，王氏就更不願意改口了。

曾氏上前一步。「娘，不是我們心中沒有小妹，當家的自小就喜歡那丫頭，秋月小時候他也沒少抱過，可是我們一時還真拿不出這麼多銀錢來！妳看……」

「你們娘說這麼多便是這麼多，怎麼，平日裡個個都是財大氣粗，一到關鍵時候都推三阻四！你們想讓你們妹妹在婆家丟臉？」老陳頭滿面怒意道。

一屋子小輩被老陳頭訓斥地都低下頭，大家都清楚老陳頭的脾氣，這時越是反對，只會讓他越鑽牛角尖。

老陳頭舉著旱煙桿指著一屋子低頭的兒子媳婦們，呼哧呼哧地喘了幾口老氣。「怎麼，都沒話說了？有誰不願意出錢，現在就站出來，老子讓他現在就捲鋪蓋滾蛋！」

陳悠聽得汗顏，老陳頭都放下這麼絕的話了，誰還敢說個「不」字，就連先前滿臉不願意的二伯和二伯娘也乖乖地低下頭，一句話也不敢出口。

老陳頭見一屋子人被制得服服貼貼了，冷哼一聲，才覺得氣順了些。他稍緩下聲音繼續道：「這事就這麼定了，給你們三日時間，若是拿不出錢，便將你們住的房子騰出來吧！知道了就都回家去，省得在這裡礙我的眼！」

白氏滿臉為難，她怎麼也沒想到老陳頭會這麼霸道，剛想要出口說兩句，就被陳奇一把拉住，陳奇對著妻子皺皺眉，又對著她搖搖頭，示意妻子回去再說。

一堂屋的人很快就散去，只餘下老陳頭和王氏兩個老傢伙，王氏抬頭瞧了一圈剛剛還站滿的堂屋此時空空蕩蕩，這心裡便有些難受。

裡間又傳來陳秋月壓抑的低泣，王氏哀嘆一聲，轉身去了陳秋月的房間。只留下老陳頭一個人孤伶伶地坐在堂屋，一口口接連不斷地抽著旱煙。

另一廂，陶氏拉著陳悠出了前院大門，走在小竹林裡的林蔭小道上。

陳悠抬頭瞧了一眼陶氏若有所思的臉，問道：「娘，出了小姑姑的添妝，咱家的錢還夠嗎？」

陶氏頓下腳步，在陳悠面前蹲下身，捏著她細瘦的雙肩，溫柔笑道：「阿悠不要擔心，以前辛苦，妳為了這個家努力這麼久，還要照顧妹妹們，妳爹的傷很快就能好了，到時候，家裡的擔子就由我和妳爹扛著。妳只要做妳喜歡的事情便好，家中的事情娘從來不瞞著妳，出了妳小姑姑的陪嫁，我們家只剩下約四百文錢。」

不得不說，與吳氏相比，陶氏已經算得上稱職的母親，不管是對阿梅、阿杏還是她與陳懷敏，都有如親生。陶氏給了兩個小包子期待已久的母愛、給了陳悠絕對的信任，但是陳悠有時仍然會覺得有些不安，這種不安的情緒是從心靈深處透出來的，就連她自己都不知道這情緒的由來。

「娘，那我們以後有什麼打算？」

陶氏摸了摸陳悠頭頂柔軟的髮髻，陳悠已經十歲，她是端午前一日出生的，等過了端午便十一歲，在大魏朝，十一歲的女娃就已經算是大姑娘了。陶氏已經不讓陳悠梳抓髻，而是給她頭頂盤了個微斜的小髮髻，餘下的頭髮垂落下來，雖然還是粗衣舊鞋，可已經有了少女窈窕的影子。

「日後的打算，等娘與妳爹商量後再與妳說，我們先過了眼下這關。」

晚間，陳悠帶著弟妹摘了幾把菠菜清炒，又做了個菘菜蛋湯，將餘下那點野兔肉燒了，一家人吃了頓豐盛晚飯。如今家中溫飽還是能保證的，所以每次陳悠做飯都稍稍注意營養均衡搭配，只有身體好了，萬事才有精力去實現。

秦長瑞的腿傷已經好了很多，因著在床上養了這些日子，原本難看的臉色也如正常人一般，甚至還比先前胖了幾斤。陳悠每日給秦長瑞送湯藥時，觀察他的臉色，有時還會診脈。

秦長瑞知曉女兒略通醫術，便也不攔阻，由她診去。

陳悠放下秦長瑞的右手，嘴角因為高興忍不住翹起。「爹，再過三、四日，您就可以下床走動了！」

難得秦長瑞面上也顯露一片欣喜之色，在床上「癱」了一個月，若不是有陳懷敏陪著，他還真要憋出病來。

陶氏知曉秦長瑞很快就可以下床走動，也是高興非常，中午一家人為了慶祝，煮了一頓餃子。

陳悠一家這邊剛剛吃完，阿梅、阿杏兩個小傢伙搶著要洗碗，小院外就有人聲傳來。陳悠將鍋碗交給阿梅和阿杏，就與陶氏一起出去瞧來人是誰。

一到門口，就見到站在籬笆牆外頭有些躊躇的曾氏和白氏。白氏輕輕推了婆婆一把，輕聲在婆婆耳邊說了句話，曾氏便深吸了口氣，調整自己的情緒，終於邁開步子。

頭一抬就見到站在門口的陶氏與陳悠，曾氏笑起來，只是笑容有些尷尬和僵硬，完全少了平日的自然親和。

陶氏腳步一頓，笑著迎了出去。「大嫂與姪媳快進來，站在外面做啥？」

曾氏有些彆扭地進了堂屋，瞧見一旁與她打招呼的陳悠，將袖口裡一個油紙包遞到陳悠面前。「阿悠，拿著，大伯娘今兒中午剛炒的黃豆，還熱著呢！」

陳悠猶疑了一下，瞧見陶氏看過來應允的眼神，才接過油紙包。「謝謝大伯娘。」

站在曾氏身後的白氏，見到陳悠接了炒黃豆，臉色也放鬆了些。

陶氏請她們坐下，見曾氏低頭好似有什麼話難以啟齒一般，微微笑了笑，也不主動詢問曾氏，而是轉到別的話題。「大嫂家裡田地的草可除了，那玉米什麼時候能追肥，我這腦子糊塗，都忘記了，大嫂可與我說說？」

曾氏話說不出口，還想等著陶氏詢問，也好將話頭接下去，卻沒想到話題被引到農事上去。可陶氏問了，她又不好不回答，她還有事等著求陶氏呢！

曾氏只好硬著頭皮，細細將春種後農田維護的一些細節說清楚。她一說完，陶氏立馬又問一個問題，一個接著一個，曾氏這口一開，竟然發現找不到機會說明她的來意，可她又不想放棄這個機會。

陳悠跟著坐在一旁聽了兩刻鐘，都不見曾氏找到機會道出來由，不得不說，陶氏打太極的功夫真是一等一的。

就連白氏也聽不下去，這麼說下去，就算到了晚上也說不到點子上，這三嬸完全就是在與婆婆周旋。白氏暗中推了曾氏一把，曾氏當然也知道她在這兒做無用功，可她就是無法厚臉皮地開口。

白氏順了順耳邊的碎髮，笑著與陶氏說：「三嬸，實不相瞞，我們今日來是有事相求。」

既然曾氏開不了這個口，白氏只能自己出馬。婆婆那點小私房，早就被她從陳娥的口中套出來了，千真萬確是沒有半兩銀子這麼多。她與陳奇剛成婚一年，她手中是有一些私房，可那是娘家在她出嫁時，父母給她的體己和她自己打絡子賣的錢，她還不想這個時候就拿出來，若是以後她有孕，生孩子需要用錢，那才是她該花錢的地方。但她又不忍心瞧著丈夫為了這件事煩惱憂心，只好提議讓婆婆來三房借一些回去。但是婆婆臉皮薄，說不出口，這時候只能由她這個兒媳來代口了。

陳悠眉頭挑了挑，看向白氏，白氏的皮膚白膩又光滑，側臉看來更美，特別是低垂著眉目的時候。陳奇是娶了個好媳婦，這整個老陳家，怕是只有白氏才是最聰慧的。

陶氏原本想打馬虎將她們推回去，曾氏雖然心善，可也是個特別愛面子、自尊心強的女人。三房之前那般潦倒，為了給陳懷敏吃藥，都要將家中食糧賣出去，日子沒他們大房過得一半好，而現在她竟然還要厚著臉皮向三房借錢……

「姪媳有話便直說吧！」陶氏讓陳悠倒杯水來給曾氏和白氏。

「三嬸，我們家情況，妳多少也有瞭解，眼看明兒就是兩個老長輩規定交錢的日子，娘與我湊了這幾日，實在是湊不足半兩銀子，能借的親戚也都借了，這逼不得已，才來三嬸這裡，還請三嬸拉我們一把！」白氏姿態放得很低，說話也誠懇，加上她面目柔和，一般人很難會捨得拒絕她。

陳悠在西屋倒水，將白氏這番話聽得清清楚楚，不由都要大讚一聲，白氏既有勇氣也會說話，就不知道她娘親會怎麼回了。

兒媳將她想說的話說出口，讓曾氏鬆了口氣，她還真不能心平氣和地求別人救濟。想到自己平日待三房也不錯，吳氏自從撞牆後，也是個知禮的人，應是不會拒絕。早先就聽蕭氏說過，三房做小藥包賺了不少錢，她雖覺得蕭氏說得誇張，但是在心裡她還是相信三房賺了錢，拿出這點借給他們應該不是難事。

陶氏同樣神色溫和，她朝白氏笑了笑，然後面對曾氏。「大嫂，恐怕這件事我是幫不上忙了。」

啥？曾氏微張著嘴，滿臉吃驚，隨即又尷尬地掩飾神情，她怎麼也未想到吳氏竟然直接拒絕她們。

白氏顯然也同樣沒想到會如此，轉頭見到婆婆臉上失落的表情，她抿了抿嘴。「三嬸，我們也不借許多，便只要三百文就好，等這難日子過了，我們一定儘快湊了送來。」

陳悠將兩碗白開水放到白氏與曾氏的面前，退到陶氏身後。

陶氏的聲音平靜中又帶著堅定。「姪媳，並非是三嬸小氣，實在是我們也幫不上這個忙，實不相瞞，家中用度也是緊得很，這次只能對大嫂說聲抱歉了。」

他們三房也就那麼點兒銀錢，交了那份陳秋月的嫁妝，便只剩下幾百文，他們一家人還要過日子，若將錢借給大房，他們又該怎麼辦？

她有自知之明，並不是喜歡打腫臉充胖子的人。不是他們自私，而是自己的生活都保證不了了，憑什麼去救濟別人。陶氏從來就不是聖母，即便原身夫婦與大房是親兄弟，做什麼事也要把握個度，助人也一樣。

陶氏看了眼白氏，見她頭上髮髻中簪了一支銀釵子，她拒絕得就更沒有壓力了，這個白氏很聰明，曾氏被支使了還毫無察覺。

「那……」曾氏後面的話已經說不出來，她臉上一片難堪，勉強笑著起身。「既然這樣，我們就不打擾三弟妹了，這就回家去想想還有什麼旁的法子。」說完曾氏就帶著白氏匆匆離去。

陳悠看著兩人的背影，心裡也同樣贊同陶氏的決定。大伯娘雖對她們不錯，也的確是好人，但不管是幫人還是救人都要先明白自己有幾斤幾兩，他們如今沒這個能力，實在是不必逞能。況且還有二房盯著，她們要真接濟大房，憑蕭氏的厚臉皮定也要來占些便宜才會甘休。

陶氏這麼直言就拒絕，反倒是比遮遮掩掩推辭的好，即使曾氏一時心裡不好受，時間一長她定能看開。

陶氏朝陳悠一笑。「阿悠妳去帶弟弟妹妹們，娘去東屋與妳爹說一會兒話。」

陳悠應了一聲，便去了。

第十九章

回到前院的曾氏與白氏推開東邊屋的門，陳娥立即從床上跳下來跑到曾氏面前。「娘，怎樣，錢可借到了？」

白氏暗裡朝陳娥眨眨眼、搖搖頭，想讓她坐到一邊，不要引得婆婆更加煩心。

陳娥見到自己嫂子這動作，哪還忍得住，她的性格本就火爆刁蠻。「難道三嬸沒借給咱們家？」

見曾氏與白氏不語，陳娥就明白自己是猜對了。「哈！三嬸真是好狠的心。娘，您去之前我就跟您說了，三房不是好東西，即便是賺了幾十兩銀子，也不會借給咱們一文，您偏不聽，還要去。說不定他們現在正在家中嘲笑我們呢！」

曾氏心情本就不暢，陳娥還一個勁兒在旁邊刺激，讓她憋悶在心中的鬱火頓時就燃燒起來。

「夠了，妳行，妳怎麼不賺一文錢給娘瞧瞧！」曾氏一把甩開白氏扶著她的手臂，快步走到床邊低頭生自己的悶氣。

「娘，您不要沒在三嬸那兒借到錢，就把氣撒到我們頭上，您不是對三房那三個丫頭好嗎？怎麼您今日去借錢，她們沒幫您說幾句好話？中午那炒黃豆，您給小妹和我留下的還沒有給三房那三個丫頭的一半多！您對她們這麼好，她們就是這麼回報您？」陳娥歇斯底里喊道，一時她自尊心受挫，直覺得自己多麼委屈，眼淚流了一臉。她真是討厭三房那三個臭丫頭，恨不得她們馬上去死！

白氏沒想到陳娥的情緒突然這麼失控，連忙上去抱住她，將她攬在懷裡，安撫道：「大妹跟嫂子去嫂子房中歇一歇好不好？嫂子那兒還有幾塊糖餃子，是專門給妳和阿珠留的。」

陳娥哽咽著，直直望著她娘的背影，也不見她娘來安慰她，她氣得一把推開白氏，打開門就跑了出去。

白氏被陳娥推得一個踉蹌，不受控制地後退一步，磕到櫥櫃一角，一股劇痛突然從腹部襲來，讓白氏疼得瞬間慘白了臉。她捣著腹部，無力地呻吟著蹲到地上，疼痛讓她額頭的冷汗直冒。

陳珠坐在床上看到大嫂突然痛成這樣，嚇得小臉一白，喊道：「大嫂，妳怎麼了？」

陳珠一聲喊讓曾氏回過神，一抬頭就見到大兒媳痛苦地蹲倒在地上，曾氏嚇得連忙跑過去扶住。「老大媳婦，妳怎麼了，啊？」

白氏只覺得腹痛難忍，說話的力氣都沒有，她死死咬住唇瓣，曾氏臉色也變了。不知哪來的力氣，一把將白氏抱到床上躺著，忍過那陣非人的疼痛，白氏總算覺得自己活了過來，她大口喘息著，好一會兒，才將視線落在婆婆臉上。

白氏對曾氏虛弱地一笑，安慰道：「娘，您別擔心，我現在已經不疼了。」

曾氏險些魂都被嚇掉了，她拉住白氏的手。「好孩子，真的不疼了？妳剛才的樣子把娘嚇壞了，要不娘去給妳請個大夫來，還是讓大夫看看，娘才放心。」

曾氏要走，卻被白氏一把拉住，即使腹部還有些隱隱抽痛，可是已經不像之前疼得那麼厲害，還能忍受。於是，白氏對曾氏搖搖頭。「娘，不用了，家裡到處都要用錢，小姑的嫁妝家裡還沒湊夠呢！妳要是去請大夫又要花錢。娘，妳放心吧，我已經好了，不用看大夫，休息一晚明日就好了，兒媳的身子可沒那麼嬌貴。」

曾氏猶豫了一下，還是被白氏給勸住，白氏的話說到她的心坎裡，家裡確實是處處都缺錢，請一次大夫少說也要幾十文，這幾十文在他們家可是一筆不小的花銷。既然兒媳說無事，想必真的不會有什麼大事，她大兒媳這般懂事，肯定會有菩薩在旁保佑的。

曾氏點了點頭。「成，娘聽妳的，便不去請大夫了，但是妳身上一有哪裡不舒服一定要對娘說，知道不？」

白氏難受地對著曾氏扯了扯嘴角。

「妳先在娘這裡躺一會兒，娘去廚房給妳沖碗糖水壓壓驚。」曾氏摸了摸兒媳的小手，走出門時，也將陳珠叫了出去。

白氏聽到關門的聲音，頭倒在枕頭上，深深喘了幾口氣。她摸向自己的腹部，揉了揉，疼得「嘶」了聲。

廚房裡，曾氏一邊端來水，一邊問一旁的陳珠。「阿珠，妳和娘老實說，妳大嫂剛才是怎麼傷著了？」

陳珠膽子小，她既怕大姊又怕她娘，她低頭偷瞥了曾氏一眼，恰好與曾氏的眼神相碰，嚇得連忙低下頭。

「娘，我……我……」陳珠結結巴巴地就是說不出來。

曾氏要被這個小女兒氣死，她上前一步。「快說，不然以後什麼吃的都沒妳的分兒！」

一聽這話，陳珠立即抱住她娘的腿，嗚嗚哭著道：「是大姊，剛才大姊在房裡推了大嫂一把，讓……讓大嫂撞到衣櫃，然後大嫂就成那樣了……嗚……」

曾氏聽到陳珠說的話，整張臉都黑了。「又是這個臭丫頭！」

「大姊跑出去了。」陳珠小聲說。

「讓她跑，我看她晚上還回不回來！」

曾氏被這個大女兒險些氣暈，此時更不會管她了，說完，便端著糖水就回屋。而陳珠怕她娘再罵她，也不敢跟去。

曾氏推開房門，將碗放到旁邊，將白氏半扶起來。「身上可疼了？」

「好多了，娘，想必歇了今晚就沒事了。」白氏扯出腰間的帕子將臉上的冷汗給抹了。

曾氏聽她這麼說才安心些許。「來，將這熱糖水給喝了。」

白氏靠在床頭接過糖水，慢慢喝了一口，熱流順著氣管流下去，讓她好受了許多。她想了想，對曾氏道：「娘，這事不怪大妹，她也是無心的，您也莫太生她的氣了，再說我也沒事了。」

「有妳這樣疼愛她的嫂子是她的福氣。」曾氏欣慰道，用帕子擦了擦白氏的額頭。

「娘說的哪裡話，阿娥是夫君的親妹子，就是我的親妹子，我待親妹子好是應該的。」

「妳呀就知道自己吃虧。」曾氏覺得欣慰無比，她這幾年唯一一件順心事，就是給大兒子娶了個好媳婦。

白氏喝完糖水，將碗遞給曾氏，她想了想，伸手將頭上的一根銀白簪子拿下來遞到曾氏面前。「娘，小姑的嫁妝錢不夠，便拿這個湊吧！」

曾氏瞧著兒媳最喜歡的這根銀簪子，連忙推拒。「不行，娘就算再沒錢，也不能將妳的首飾當了。」

白氏沒有收回手。「娘，您拿著，到如今，咱能借的都借了，還能指望誰，我是您兒媳，就像您女兒一樣，給家裡出把力又有什麼？若娘要覺得對不起我，以後攢了錢，再做個分量更足的給我便成。」

曾氏的眼淚流下來，接了兒媳手中的銀簪。「行，娘就收了妳的簪子，以後再給妳補一個。」

白氏對曾氏笑起來。

沒承想，白日裡還一個勁兒說自己沒事的白氏，卻在夜間突然出了血……

陳奇睡到半夜聽到妻子呻吟著喊疼，連忙披了夾衣，起身將油燈點著。

黑暗的屋中，一盞燈光搖曳驅散了一片黑暗。陳奇連忙轉過身，朝妻子的身邊跑過去，可眼前呈現在視野裡的景象猶如晴天霹靂，讓他搖搖欲墜。

只見白氏睡的床單有一大片血跡，已經將淺色床單滲透，血紅一片，恐怖非常。白氏疼得直冒冷汗，雙手護住腹部嗚咽著。

陳奇一時心痛如絞，他猛然回過神，忙顫抖著聲音道：「媳婦，妳等著，妳別怕，我這就給妳請大夫！」

隨後，陳奇就如瘋了一般跑出房間，到曾氏房門前拍得山響，並在外頭焦急喊著。

陳永春與曾氏被吵醒，曾氏一聽是大兒子的聲音，不知怎的心裡就「咯噔」一下，連鞋都來不及穿，就下床開門。

黑暗中，曾氏看不清兒子表情，卻感受到他身上深深的絕望和擔憂。她拉了兒子的手臂一把，幾乎是顫聲問出口。「怎了?出啥事了，急慌慌的?」

「娘，海棠……海棠她渾身都是血，您……您快去瞧瞧，我這就去請唐大夫！」陳奇啞著嗓子將話說完，只覺得全身的力氣都好似被抽空了。

「你說啥，你媳婦病了?」這時候，陳永春也拿了衣衫，在屋裡點了油燈，一邊套著衣裳，一邊朝門口走來，當即也是臉色一變。

曾氏忙推著陳奇去尋唐仲，自己則抓了件衣裳就朝大房屋子去了。

曾氏進來時，白氏已經昏迷，床上則是一片可怖。曾氏這心就像是被什麼生生扯開一半，連忙上去握住兒媳的手，緊張顫聲地安慰說：「海棠、海棠？妳聽到娘說話沒，老大已經去叫大夫了，別擔心，一會兒大夫就來了！」

曾氏此時後悔莫及，恨不能搧自己兩巴掌才好。下午白氏就已經身體不適，她卻為了那幾個錢，就答應她不請大夫來瞧，現在卻釀下大禍。

大房這邊這麼大的動靜，將老陳頭夫婦也驚醒。王氏穿了衣裳過來詢問，也是嚇得臉色一白。女人們在白氏的房間內等候一刻多鐘也不見陳奇回來，曾氏哪還能乾等，喊著叫陳永春去瞧瞧。

陳奇一口氣跑到村東頭唐仲家中，用力拍了良久的門，也不見裡面有人答應，方想踹門進去，後頭就有個聲音喊他。

唐仲鄰居住的大爺披著一件長褂子，站在門口喊。「是誰啊，這大半夜的，在這裡拍門，我還以為鬧鬼呢！」

陳奇連忙轉身回道：「大爺，我找唐大夫，救人命的大事！再耽擱些時間，俺媳婦就沒命了！」

「別找了，唐大夫一大早就出門了，到現在都沒回來。你就算把這門拍爛了，這時候他也不可能出來。快些回家去，尋別的大夫看吧！莫耽擱了！」

這老大爺一句話簡直讓陳奇心如死灰，這李陳莊十里八鄉的只有唐仲這個大夫，再要尋大夫就要去林遠縣了，趕著大青頭騾子也得大半時辰的路途。這海棠怎麼能等？這是老天爺要他們夫妻的命啊！

陳奇的臉色灰白，早上吃完朝食出門，妻子還好好的，溫言暖語送他出門，怎麼突然會變成這樣？

陳永春摸黑找來，就見陳奇失魂落魄地蹲靠在唐仲家的院門前。他上去一巴掌打在兒子頭上，一點也未手下留情，打完指著陳奇的鼻子就罵。「你這個沒出息的，你媳婦還在家等著你給她請大夫，你就要在這裡將她耗死？」

陳奇被他爹打得回過神，從地上跌跌撞撞爬起來，顧不得頭上被陳永春打得隱隱作疼，著魔般地喊著。「對，我要給海棠請大夫、請大夫……」

這時陳永春也知曉唐仲不在家中，但他比兒子冷靜得多，當即下了決定。「老大，快跟我回去，將咱家的那隻騾子套了，我們連夜將你媳婦拉到縣裡！」

陳奇反應過來，邁開兩條腿就朝家裡奔去了。

前院裡，二房這邊也得知了消息，蕭氏與陳永賀起身過去看看，而罪魁禍首的陳娥則在房中死死抱住被子，蜷縮著身子，嚇得滿頭大汗。

屋內，白氏的臉色死灰，呼吸混亂不堪，甚至還起了高熱。

王氏與曾氏一起，將白氏的床單換了，又擰了濕帕子覆在她的額頭上，陳秋月不時去門口看看陳永春和陳奇回來了沒有。

遠處傳來一陣狗叫聲，曾氏背脊一直，忙跑出去，見到黑夜中漸漸清晰的陳永春和陳奇身後並沒有其他人時，險些扶不住門框，她腿軟下去，哀聲地問道：「唐大夫呢？唐大夫怎麼沒來？」

陳奇轉身就去牲畜棚裡套騾子了，陳永春喘著氣道：「唐大夫不在家，孩子他娘快給海棠收拾收拾，我和老大去套車，我們把海棠送到縣裡去瞧。」

這廂三房早就被吵醒了，前院那麼大動靜，陳永春和陳奇又嚇得滿村的狗亂吠。

陶氏輕手輕腳地起身穿衣，陳悠轉過身問道：「娘，前院好像發生啥事了。」

陶氏皺了皺眉。「阿悠，妳帶著妹妹們在屋裡，娘起身去看看。」

陳悠想了想。「娘，我也去。」

陶氏目光落到陳悠身上，頓了一下後點頭。「那將阿梅、阿杏叫起來，讓她們去東屋，兩個小娃在西屋，娘不放心。」

陳悠點頭，將兩個小包子喚醒，對她們解釋了緣由，阿梅、阿杏理解地點頭後，便自己穿衣，被陶氏送去東屋中。

蕭氏進了白氏的屋子，陳永賀與老陳頭站在一處，在外頭等著。

「這是怎麼了，姪媳怎變成這樣？我的老天爺嘞！」蕭氏方一進來被嚇了一跳，白氏剛剛換下的床單又浸了血跡。

昏迷中的白氏面無血色，瞧起來就像個死人一般。曾氏正在給白氏收拾，哪有工夫理蕭氏，她此時心亂如麻，別人說什麼話更是聽不下去丁點兒。

「順子她娘，妳別說了，消停點兒，成不？」王氏沈下臉色道。

蕭氏被王氏說了個沒臉，不高興地反駁道：「娘，我也是關心姪媳，妳們快些請大夫啊！」

王氏擰了把濕毛巾，放在白氏額頭上。「若是能請，這會兒還用妳在這裡說？唐大夫不在，要把人送到縣裡！」

這回蕭氏腦子動得快。「娘，咱這村離縣裡的路可遠著，姪媳萬一路上有個三長兩短，可怎麼辦？前陣子，三房不是賣過小藥包，聽說是懂些醫術，與其乾耗著不如叫三房來瞧瞧，左右這時候也沒別人能幫上了！」

蕭氏的話在王氏的腦中一轉，雖然她覺得三房並不可靠，可這個時候也只能叫來試一試，死馬當活馬醫，或許就有作用呢，總比在這兒乾耗的好。

「讓永賀將他們喊過來！快些！」王氏當即道。

蕭氏「欸」了一聲，轉身嘴角翹起，就去尋自家男人請人了。

得了消息的陳永賀才剛出大門，就見到三房的陶氏帶著陳悠到了院門口，便疾步上去。

「三弟妹，快去瞧瞧陳奇媳婦，瞧那臉色怕是不行了！」

陳永賀其實也不知白氏屋裡的情況，只是聽自家婆娘這麼說，便也如實轉告給兩人。

陳悠與陶氏互看了一眼，母女倆眼裡都是震驚。白氏一直好好的，怎麼會突然不行了？

「阿悠，咱們快去看看！」陶氏道。

陳悠點頭，母女兩人急忙朝東屋那邊急走。

陳秋月站在門口見是陶氏與陳悠，忙道：「三嫂，妳快看看海棠！」

陳悠率先一步鑽入屋中，陳秋月想拉也沒拉住，陶氏應了一聲，也跟著進去了。陳秋月那想要攔住陳悠的話都未說出口，已經不見人影。

進了房內瞥見白氏身下殷紅的床單時，陳悠臉色一變。

三房的到來，讓王氏與曾氏覺得就像是看到救星，只聽陶氏肅著臉問道：「姪媳這是怎麼了？」

這個時候，曾氏也不敢再隱瞞，忙把白氏白日裡的情況迅速說了。

陳悠走到床邊就要執起白氏的手，被蕭氏瞧見，喝止道：「阿悠，快些出去，這裡不是妳一個孩子玩的地方！」

陳悠好似未聽見蕭氏的話，直接按到白氏的手腕處。

陶氏突然厲眸看向蕭氏。「二嫂，我們前幾日賣的小藥包方子便是阿悠配的，她與唐大夫學了些醫術，妳莫要攔著！」

陶氏嚴肅的一席話不僅讓蕭氏愣住，更讓其他人也驚呆了。

蕭氏一時啞口無言，須臾，她不服氣道：「就算阿悠會點皮毛，但她還是個孩子，怎能拿人命開玩笑！」

陶氏這時根本就不想與蕭氏吵架。「二嫂，那妳能給姪媳看嗎？」

蕭氏被這句話壓得說不出話來，她暗裡惱怒地瞪了陶氏一眼。

曾氏與王氏也不再阻攔。這個時候死馬當作活馬醫吧！

陳悠凝神感受著白氏的脈搏，結合「三診」，對表裡、虛實、寒熱、陰陽做出判斷後，得出的結果連她自己也有些吃驚不已。白氏脈象為滑脈，可卻細弱，不滑利，且沈細，與她現今狀況結合，這分明就是流產的徵兆！

通常懷孕的女子脈象是寸脈沈，尺脈浮。白氏雖然隱隱有此脈象，但是因腹部受了重創，導致胎元不固，又因她懷孕時期尚短，胎兒還未著床穩定，這孩子百分之八十是保不住了。現今最重要的是要幫她將血給止住，若是這血止不住，怕是連林遠縣都撐不到。

陳悠轉身道：「娘，我回家去一趟，取些草藥來。」

陶氏讓她快去快回。陳悠一離開，屋內立即死氣沈沈。

白氏突然受重創流產，腹中生命還不到兩月，此時沒有半成品的中藥劑，立即煎藥更是來不及，只能用簡便方：當歸、川芎、益母草。

陳悠其實並沒有回家中，而是到了偏僻處，直接進了藥田空間，將草藥取出，相比平時採集的藥材，藥田空間中的藥材藥效要更好。尤其這個時候急用，不得不提高藥效。

將藥材放入燒滾的熱水中，堪堪幾分鐘，就熬出湯汁，這時，顧不得這許多，要的只是一個快字。

陳悠將碗遞給曾氏。「大伯娘，您餵大嫂將這湯藥喝下去。」

忙完這一切，陳悠只用了不到一刻鐘的時間，她抹了把額頭的汗珠，時刻注意著白氏的臉色和反應，又適當地在她身上的各處穴位按壓著。見白氏將湯藥全部喝下去後，陳悠才鬆口氣。

陶氏這時才問陳悠。「阿悠，可知道妳大嫂是怎麼了？」

陳悠看了屋裡一圈，斟酌道：「阿悠醫術淺薄，不知看得對不對，大嫂這怕是流產了……」

「啥？」曾氏瞪大眼睛，簡直不敢相信，她低頭看了眼兒媳，又抬頭瞧了眼陳悠，儘管她不想相信陳悠的話，可眼前情景也不得不讓她懷疑，她畢竟也是生過四、五個孩兒的母親。

王氏同樣是滿臉震驚。就在這時，外頭陳永春在喊，騾車已經準備好了。

陳奇進來一把將白氏抱起，送到車上。因著方才陳悠給白氏瞧過，除了陳永春，陳奇、曾氏、陶氏與陳悠也跟著去了縣裡。

陳悠人小，跟著白氏坐上騾車，半路時，陳悠便發現白氏的血止住了，讓她鬆了口氣。

林遠縣內只有百藥堂一家藥鋪，坐診大夫只有趙大夫一人。

陳永春與陳奇好一陣敲門，這百藥堂出來開門的是個夥計，還睡眼惺忪的，看著眼前頗有些狼狽的兩個男人，不高興地問道：「這麼晚了，有啥事，還讓不讓人睡覺了？」

陳奇連忙像是見到救星一樣，抓住那小夥計的衣襟就哀求道：「小哥，快救救我娘子。」

小夥計被陳奇嚇了一跳，尷尬地將陳奇推開，朝他們身後望了一眼，見騾車上躺著一個年輕婦人，才將門打開。「快些將病人抬進來，我去叫趙大夫。」

陳奇這時候臉上才露出一絲人氣來，他一把將白氏從騾車抱進百藥堂。

陶氏將陳悠從騾車上扶下來，母女倆同時看了眼百藥堂掛在外面的招幡。

陳悠道：「娘，我們還是不進去了吧！」

陶氏也贊同，前些日子，她們方得罪了這百藥堂的趙大夫，若這個時候進去，只會讓他嫉恨，說不定會對白氏不利。

儘管陳悠醫術絲毫不遜趙大夫，可畢竟暫時沒人會相信她，這個忙她也只能幫到這個分兒上，於是母女倆在百藥堂外頭找了一處坐下，靠在一起說話。

這邊趙大夫被小夥計從熱呼呼的被窩裡叫起來，滿心不爽利，他罵罵咧咧地起身穿衣，與小夥計一起到百藥堂的大堂。

小夥計趕忙介紹。「這便是我們百藥堂的趙大夫！」

「趙大夫快瞧瞧我媳婦如何了？」曾氏著急道。

趙大夫覷眼打量了這家人一眼，就坐到白氏的身邊診起脈來，片刻過後，竟是與陳悠說得分毫不差，他讓小夥計取來他的銀針，給白氏扎了兩下，然後又開了個方子，遞給陳奇。

其實白氏的血已經止住了，趙大夫只是做個後續處理，根本就簡單得很。然而他畢竟是別人眼裡的正規大夫，他說的話自然要比陳悠讓大房的人信服。

陳奇將白氏抱進百藥堂裡面的房間休息。

陳永春與曾氏拿著藥方給小夥計抓藥，藥包好後，小夥計有些為難道：「大叔，一共半兩銀子。」

曾氏還以為聽錯了，就這幾包草藥就要半兩銀子？

「小哥，你說多少，方才我沒聽清！」

小夥計只好又重複了一遍。

曾氏瞪大眼睛，氣憤得胸口不斷起伏。「你們這藥鋪是搶錢吧！憑什麼要半兩銀子？」

趙大夫聽到曾氏的質問，摸著鬍鬚笑著走過來。「大妹子，我們這兒就是這個價，妳若是能在林遠縣再尋一家藥鋪，我便收妳便宜些，何況我這出的是夜診，若是不漲些，怎對得起我這半天的辛勞。」

大房無法，只能吃了這啞巴虧，誰叫這林遠縣只有這家藥鋪，他們除了來尋趙大夫，根本就沒處就診，難道要瞧著兒媳殞命？

曾氏猶疑了片刻，才狠心將白氏白日裡給她的銀簪拿出來攥在手裡，她忍著怒火，對趙大夫行了一禮。「趙大夫，我們家境不好，不知可不可以寬限我們一晚，今兒晚上我們身上沒帶這麼多銀子，明日湊了再付上可行？」

「我也不是那般不講理，那就這麼辦吧！若是你們明日還給不上錢，可別怪我不客氣了。」趙大夫說完便又回去睡了。

小夥計將藥包拿一包去後院煎了，等到趙大夫離開，母女倆才進了百藥堂。

大房一家都臉色灰敗，陶氏方才在外頭將趙大夫的話聽得清清楚楚，知道這姓趙的又訛人了。陳悠瞥了一眼放在櫃檯上的方子，總共也不過十幾二十文錢一包而已，這趙大夫也太黑心了。此時陳奇與曾氏在裡間陪白氏，陶氏與陳悠也就不進去打擾，在百藥堂大堂中坐了一會兒，外面的天就微微泛白。

陶氏與陳悠向大房告別，大房一家臉色都不大好，隨意寒暄了兩句，就隨她們了。因陶氏與陳悠都是匆忙出來，身上分文沒帶，此時，也只好趁著天光早些回李陳莊。

一個多時辰後，陶氏與陳悠回到家中，兩人熬了大半夜，回來困倦得緊，陶氏讓陳悠吃了朝食便去休息，她則去東屋將昨夜的事情與秦長瑞說了。

「阿悠真有這麼了得？」秦長瑞驚訝地問。

陶氏笑著點頭。「我們自己的閨女，那還有假？我可在旁邊看著呢，那血卻是阿悠配的方子止住的。這丫頭，怕就是對這行感興趣。」

秦長瑞想到大女兒一提到草藥那認真嚴肅的小模樣，就很是心暖。「只要阿悠喜歡，便隨她去，指不定日後咱家還能出個大魏朝的名醫呢！文欣，妳我上輩子都是死於傷病，指不定老天爺派阿悠來照顧我們身體的。」

陶氏瞪了夫君一眼。「只不過阿悠性子還有些急，以後要鍛鍊得更沈穩些才好。」

「好好一個閨女，妳對她要求這般嚴格做甚，她喜歡怎樣便怎樣，我秦長瑞的女兒生來就是要享福的。」

「你就寵著吧，總有一天被你寵壞！」

「等我這身體好些了，妳們母女幾個也能歇歇了，日後妳無事教教阿悠認認字。」

陶氏點頭。「永凌，你可想好法子了？」

秦長瑞自信地點頭，將陶氏的手拉到自己手中，摩挲了兩下。「事情我都安排好了。文欣，妳莫要擔心，這麼多年，難道還不相信妳夫君的能力？」

陶氏朝秦長瑞翻了個白眼。「咱們以前做的那事，可與現在不一樣，你別陰溝裡翻了船。」

秦長瑞哼了一聲。「想當初我在朝堂都能逆水行舟，還能駕馭不住這等小事，莫要小瞧妳夫君。」

「成，我什麼都不說，你便做吧，若是沒做成，到時在幾個孩子面前丟臉，可別怪我沒提醒你。」秦長瑞對妻子這般拆他的臺有些不滿，伸手捏了一把陶氏的臉。

陳悠在這時早已進入夢鄉，可她總心有忐忑，今日在給白氏號脈之後，她心急地給白氏止血，總好似覺得自己忘了一件什麼事，可是困倦襲來，陳悠想著想著便進入夢鄉。

翌日，曾氏一早就將白氏給的那支銀簪拿去當鋪當了，換了三貫錢，陳奇又將他與白氏存的錢拿出來，才勉強付清百藥堂的藥費。

此時，白氏稍有好轉，大房一家便帶著白氏回了李陳莊，這百藥堂實在是待不下去，若是再住兩日，怕是他們家得賣地賣房。

等陳悠一覺睡醒已是傍晚，得知白氏已回到家中，陶氏與陳悠也不再過去。

至於罪魁禍首——陳娥，被她爹娘教訓了一頓，便一直躲在屋中不敢出門。

第三日，唐仲從外頭剛回來，便被陳奇請去家中替白氏瞧瞧，而這一日恰也是秦長瑞可以下地的日子。

在床上窩了一個來月，秦長瑞早就渾身不舒爽了，陶氏替他找了一身乾淨的衣衫換上，一家人都聚在東屋。在陶氏的攙扶下，秦長瑞慢慢地在床邊站起來，然後試著緩緩瘸了兩步，臉上才顯出輕鬆之色來。推開陶氏後，秦長瑞扶著牆壁獨自走了幾步，才好似適應起來。

陳悠在一旁看了也為秦長瑞高興。「爹，您這般慢慢走上大半月，這腿大致就好了，再往後就與一般人無異，只莫要拿什麼重物就好。」

秦長瑞笑應了一聲。這一早上，他扶著牆來回走著，直走得背後有些汗濕，才停罷歇息。

背脊挺得猶如標杆、舉手投足頗有文人之風的秦長瑞，相較於原身的陳永新從來都是佝僂著背、表情呆板、讓人瞧來便是滄桑的樣子，陳悠不禁感慨，暗想：現今爹娘的前世到底是怎麼尊貴的身分？

那廂陶氏坐在床頭正縫著一件青白碎花的小衫，陳悠生辰是端午前一日，如今也已將近四月底，她身上穿的那身還是灰色粗布短褂短褲，都小了一大截，細細的手腕都露了出來。陶氏便趁這個機會，裁布給她做一身衣裳。

秦長瑞的身體恢復得很快，幾日過後，他走路已經趨於常人，只是還不能久站，但比前時已好了許多。

過後幾日，陳悠與陶氏又去一次縣集，陶氏尋人打探趙舉人家的住址。在縣集中也並未買什麼，就帶著陳悠匆匆地回了李陳莊。

這幾日陶氏與秦長瑞常關在屋中商量事，陳悠見到家中越來越少的糧食、只出不進的花銷，一直著急得很，有心想與陶氏商量個法子，可次次總被她搪塞過去。

秦長瑞與陶氏不知在安排什麼，也不告訴她，陳悠心中有些失落，一時無聊，像以前一般帶著阿梅、阿杏去村後山頭採些藥草，這樣一來，也可以路過李阿婆家探望。她好幾日都未見李阿婆，不知李阿婆有沒有擔心她們姊妹？

陳悠知會了一聲陶氏，便帶著阿梅、阿杏出門，還未走到村頭，就被身後的聲音喚住，陳悠轉頭見是大伯娘家的二堂哥。

陳易一口氣跑到陳悠面前，陳悠見到他滿頭大汗、急喘著粗氣，她不解地問道：「二堂哥，有什麼事，這般急？」

陳易喘了口氣。「阿悠，快跟堂哥去趟前院，唐大夫尋妳。」

陳悠眉心皺得更緊，唐仲尋她做什麼？

「二堂哥，唐大夫怎會在前院？」

「阿悠，快些吧，都在等著妳，我們邊走邊說。」陳易急道。

陳悠當即拉著阿梅、阿杏跟著陳易快步去了。

陳易呼吸急促道：「娘他們將大嫂從縣城帶回來後，回家第一日還好，第二日嫂子就不舒服了，直將趙大夫開的藥包全服完了，這身子也不見好。唐大夫也被大哥請來兩次，方才唐大夫給大嫂號了脈，點名說要叫妳去幫忙。」

陳悠沒想到白氏竟然還未好，而且聽陳易這說法，好似情況更差了，唐仲醫術可稱得上精湛，竟然連他都搞不定，要派人尋她來，為什麼？不知道怎麼回事，陳悠心裡那種奇怪的感覺又出來了，可是就像是真相面前被蒙上一層輕紗，讓她看不清也猜不透。

陳悠先將兩個小包子送回家中，又大略將陳易的話與秦長瑞和陶氏說了。

這次，是由秦長瑞跟著陳悠一起去前院，而陶氏留在家中。到了前院，兩人便見到王氏與陳秋月緊張地站在門外，外頭是蹲在地上、無助地揉著頭的陳奇，還有站在不遠處一顆柿子樹下看熱鬧的二房一群人，陳順那小子在另一邊帶著弟弟妹妹們打鬧，笑鬧成一團。

陳悠皺眉朝陳順那邊望了一眼，秦長瑞已經與長輩們打了招呼。

裡頭唐仲喊道：「阿悠來了？」

陳悠連忙應了一聲，急步進去。

唐仲看到陳悠進來，朝她招手。「阿悠，妳過來給妳大堂嫂號脈。」

陳悠聞言，嚴肅地點頭，走到昏迷的白氏床邊，伸手觸上她的手腕，沈下心感受著她的脈搏。「脈來流利，如盤走珠」，從「尺」至「寸」有如行雲流水……雖然脈搏微弱、細緩，可陳悠仍然能清晰地分辨出白氏的脈搏竟然還是滑脈！

滑脈乃是女子之中妊娠婦女的獨有脈象……可是白氏腹中還未成形的胎兒明明已經流掉了！怎麼還是如此？

陳悠小眉頭深擰，她轉頭問一旁守著白氏的曾氏。「大伯娘，這幾日大嫂可有什麼異常的症狀？」

曾氏用帕子抹了一把淚珠，眼眶紅腫著，顯然是這幾日熬夜又擔心的。「那日海棠身上的血明明止住了，回到家中第一日也還好，可後頭又不停流血，這兩日血量越來越大，服用趙大夫配的藥一丁點用也沒有！莫不是……海棠的命要保不住了？」

曾氏越說越覺得恐怖，若是她這大兒媳有個三長兩短，她該如何面對自己的大兒子，又該怎麼看待大女兒？一想到此，曾氏只覺得心痛如絞，都覺得呼吸不過來。

這才幾日，曾氏本一頭的黑髮就已經急白一半，當真是「一夜白頭」。

唐仲坐在一旁，右手抵著下巴，一副深思的樣子，他轉頭問陳悠。「阿悠，如何？」

陳悠直言。「滑脈。」

陳悠話一出口，唐仲眉頭都要攏成小山。他與陳悠號脈的結果一般無二，同樣是虛弱的滑脈。女子滑脈，無非就是有喜，可是這白氏分明腹中已沒有生命跡象，也並非雙脈，為何還會顯示這樣的脈象。

唐仲行醫這麼多年，早年又走南闖北，天下稀奇古怪的病例見過的不知凡幾，可從來沒見到過這種奇怪的情況，一時竟也束手無策。他想著陳悠當時是第一個醫治白氏的，又知道一些新奇的方子，或許她可能有些醫治的思路。

唐仲站起身。「阿悠，那日妳醫治妳大嫂時，當時是什麼情況。」

陳悠便將那日替白氏止血按壓穴位都仔細說了。

白氏受到重創流產，陳悠處理的辦法沒有一樣是錯誤的，之前他聽曾氏說趙大夫施了針，又看了藥方，同樣是沒問題的，可怎會還是這樣的結果，這根本就不應該啊！唐仲許久都沒遇到這樣棘手的問題了。

陳悠腦中飛速運轉中，搜尋著有關孕婦方面的醫學知識，她一直覺得有些不對，可她總是摸不到那層邊。

唐仲腦子裡也是沒個思路，他胡亂地問曾氏。「大嫂子，妳家兒媳是何時月事停止的？」

曾氏一時被唐仲問得愣住了，回神後有些尷尬道：「這個我也不知，我將老大叫進來問問。」

此時，救白氏的命要緊，哪裡還顧著這些講究，曾氏連忙就要出去尋陳奇。

這時，陳悠腦中突然隱藏在黑暗中的一抹光亮炸開，她急忙叫住曾氏。「大伯娘，不要去了，您快去燒些熱水！」

曾氏此時六神無主，聽到吩咐就像是找到救命稻草一樣，連著應聲去燒水了。

唐仲也是滿臉驚喜。「阿悠，可尋著原因了？」

陳悠點頭。「唐仲叔，先前我給大嫂診脈，斷她孕期是一個多月，可那時，大嫂腹中孩子早已死去，這懷孕期限有可能極不準確，或許早已兩月有餘。兩月有餘的孩子已有了一定形態，怕不是這麼容易就被流掉的……」

陳悠說到這裡，唐仲腦中也是豁然開朗，他連忙走到白氏身邊，再度給她號脈，聽了陳悠這一席話，白氏的這一切症狀只有一個可能，那就是胎兒根本就沒有流出來，還留在母體之中！

陳悠清楚記得當時一位資深婦產科老醫師給他們上專業選修課說過，女子懷孕，一個月有餘，可通過藥物流產，將未成形胎兒自然排出體外，而超過兩個月的胎兒，基本已經著床穩定，必須要經過特定的流產手術才能安全流產，不然胎兒滯留母體，將會非常危險！

唐仲號完脈後，取出銀針陸續在白氏的各個有效穴位扎了幾針，之後得出結果果然與陳悠猜想的一樣，白氏體內的胎兒並未排出。

頓時，唐仲與陳悠的臉色變得難看了起來。

唐仲擅長外科不錯，可白氏這樣的情況要施行刮宮之術，他一個七尺男兒可怎生給女子行這等手術！

陳悠自是也想到了刮宮術，但這裡外科手術條件差，也沒有任何的儀器輔助，所有都要靠人工，她本就不擅長外科，此時還要面對這樣前所未有的挑戰，讓她怎能不恐懼害怕？況且，刮宮術就算是在現代也完全是靠醫生臨床經驗和感覺來操作並判斷是否刮淨。如果刮淺了，可能因為沒有刮淨而出血，會造成二次刮宮。刮深了，又會難免因刮宮過度，造成子宮內膜的創傷，破壞子宮的功能。若是子宮內膜被破壞了，以後若想要有孕，恐怕就難了……這涉及到一個女子以後能不能生育的問題，陳悠想想就覺得雙手顫抖，即便瞭解這些理論知識，可是真正實現，她卻從未有過一次，畢竟她不是專業的婦產科醫生……

唐仲與陳悠互相看了一眼，都從對方的眼中看到無奈和恐慌。

兩人口中艱澀，嚥了口口水，同時吐出了兩個字。「刮宮。」

第二十章

房間內的氣氛都變得緊張詭異起來。

陳悠指著白氏。「必須把胎兒取出來，若是滯留在母體內，大堂嫂很快就要撐不住了……」

言下之意，千萬別指望她啊！

唐仲右手抵唇輕咳了一聲。「這等手術，我從未實施過……」

陳悠抬頭看了眼唐仲，這才恍然，這裡並不是現代，唐仲就算是神醫，大魏朝再開放，男大夫也不會行女子的這種手術。

「唐仲叔可知道林遠縣內有無擅長婦科的醫女或是善於接生的產婆？」陳悠嚴肅問道。既然他們都不行，那必須得尋找解決辦法，白氏等不了太久，得儘快將腹中死胎取出才行。

唐仲坐到一旁，擰眉想了想。「若說擅長此道的醫女，華州卻是有一位，名喚賈天靜，我早年與她有過一面之緣，再想要尋旁的合適醫女就要去慶陽府了，我們這小小林遠縣卻是沒有。」

林遠縣連大夫都少得可憐，莫說擅長婦科的醫女，何況，懂醫術的女子本來就少。如果要尋這位賈醫女看診，這行水路到華州都要一天一夜的時間，路上可能還會耽擱，白氏根本等不了。

「可有可靠的接生婆？」陳悠繼續問。

「莊嬤嬤，李陳莊的大半孩子都是她接生的。」唐仲道。

陳悠這般問，他也一下子欣喜過來，莊嬤嬤接生經驗豐富，說不定她會這刮宮之法！

這時，兩人想到一塊兒去了，陳悠與唐仲只一個對視的眼神，唐仲便連忙跑出去，找人去將莊嬤嬤尋來。

莊嬤嬤就住在李陳莊，很快，陳永春便將她請來。

莊嬤嬤是個年過五旬的老婦人，黑白相間的頭髮在腦後結了個髻，梳得油光水滑，一身深藍色的青布衣裙也乾淨俐落，叫人瞧了覺得分外舒爽，是個乾淨的婆子。

莊嬤嬤瞧了眼虛弱昏迷躺在床上的白氏，又瞧了身旁的唐仲與陳悠，驚詫道：「唐大夫尋我來不知有什麼事？」

唐仲朝莊嬤嬤行了一禮，便細細將白氏的情況與莊嬤嬤說了。「嬤嬤接生這麼多年，不知可會這刮宮之術？這白氏體內的死胎若不及時取出，怕不久命就危在旦夕了！」

唐仲言語誠懇，莊嬤嬤卻聽得誠惶誠恐。她畢竟只是個鄉野的老婦人，說句不好聽的，會接生也只是因為自己孩子生得多了，且想賺些外快，哪裡真的懂這些天書般的醫術，別說是什麼刮宮，就算是一般的產後出血，她也不曉得有什麼方子能止。

這眼前關乎著一條人命的大事，莊嬤嬤哪敢隨意亂說。「哎喲，唐大夫，您就饒了我吧！我這老婆子接生也是全憑這麼多年的經驗，哪懂這些醫術。您說的這刮宮，老婆子真是聽都未聽過。」

莊嬤嬤這麼快就拒絕，讓陳悠與唐仲都是一怔，隨即兩人苦笑起來。

唐仲走到陳悠面前，伸手搭在她的肩膀上。「阿悠，若是我用湯藥行針輔助，妳對這手術能有幾分把握？」

陳悠被唐仲問得呆住，肩膀被唐仲的一隻手壓著，只覺得這隻手臂好似有千斤重，下一秒就能把她壓彎一樣。

陳悠的嘴角抽搐了一下，臉色難看地抬頭瞧唐仲。「唐仲叔，實不相瞞，刮宮術我也只是知曉這其中因由，我是連一分把握也沒有！」

「試試！」唐仲只覺得說出這兩個字的時候，嘴唇都在顫抖，他明白陳悠說的話不假，他也能真切感受到手掌下的小身子在害怕地顫抖。

陳悠簡直不敢置信地猛然仰頭瞪著唐仲，她都說了，她一點把握也沒有，這手術可是關乎一個女子日後能否生育的大事，如果她失敗了，或許白氏就要懷恨她一輩子，她承擔不起這個後果！

「阿悠，現在只有妳能救妳大堂嫂了，別無他法！妳雖未做過這類手術，可畢竟還是瞭解的，若是讓連瞭解也無的人來，怕真是連一分成功的機率也沒有了。放心，我會輔助妳，妳嫂子已經拖了幾日，這後頭卻是不能再拖下去了！」唐仲的話像是炮彈一般打在陳悠的心口上，讓她驚惶又不得不打起十二萬分的精神去面對。

陳悠當然知道唐仲的話是實情，她轉頭看向床上奄奄一息的白氏，垂在身側的雙手緊攥，隨即深深地呼出一口氣，眼神堅定地看向唐仲。「好，我來！」

僅僅只是說出這三個字，陳悠卻覺得比參加一場長跑還要用盡力氣。

她渾身都在顫抖，想起祖父鄭重拍著她肩膀所說的那句話。「健康所繫，性命所託！」醫生是個神聖的職業，一個小小的診斷，便維繫著一個脆弱又充滿希望的生命！

唐仲將他的藥箱遞給陳悠，這裡有著這個朝代最先進的手術用具。

一旦決定就由不得她退縮，陳悠緊緊捏著藥箱的把手，儘量讓自己的情緒平穩下來。

「莊嬤嬤，您去幫忙準備些乾淨的白棉布，再用滾水將白棉布燙一遍。」陳悠吩咐道，清冷的聲線還帶著些沒有褪去的稚嫩童音。

莊嬤嬤被陳悠的話說得愣住，只茫然地瞪大眼睛瞧著唐仲。

「莊嬤嬤，麻煩妳照著阿悠說的去做。」

莊嬤嬤才反應過來，連忙「欸」了一聲，匆匆出去。

陳悠在唐仲的藥箱中翻找適合刮宮的工具，唐仲這裡根本就沒有專門的刮宮匙，只勉強尋到一根細長形狀有些像的玉棒。

陳悠將玉棒拿在手中，轉頭詢問唐仲。「唐仲叔，你那麻沸散可有功效？」

手術時將會非常疼痛，必須要給白氏實施麻醉才行。

唐仲眉頭一緊。「那方子我尚未驗證成功，並不確定。」

「那對患者身體可有嚴重危害？」

「麻沸散中沒有虎狼之藥，對身體並無大害處。」唐仲雖不敢肯定方子的作用，可是卻可以肯定沒什麼副作用。雖說是藥三分毒，可藥材也分溫性、熱性與寒性等，麻沸散中的配藥都是溫性草藥。

「唐仲叔，要麻煩你熬來麻沸散！」或許是緊張到極致反而能讓人冷靜下來，陳悠說話已經不再發顫，手指拿東西也不再顫抖，與此時的唐仲相比，她竟然還要更鎮定些。

「不過麻沸散……」

「唐仲叔，大嫂需要麻沸散。你不是說你的麻沸散沒有危害，那何不試試？」陳悠的話讓唐仲絲毫沒有反駁的理由。

唐仲怔了怔。「好，阿悠妳等等，我這就去抓藥來煎製。」

陳悠喚曾氏進來照顧白氏，她出去將要用到的手術工具全部用熱水消毒一遍，然後用乾淨的棉布包上，等唐仲的麻沸散煎好，術前的準備工作便差不多了。

方才陳悠在準備手術用具和藥物時，唐仲已簡單向曾氏解釋一遍，曾氏雖然心中忐忑且懷疑陳悠的醫術，可現在除了陳悠，已經沒有人能救得了白氏。曾氏咬咬唇也就點頭同意了。

屋內只有唐仲、陳悠，來幫忙的莊嬤嬤與曾氏。

唐仲再一次給白氏號脈，為她行了一遍針，最後讓曾氏將麻沸散的湯藥餵白氏喝下。做完這一切，唐仲對陳悠點點頭，站起身，頭也不回地出去了。此時，曾氏、莊嬤嬤與陳悠身上都圍著消毒過的白棉布，陳悠讓曾氏將白氏下身的衣裳除去，並把血清理乾淨。

陳悠站在一邊，拿著那把玉質類似刮宮器之物，閉上眼，將祖父的話想了一遍，強壓下心中的忐忑和緊張。再睜開眼，曾氏和莊嬤嬤已經替白氏清理完畢。

陳悠上前邁出一步，讓曾氏與莊嬤嬤扶住白氏的雙腿。就在手術工具接觸到白氏身體的那一刻，不知怎的，陳悠竟然瞬間心情平復了，她手中動作不停，竟然有種奇怪的感覺，好像她做過了千百遍這種手術，擁有萬千老醫師的豐富經驗。手到之處心即到，不消兩三下，她已經尋到宮內膜，好似早就感覺到在哪裡一般，這種感覺著實新奇又讓人充滿自信。

這是白氏最危險的時候，她趕忙收回思緒，專心手中的動作，玉棒觸及到宮內膜，昏迷中的白氏突然痛醒，嘶啞地尖叫了一聲。

早在白氏醒來還未尖叫出聲時，陳悠已經鬼使神差般先一步開口。「快按住大堂嫂，千萬不要讓她亂動！」

所以在白氏掙扎前，就已被曾氏與莊嬤嬤死死按住。

陳悠手下不停，暗自無奈感慨，看來唐仲這麻沸散根本就沒用，白氏痛成這樣，她加快手中的動作，熟練又有條不紊地進行，以最快速度取出死胎，刮下殘留的子宮內膜。當死胎脫離白氏的身體時，白氏也同時痛暈過去。手術非常順利，陳悠覺得自己簡直有如神助！

可是當手術結束的那一刻，她放下刮宮器，忽地渾身痠軟無力，那種方才進行手術時的胸有成竹全部消散，就像是從來都不存在一般。陳悠全身痠軟，身體無力地朝後倒去，幸好反應及時，後退了兩步扶住衣櫃，才沒有摔倒在地上。

她長吐口氣，抬袖擦了擦額頭汗珠，扶著衣櫃緩了緩，才覺得好了許多。

「大伯娘、莊嬤嬤，大嫂已經沒事了，妳們請唐大夫進來吧。」

自死胎從白氏體內被取出來，曾氏與莊嬤嬤的目光一直都停留在白氏身上，根本就沒多注意陳悠。

給白氏收拾好之後，曾氏出去將唐大夫從屋外請進來。唐仲在外頭等候並未比陳悠少一分緊張，曾氏來叫他，他急忙起身，步伐匆匆地進屋了。

「娘、娘，海棠她怎麼樣了？」陳奇急忙抓住曾氏恐慌地詢問，剛才白氏在房內的叫聲，他可是聽得心驚膽戰，若不是陳永春攔著他，他早就要衝進去了。

曾氏能體會自己大兒子的心情，可這還不是說話的時候，況且還沒有唐大夫的診斷，她也不能確定白氏是好是壞，若是讓兒子空歡喜一場，還不得將他折磨到瘋掉。

曾氏拍了拍陳奇緊緊捏在她手臂上的大掌。「老大，娘也不清楚，等唐大夫出來你便知了！別拉著娘，娘還要進去照顧你媳婦。」

聽見曾氏提到要照顧白氏，陳奇才怔然放下曾氏手臂，頹然地點頭。

曾氏不忍看到平日冷靜、做事井然的大兒子突然變成這般頹喪樣子，急忙轉頭，快步進屋去了。

唐仲進來時，正看到陳悠坐在一旁的椅子上，神情有些疲憊，臉上也蒼白得毫無血色。他明白這次強逼著她動手術是他的不對，但那時他也是無計可施，總不能看著一個活生生的人在眼前消逝。此時，他也不敢上去詢問陳悠，只幾步走到白氏床邊，探手給白氏號脈，緊皺的眉頭不一會兒慢慢舒展開來，嘴角同樣忍不住翹起。

白氏脈象恢復正常了！儘管脈息微弱，可已趨於正常人脈象。

曾氏候在一邊眼巴巴地瞧著唐仲，唐仲站起身朝曾氏拱手行了一禮，帶笑地舒暢道：「恭喜大嫂子，妳媳婦已經轉危為安，往後吃半個月湯藥，也就無甚大礙了。」

「唐大夫可是說真的？那這……」曾氏看了眼白氏，又瞧向唐仲。

唐仲解釋道：「大嫂子放心，手術很成功，妳媳婦只要將身子將養好了，日後想要娃兒自是沒有問題。」

「多謝菩薩保佑，多謝唐大夫，還有阿悠，這次多虧了你們，我們家這輩子都無以為報了！」曾氏說著說著眼淚都流了下來，方才按住白氏時，瞧著她臉上痛苦萬分的表情，她都未流淚，此時卻覺得淚水止也止不住。

「大嫂子，讓妳兒媳歇歇吧，我出去開方子，妳讓人去我家抓藥。」唐仲走到陳悠身邊，拍了拍她的頭，低聲道：「阿悠，妳這次做得很好！」

陳悠此時還有些愣怔，被他一拍清醒多了，頓時覺得憋著的那股鬱氣就要發洩出來。「唐仲叔，你那麻沸散根本沒用！」

要不是她那時「有如神助」，根本就不能預感到白氏會被痛醒而下意識亂動。如果那個時候，她沒有及時吩咐曾氏與莊嬤嬤將白氏按住，那就不會是現在這樣的結果了！

唐仲尷尬不已，本就是他逼著陳悠動手術，麻沸散也沒能幫上忙，唐仲感到有些慚愧。「阿悠，這次是我不好，我在這裡給妳賠罪了！」

陳悠站起身，瞥了唐仲一眼。「算了！也不都是你的錯。我累了，回去歇息，你也莫要問我手術的細節之處，因為我到現在也很糊塗。」

陳悠純粹只是想找人發洩鬱氣，這件事也不都是唐仲的錯，她自己也有一部分責任，只不過唐仲正好成為出氣筒而已。手術的事，她到現在仍感覺到奇怪。

唐仲卻認為陳悠是因手術緊張，一時還緩不過來，雖然他真的很想問手術細節，可他聽了陳悠的話仍然表示理解。「行，阿悠妳快些回去歇息吧！妳爹還在外頭等妳。」

陳悠逃也似的離開白氏的屋子，待在這裡，總讓她忍不住想起手術時奇怪的感覺。她現在還是去冷靜一下，好好想想這到底是怎麼回事！

唐仲緊隨其後跟著陳悠從房中出來，唐仲一出來便被老陳家的人圍滿。

陳悠乘機混到秦長瑞的身邊，拉著秦長瑞的手就道：「爹，我們快些回家。」

秦長瑞意味深長地看了陳悠一眼，也未說什麼，應了一聲，拉著陳悠便回家去了。等老陳家前院的人反應過來，想尋陳悠問問時，陳悠與秦長瑞早就離開了。

秦長瑞看了眼女兒的神情，眉頭微皺，而後帶著些不悅的聲音就響了起來。「阿悠，唐仲逼迫妳了？」

「啊？」陳悠有些還回不過神，下意識抬頭瞧向秦長瑞，只見他雙眸微眯，透出一股危險的光來，連忙解釋。「沒有、沒有，爹，唐仲叔沒有逼我。」

上一世，陶氏產下征兒後便不能生育，他為此也是翻遍醫書，通曉些婦科之事。本朝開明，可仍有男女大防之說，男大夫當然不能為女子做這些婦科手術，所以許多專通婦科的醫女便應運而生，有許多男大夫會特意收女學徒，正是為了方便女子，同樣也有為自己揚名之嫌，因此秦長瑞懷疑唐仲是在利用陳悠。

「沒有便好，以後若他仍逼妳做妳不願做之事，就當面拒絕，有爹給妳撐腰，還怕他做甚！」在秦長瑞眼裡可沒有別人的生死，他對家人情深意重，守護住他的親眷才是他要做的。況且在高位多年，他早已練就了鐵石心腸，看人在自己眼前殞命又算得了什麼？只要是自己閨女不願意做的事情，就算關乎人命，他也二話不說絕對站在自己閨女這邊。

陳悠卻哭笑不得，想來，不管她怎麼解釋，自家爹爹還是認為今日替大嫂動這場手術是唐仲叔逼迫的，甚至還認為他教她醫術是為了自己的名聲。

「知曉了，爹！」陳悠這個時候也不能解釋，越解釋只會讓人誤會。

父女倆回到家中，陶氏急忙上來詢問。「可脫險了？」

秦長瑞頷首，低頭瞧了陳悠一眼，對陶氏道：「阿悠她娘，帶阿悠去歇息歇息，阿悠可累壞了。」

陶氏瞥了眼丈夫，又瞥了眼陳悠，也從丈夫的話中猜測出來，只怕這白氏脫險與他們家阿悠脫不了干係。

陶氏打了熱水讓陳悠洗過手臉，讓她去西屋休息，並將阿梅、阿杏和陳懷敏都帶到東屋交給秦長瑞，自己才獨自一人坐在床邊陪著陳悠。

她摸了摸陳悠的額頭，淺笑著低聲道：「阿悠，與娘說說，今兒到底是怎麼回事？」

陳悠也不瞞陶氏，因她不說，秦長瑞也會與她說，便將白氏的病情以及她做手術的事說了。

陶氏的眉頭越皺越緊，最後聽陳悠說完，見她兩眼皮打架，也不再追問，替她掖了掖被角，讓陳悠睡了。

下午睡得太多，晚上陳悠有些失眠，趁陶氏與阿梅、阿杏睡著後，進了藥田空間。

已經好幾日沒進藥田空間，空間內沒有絲毫變化，陳悠走到大湖邊柔軟的草地上躺著，瞧著遠處猶如玉帶的瀑布，白水從萬里高空流瀉而下，撞擊在湖面上，陳悠隨著瀑布的轟鳴聲思緒縹緲。

突然她雙眼一亮，猛地坐起身來。手術時胸有成竹、經驗豐富的感覺實在是太奇怪了，會不會是與藥田空間有關？她從來沒有做過刮宮術，真的只有理論基礎而已，她身上唯一奇怪的東西就是這個藥田空間。

這藥田空間是他們家祖祖輩輩傳下來的，以前從來沒聽祖父說過藥田空間是可以升級的。前世，空間也一直很正常，偏偏到了這裡，空間就變得如此古怪。上一次，她萬分期盼藥田空間升級，結果什麼草藥都沒給，難道是給了她這種猶如外掛般的手術感覺？這一切的詭秘也只能這麼解釋，不然如何能讓一個都沒動過外科手術的醫生突然變成「職業的快刀手」？

陳悠有心想要驗證自己的這個猜想，可是再讓她去給另一個人做外科手術，她仍然戰勝不了自己的心理。給白氏做手術那是沒有辦法，若是不在那種逆境壓迫下，她絕對不敢再拿起手術刀，自然她的猜測也不是一時半會兒能證明的。

陳悠起身拍了拍身上的草屑，將空間藥田中的草藥打理一遍，才出了藥田空間。

許是因陳白氏這場突來的災難，大房受創不小，王氏也並非是那種毫不講理的人，陳秋月的嫁妝錢都改成每房出三吊錢。

蕭氏喜孜孜地見到曾氏了，還不忘奉承一句。「多虧了大嫂，我們都是沾了姪媳的光了！」

她這句話恰好被拎水的陳奇聽見，陳奇將水桶扔到地上，就要上來與蕭氏拚命，將蕭氏嚇得尖叫，幸好被一旁的曾氏攔住。

陳奇臉色難看地瞥了眼蕭氏，警告道：「二伯娘，以後嘴巴最好緊著些！」

曾氏扶著陳奇一離開，蕭氏就指著東屋罵起來。

陳娥這些天都老實許多，陳奇更是因為這事，與親妹妹有了隔閡，晚間吃飯時，陳娥見大哥再也不為她挾菜，心裡就難受得慌，回到房中大哭，將這一切罪責都怪到陳悠身上。若她不是為了三房那三個臭丫頭與娘吵架，她也不會一時氣極將大嫂推倒，大嫂肚子的孩子也不會保不住了，陳悠當真是躺著也中槍。

日子過得很快，秦長瑞不用再服湯藥，他現下走路已不礙事，只要不拿重物便不要緊。前日，秦長瑞出門一趟，直到夜色朦朧才回來。

陶氏將針線簸箕拿到一邊，讓陳悠過來，取出替陳悠做的青白藍花衣裳，再配上下襬繡了一叢二月蘭的藍布褶裙。「阿悠，明兒就是妳的生辰，這是娘今年給妳的生辰禮。」

陳悠有些吃驚地看著陶氏手中的衣裳。往年她都是不過生辰的，加上這吳氏又是「新來的」，她以為今年的生辰還會如以前一樣，竟沒想到自家娘親已經替她打點妥當了。不管如何，有人惦記自己的生辰，還準備慶賀的禮物，總是一件讓人暖心的事。

陳悠沒有矯情推拒，而是大大方方地接了過來，雖然只是一套衣裙，卻體現了陶氏對她的關心愛護。

「謝謝娘！」陳悠笑咪咪地道謝。

「快去換上讓娘瞧瞧，若是有地方不合適，好快些改改，讓妳明日穿上。」

陳悠急忙應了一聲去換衣裳，等到穿著新衣裳出來時，總覺得有些怪怪的，因以前身上穿著的都是長褂褲子，一時換了裙子，還著實不自在。

提著裙子出來，陶氏瞧眼前陳悠身穿藍白花的衣裙，立在那裡，頗有一種「吾家有女初長成」的自豪感。陳悠過了明日生辰就十一歲了，當真要成為一個大姑娘了。

就連身旁兩個小包子也被驚豔地瞪大眼，好一會兒才回神笑著讚嘆。「大姊真美！」

陳悠笑嘻嘻地嗔了她們一眼。

「阿悠，過來，娘給妳梳頭。」陶氏朝陳悠招手。

陳悠快步走過去，坐在陶氏面前的小馬扎上。陶氏將陳悠一頭軟髮梳通順後，手指靈活地替她盤了一個小斜髻，用紅繩固定了，這時候，陶氏才上下打量著陳悠，覺得滿意了些，這女兒家就應該這樣打扮。可惜現在沒有首飾，不然在髮髻插上一支珍珠釵，走動間，珍珠搖晃，別提多可愛美麗了。

阿梅靈機一動，跑到院子裡，又飛快地跑回來，攤開手掌是一簇散著暗香的金銀花。

「娘，這個！」

陶氏也笑起來，取了花簇小心地別到陳悠的髮髻上，別好後，問阿梅、阿杏。「這樣可好看？」

兩個小傢伙急忙點頭。「這花戴在大姊頭上最好看！」說完就走過來，一人抱著陳悠的一隻手臂撒嬌。

秦長瑞帶著陳懷敏從外頭進來，乍一看陶氏給陳悠做的這身衣裳，眼睛一亮。「小閨女就應該這麼穿著才好看，以後讓妳娘替妳多做些！」

陳悠被誇得臉紅，搖搖頭。「不用了，做衣裳太費事，娘的眼睛會熬壞的。」

「瞧妳女兒如此心疼妳！」秦長瑞笑著瞧了陶氏一眼，若不是還擔心征兒，現在的生活堪稱美滿了。

「今兒怎麼樣了？」陶氏忽地轉移話題問道。

秦長瑞看了陳悠一眼，隱晦道：「快了，過兩日便行了，妳也莫要擔心，明日好好給阿悠過個生辰。」

陳悠臉上方才的笑意卻全都褪去，從兩人的話裡，她明白雙親在暗地裡計劃什麼，可她卻一點兒也不知情，這種感覺很不好，就好像被排斥在外一樣，讓她的心頭莫名有些煩躁。

晚間睡覺時，她隱晦地詢問陶氏，陶氏打太極搪塞過去，陳悠便知道，雙親大概是不希望她知道這件事。

第二日一起身，陶氏用細白麵替陳悠做了長壽麵。

陳悠瞧陶氏弄得滿臉的白色麵粉，又低頭瞧了眼前這碗還冒著熱氣的長壽麵，鼻子就泛酸。洗漱過後，捧著碗將一大碗長壽麵吃乾淨，才自己動手給家人做朝食。

中午時，秦長瑞還從外頭帶了一隻烤雞回來。陳悠另做了幾道菜，一家人美美地吃了一頓。

午後，陳悠帶妹妹去李阿婆家，她將裹好的粽子遞給李阿婆。「阿婆，這是帶給妳和阿公的，你們牙不好，吃慢些。」

「這麼些天沒到阿婆這裡來，阿婆還以為妳們把我忘了呢！」說著話，李阿婆已經帶著陳悠三姊妹來到屋前的廊下。

老李頭正坐在門前編竹筐，阿悠帶著兩個小包子打了招呼，李阿婆笑咪咪地道：「阿悠，妳們等等，我進去拿個東西。」

不一會兒，李阿婆就出來了，手上拿了個油紙包，還有一塊紗絹的帕子。「今兒是阿悠的生辰，這帕子是阿婆早就繡好的，過了生辰妳就十一歲了，也是大姑娘了，要用這些女兒家的東西，趁阿婆還能看得清，以後給妳多做些，過幾年，年紀大了，是想做什麼都不成嘍。」

陳悠也不矯情，從李阿婆手中接過帕子，雪白的紗絹上繡著一簇明麗的海棠花，旁邊還有「悠悠」二字，李阿婆不會寫字，也不知道她是求誰寫了，照著繡上去的。

陳悠的眼眶有些濕潤，就算是王氏這個親祖母也沒有待她這麼好。

「阿婆，這是啥？」陳悠指著帕子上的字問道。

「妳瞧我，也是老糊塗了，忘了阿悠也不識得。」

李阿婆拉著姊妹三人到旁邊廊下的凳子坐下，獻寶般道：「阿婆聽說，這大家小姐都是識文斷字的，咱們阿悠雖不是大戶人家的小姐，可在阿婆眼裡可比那大家小姐稀罕多了。阿婆便琢磨著，阿悠起碼得識得自己的名兒，這才求了縣城裡賣字畫的師傅寫了阿悠的名字，阿婆將它繡在帕子上給阿悠隨身帶著。」

陳悠拿著帕子抿著嘴，壓下心中的那股酸澀感覺。「阿悠定會學會寫字，到時候，阿悠寫了給阿婆瞧。」

李阿婆很高興，給陳悠順了順側臉落下的幾縷髮絲。「好，阿婆等著。」

李阿婆欣慰地拍了拍阿梅、阿杏的頭，陳悠帶著兩個小傢伙陪李阿婆聊了一會兒天，就起身回家去了。

臨走前，老李頭將一個小巧的竹簍遞給陳悠。「阿公也不擅編這個藥簍，阿悠以後便湊合著用。」

陳悠將藥簍拿在手中翻轉，這真是她想了許久的東西，每次採藥都挎著籃子，實在是不方便。老李頭可是幫了她的大忙，陳悠急忙道謝。「謝謝阿公。」

「對了，後天逢集，阿公要去縣城裡賣竹筐，妳與妳娘要去的話，便來阿公這裡搭順風車。」

陳悠笑著道知曉了，若是要搭車，定提前來告訴老李頭。

陳悠方回到家，就見大伯和大伯娘匆匆從前院竹林那邊拐過來。她拉著阿梅、阿杏進屋，與陶氏說了，陶氏也是一怔，急忙轉身進去告訴秦長瑞。

陳永春與曾氏進了堂屋，一貫寬厚的大伯陳永春如今臉色難看，粗粗的眉毛深擰著，他瞥了一眼這個好似變了許多的三弟，語氣實在是說不上好。

「三弟、三弟妹跟我們去趟前院吧，爹娘尋你們。」

陳永春自小就是家中老大，對弟弟妹妹都頗為照顧，陳永新是家裡最小的男孩，他與陳永新差了十來歲，對這個最小的弟弟，他自也是維護非常。雖然三弟成婚後，做了許多混帳事，可在爹娘面前他總是為他說好話，總是認為是因為三弟最小，自小被寵壞了，犯些事也可以原諒。

可今兒這事……連他自己也忍不了！老陳頭當時幾乎要氣暈過去，與他說的時候，他霎時臉色也變了，只覺得陳永新這次真的是欠教訓，連陳永春都不願意幫他在爹娘面前說一句好話。

陳悠莫名其妙地瞧了一眼雙親，不明白他們到底做了什麼事情，惹得老陳頭夫婦這般不快，竟然讓一向和順的大伯也滿面怒氣。

秦長瑞與陶氏的身體卻挺得筆直，臉上也無愧色。秦長瑞看著陳永春平靜道：「大哥、大嫂先回吧，我與孩子她娘即刻就過去。」

陳永春瞧三弟臉上絲毫無悔改之意，臉色更加難看，抬手氣急地指著他道：「我管不了你們了，你們自己與爹娘解釋吧！到時，莫想我與你大嫂替你們說一句好話。」

曾氏看了陶氏一眼，欲言又止，終是被陳永春拉走了。

「扶不上牆的爛泥，妳還想與他們說什麼？快和我回家去，海棠還要妳照顧。」陳永春說完，曾氏只好跟著丈夫回去了。

陶氏轉身，扶著陳悠的肩膀，笑著道：「阿悠，妳跟妹妹們待在家裡，我與妳爹去去就回。」

陳悠擔憂地看著陶氏，搖搖頭。「不要，娘，我也去。」

秦長瑞瞥過來一眼，在陶氏還未開口前，道：「讓阿悠去吧，左右這事阿悠也有權知道。」

秦長瑞開口，陶氏也不再阻攔了，只是叮囑陳悠到時不管老陳頭與王氏說出什麼難聽的話，都要乖乖站在一邊莫要插嘴。

陳悠只好點頭答應，去西屋交代阿梅、阿杏看著陳懷敏後，便與爹娘一同去了前院。

等秦長瑞與陶氏到了前院堂屋，堂屋中已經坐滿人，連陳秋月也在。一堂屋的人沒有一個人說話，氣氛壓抑得可怕，老陳頭與王氏坐在主位上。這讓陳悠更是納悶，這些天來，她一直與爹娘在一起，他們能做什麼讓老陳頭全家出動的事？

秦長瑞邁著方步，從容地走進堂屋，陶氏跟隨在他身後，也神色平靜，兩人就好像是串門子一般，哪裡像是接受老陳頭一家的「三堂會審」。

陶氏拉著陳悠一進堂屋，就將她推到一邊站著，她不想陳悠與他們一起承受老陳頭一家的怒火。陳悠乖順地站到一邊，身旁恰是大堂哥陳奇，陳悠抬頭看了他一眼，陳奇對陳悠笑了笑，安慰地摸了摸她的頭。

老陳頭捏著手中的旱煙桿，臉色黑沈，此時恨不得將鐵製的煙桿砸到這個么子身上！他竟然生了做出這等事情的兒子，當真是他老陳家的不幸！

王氏的面色也不好看，她冷眼瞥了陶氏一眼，心中早已下了定論，認為陳永新定是受了這媳婦的挑唆，才做出這樣的事情來。娶了這個吳氏，當真是讓陳永新事事都不順利。

秦長瑞夫婦面對一堂屋人指責的目光，反而愈加從容，兩人光是站在那裡，即便是一身農家衣衫，也絲毫掩蓋不住兩人不同於常人的氣場來。

老陳頭再也忍不住，怒喝出口：「你們還有臉站著，老三你做了什麼事還不說出來！難道要我親自說出口你才敢承認？」

秦長瑞只是抿嘴凝眸瞧著老陳頭，並不言語。

蕭氏瞧著這對好似沒事人兒一樣站在堂屋中間的夫妻，撇嘴冷哼，想到：都這個時候，還想嘴硬不成？他們一大家子都知曉了，能抵賴得過去？再說里正那兒還有白紙黑字的存根呢！這三房一家子真是蠢透了！

老陳頭見秦長瑞竟然還不開口認錯，氣得從椅子上站起來，卻一時起得太快，險些暈倒，幸好陳永賀在一旁扶住他。

「爹，您沒事吧！」

老陳頭一把推開陳永賀，快步上前兩步，一大巴掌絲毫不留情地摑在秦長瑞的臉上，將秦長瑞的頭打偏了去，當即就有血絲從他的嘴角流下來。

老陳頭喘著粗氣，恨恨盯著么子。「說不說！」接著竟然又揚起手掌，要摑秦長瑞的另一邊臉。

王氏到底還是不忍心，急忙跑過來抱住老陳頭的手臂。「老頭子，不能再打了，永新身子才好，哪禁得住！」

「打死了才好，省得留著把我給氣死！妳讓開，讓我打死他！」老陳頭真是怒火中燒，往常他即便生氣，話也不多，更是不會像這樣發火，可見這個兒子做的事，實在超乎了他的底線。

王氏拉不住老陳頭，急忙朝那邊的大兒子使眼色，陳永春也氣憤，可又不能真的看著么弟被父親打死，只好上去幫忙拉住老陳頭。

王氏瞧眼前的三房兩口子，也險些氣得暈過去，怒道：「還不認錯？你背著你爹娘老子將家裡分給你們房的地私下賣了，還在里正那裡畫了押，若不是你爹今日碰到里正，我們還被蒙在鼓裡！」

陳悠一驚，沒想到老陳頭一家「三堂會審」竟是為了這件事。

當初分家的時候，三房確實也得了一分地，這大魏朝可還是農耕大國，民以食為天，地就是農家生存之根本，有的人家辛苦一輩子，就是為了攢些銀錢給後輩多買幾塊地。自家親爹就這麼輕易把地給賣了，連句打商量的話都未與老陳頭夫婦說，怪不得老陳頭會氣成這樣，連陳悠都覺得雙親這件事做得不妥當。

可是秦長瑞與陶氏只是站在原地，默不吭聲。

陳永春終於忍不住，氣憤道：「三弟，以前你怎麼荒唐，怎麼拖累爹娘，我這個做大哥的都從未真正說過你，可這件事你確實做得過分了。你知道爹娘掙這幾塊地，面朝黃土背朝天了多少年嗎？咱是莊稼人，這輩子都要靠地吃飯，你將地賣了，難道以後要喝西北風？況且，這是爹娘給你們安生立命的地，你們這般做，也不怕傷了爹娘的心？爹娘生你養你，難道是欠你們的？」

老陳頭氣得冷笑一聲。「這個畜生要是懂得這些，就不會做出這等事情了，永春說那些幹啥，將傢伙拿出來，今天我非打死這個不肖子！」

第二十一章

陳悠心頭一緊，沒想到老陳頭竟然真要動手打人。她知道老陳頭家的家法，以前大伯娘在他們家幫忙的時候還開玩笑似的說過，那是個尺來長、約手腕粗細的棍子。可打在自家親爹身上也不得了，他的身體可是剛好不久，哪禁得起這樣的重創。

陳悠眼瞧著便急得不行，她邁出一步正要上前阻攔，卻被大堂哥陳奇拉住。

陳奇對著緊皺眉頭的陳悠搖頭。「阿悠別去，爹娘會攔住祖父的。」

陳悠若是一去，老陳頭的怒火肯定要更盛，到時說不定真要把人打成重傷。

「愣著幹麼？難道老子叫不動你們了？」老陳頭看向周圍一圈的兒女，氣得雙手發顫，額頭青筋暴突。

「好！一個個都長骨氣了，若真有骨氣，你們為啥不能自己賺分家業，偏還來分我們兩個老傢伙的東西？老二，還不快去！」

陳永賀被點到名，身體一僵，此時老陳頭正處在氣頭上，他這去也不是，不去也不是，簡直要愁煞人。

此時，大哥和蕭氏都朝他使眼色。

「老二，怎了，連爹都叫不動你了？」老陳頭劈手就要過來打陳永賀。

蕭氏趕忙推了陳永賀一把，低聲催促。「孩子他爹，還不快去！你難道也想被咱爹打啊！」

陳永賀聽媳婦這麼說，咬咬牙出去尋家法了。

老陳頭坐在桌前氣哼哼地喘氣，而陳永賀一出門，曾氏就朝自家男人瞥了一眼，陳永春也立即跟出去。此時，秦長瑞與陶氏仍筆直地立在堂屋中，王氏瞧他們到這會兒還不認錯，也同樣被氣個半死。

「老三，你還有啥話說，今兒便給你個解釋的機會！」老陳頭冷眼肅聲地道。

秦長瑞根本就不是那種做事拖泥帶水又謹小慎微的人，老陳頭分給三房的田地確實是他賣的，做什麼事不需成本？這個家目前也就那一畝三分地值些錢，秦長瑞心一橫就賣了，左右他與陶氏都不是種田的料。老陳頭的思想自是不能和秦長瑞相比，這也是升斗小民與高位者的區別。秦長瑞可以傾舉家之資用來周轉，但老陳頭卻永遠不會這麼做。

「爹，地是我賣的，未與您商量是我的不對，您若是有氣便朝我來吧！」秦長瑞嘴上雖這麼說，表現出來卻是自己一副沒錯的模樣。他知曉，若是賣地之前與老陳頭商量了，那麼這地定是賣不成了，賣地之時秦長瑞便想到老陳頭的怒火，但他別無選擇。

「你！你還有理了！」老陳頭這次真把煙桿給砸出去，恰好正中秦長瑞的額頭。

秦長瑞卻連躲都未躲一下，任煙桿砸在頭上，煙桿掉在地上斷成兩截。秦長瑞的額頭也溢出一大片鮮血，順著眉骨眼角流下來，將半張臉都染紅，瞧著怵目驚心。陳秋月嚇得轉過頭去，不敢再看三哥這副浴血的樣子。

秦長瑞由著額頭的血流下，也不去擦，只是挺直背脊，瞧著老陳頭。

「真是俺上輩子造的孽，生出你這麼個孽障來！」老陳頭見么子還不認錯，也是失望透頂，他無力地坐回椅子上，扶著額頭，本就佝僂的後背，現在好似更彎了。

王氏也看不下去老伴這等傷痛，她對三房夫婦同樣心灰意冷，走到兩人身前。「事到如今，既然你們不認錯，我們兩個老傢伙還有什麼可說？你爹還真能將你們打死不成？那地分給你們就是你們的，只是你們爹看不得你們竟這麼糟蹋了，說來說去還不都是為了你們能有個安身立命的根本。我與你爹都是黃土淹到脖子的人，又能圖你們什麼？也不就是盼著你們能過得好。娘啥也不說了，以後你們便過你們的，過不下去了，也別來找你們老爹老娘，賣兒賣女都隨便你們。」

陳悠也未想到王氏說出這番話，這是要徹底與他們家斷絕關係的意思嗎？

曾氏也嚇了一跳。「娘，老三可是您親兒子！」

「親兒子怎了，我就當沒有這個兒子！」老陳頭昂著頭，粗著脖子，氣紅著臉喊道。

陳悠張了張口，想說什麼，隨即又覺得自己人微言輕，她一個小輩又能說什麼？就算說得再有理，還能左右得了老陳頭和王氏的決定？

陶氏發現陳悠在看著他們，回給她一個安撫的眼神。

秦長瑞頂著一臉的血污，臉色雖蒼白，說話卻擲地有聲。「爹、娘，這次是永新的不對，爹娘之心我也能明瞭，可這次我已下定決心，恕不能從爹娘之命。路是兒子自己選的，日後若是能闖出一番天地，自是不會忘了爹娘。若是落入低谷，也不會拖累親族，還請爹娘體諒兒子這一回，兒子定當銘記肺腑。」

秦長瑞這段話說得文謅謅，可這個時候誰也管不了他怎生說話，只聽了他話中意思就明白他是鐵了心，而且從頭到尾對賣地這件事更是毫無悔改。除了陶氏與陳悠，一家人都在想這三叔定是瘋了，也不知是中了什麼魔咒，一心要將一家維繫生活的田地給賣掉，當真是業障！

老陳頭與王氏的想法一樣，孩子是自己一手帶大的，有幾斤幾兩的能耐，老倆口比誰都清楚，若是個有野心會鑽營的人，會在那時險些弄到賣女的地步？要相信陳永新真能闖出個什麼門道來，還不如相信野豬會上樹來得現實點。就他那膽量、悶性子和死腦筋，到時候還要連累孩子們與他一起吃苦。

王氏瞧了一眼站在陳奇身旁的陳悠，心口的鬱結又上來了。這幾個孩子當真可憐，怎會有這樣的爹娘……

「呵！闖出一番天！想得倒是好，他日莫要再回來求我們兩個老傢伙就行了！老三，聽好了，以後你走你的陽關道，我們過我們的獨木橋！」老陳頭當真不想與這鑽進死胡同裡的兒子再說，他怕自己真忍不住將他打死。

秦長瑞將目光掃向老陳頭家滿堂屋的人，抿了抿唇，終是沈默下來。陶氏從頭到尾也同樣未辯解一句，只因這次他們確實欠了老陳頭夫婦倆。

老陳頭瞥了還一動不動站在堂屋的么子。「快滾，還留在這裡做什麼！」

秦長瑞眼神一閃，朝老陳頭夫婦深深行一禮，道了一句。「爹娘對不住了。」便轉身帶著陶氏離開。

陶氏朝陳悠招手，陳悠轉頭看了老陳頭一家一眼，急忙快步跟上去。

一出了前院，陳悠就擔心道：「爹，快些回家，我替您將頭上的血止了。」

秦長瑞摸了摸陳悠的頭。「爹將家中田地賣了，妳不怪爹？」

陳悠聽後搖了搖頭。「爹有爹的決定，我站在爹這邊，只是爹將田地賣去做什麼了？」

她真是好奇不已，秦長瑞到底是拿著賣地的錢去幹麼了？

可秦長瑞朝陳悠笑了笑，並未打算透露半分。「阿悠好好待在家中，以後便知道了。」

陳悠暗地皺了皺眉，這種什麼都被蒙在鼓裡的感覺實在算不上好。若她真的是十一歲的小少女，或許不會覺得有什麼，可她身體裡是個成熟的靈魂，她也需要被人信任，也需要得到別人肯定。即便她明白雙親這樣是在呵護她，可她仍然有一種被隔離在外的不適感。

回到家中，阿梅和阿杏瞧見爹爹額頭上的血嚇了一跳。「爹，你怎麼了？」

陳悠拉住阿梅和阿杏。「爹只是破了頭，止了血就沒事，妳們將大姊裝草藥的藥簍取來。」

兩個小傢伙聽到陳悠的話才鬆了口氣，快步去將陳悠的藥簍拿來，又懂事地端了小半盆溫水。陳悠擰了溫帕子替秦長瑞清理傷口，在傷口上撒些粉末，便也處理好了。只這幾日額角不要沾水，多食用些補血的食物就成。

第二日，秦長瑞又一大早就準備出門，陳悠帶著阿梅、阿杏還睡在西屋的臺子床上，便聽到堂屋低低的說話聲。不一會兒開門的聲音緊接著響起來，然後是陶氏的告別聲。

秦長瑞離開之後，陳悠被吵醒也睡不著了，直直盯著房梁，尋思著自家爹爹這些日子到底在外做什麼？

陳悠雖不知秦長瑞在做什麼事，可還是非常相信他的，不過，這次秦長瑞卻是陰溝裡翻船了……

直到晚上，夜色四起，秦長瑞才回來。

陳悠急忙從裡間迎出來，到了堂屋，燈火照耀下，陳悠瞧見秦長瑞身後揹著一個竹簍，竹簍中塞得滿滿的。陳悠好奇地打量這竹簍，秦長瑞卻直接將它送進東屋，陳悠隱約聞到一股熟悉的味道，可一時半會兒卻分辨不清。

等秦長瑞收拾好後，一家人吃過晚飯，陳悠將老李頭的話轉達了，陶氏與秦長瑞卻都表示這次縣集不會去林遠縣，陳悠也只能作罷。

吃過晚飯，讓阿梅、阿杏帶著陳懷敏去打水洗手臉，陳悠搶著去洗碗時，豎直耳朵，隱約聽到什麼一早去華州、幾日才回的字眼，便愈加好奇。

這晚，陳悠睡得不好，天還未亮，就聽到堂屋有人聲，估摸著是秦長瑞與陶氏已經在商量事情了。陳悠替身旁的阿梅、阿杏掖了掖被子，跳下床，輕輕走到西屋門口。貼著西屋的門，才聽清些兩人說的話。

「這趟去華州，來回可算好幾日了？」陶氏問道。

「文欣，莫要擔心，為夫一切都算計好了，也才兩日多，最多三日我便能回來，在李陳莊窩著總不是辦法，這次回來，我們便計劃去縣裡住吧！」

「你主意大，我都由著你，只是往年你也未親自做過這些事，我是真有些不放心。」陶氏憂心道。

「再難還能難過朝廷中的勾心鬥角？妳在家中照顧好阿悠與幾個小的，妳自己的身子也要注意，為夫幾日後就回來。」

陶氏點頭，滿臉不捨，她的夫君自小是天之驕子，何時做過這等下人做的事情，當真是為難他了。

秦長瑞捏了捏妻子的手，轉身回房中將那竹簍提出來，下意識地揭開查看了一下。堂屋燈光微弱，可也足夠讓秦長瑞看清裡頭貨物的形色，那其中米粒大的白斑點是如此刺眼。秦長瑞手一抖，臉色瞬間就拉下來，他一把將竹簍上的遮蓋物掀開，發現裡頭的貨物竟然大半都有這種情況。

陶氏見丈夫的神色不對，急忙轉身過來詢問。「永凌怎麼了？」

秦長瑞此時黑著一張臉，將手中一個小塊放在陶氏手心。陶氏拿在燈影下仔細瞧著，發現上面有細小的斑斑點點，根本就是發霉了！

「這……」陶氏一時也變得六神無主。

「該死！我竟然被騙了！」秦長瑞陰沈著臉說出這句話，恨不得將賣貨物給他的小販現在就弄死！

「如今，我們該如何是好？」陶氏也一時被打擊得恍如失去重心，茫然詢問秦長瑞。

陳悠躲在西屋中聽到這裡，實在是聽不下去了，一把將西屋的門從裡面打開，朝兩人走過去。秦長瑞與陶氏一時都沒想到陳悠會從西屋出來，瞧著眼前這個十來歲的小閨女，兩人瞬間都不知道該怎麼反應。

陳悠此時哪顧得上與他們說話，走到那竹簍前。撿起一塊，在燈下仔細看了看，又放在鼻尖嗅了嗅，這一竹簍東西竟然是當歸！

當歸補血活血，調經止痛，潤腸通便，用途廣泛，是經常最缺乏的中藥材之一，又以西南地區的當歸最負盛名，西南地區的當歸往往要比一般當歸貴上幾倍有餘。陳悠又細細地觀察一遍，根據性味，這一竹簍當歸堪比現代西南地區所產的當歸，只是這當歸卻發霉了。藥材發霉多半就不能用了，不僅藥效會受到嚴重影響，且用法不當還會導致患者中毒！

「爹，這當歸不能再賣了！」陳悠拿著一個當歸轉身嚴肅地對秦長瑞道。

賣發霉的藥材會害了人，若是被人發現，後果更是不堪設想。秦長瑞雖第一次做生意就被騙，可也不是糊塗的人，這種藥材自是不能再賣了。他瞧著陳悠認真的臉，心下揚起一絲愧疚。

「阿悠，這次是爹疏忽了。」這一刻，秦長瑞盯著陳悠的眼神，不知為何，下意識就說出這句話來。

陶氏此時也不知說什麼好，這一竹簍的當歸可都是用那些地換來的。

「阿悠，妳瞧這些當歸還能救回來嗎？」陶氏為難道。

陳悠沒有回答陶氏的問題，而是仰頭看著這對父母，抿著唇，不說話。

陶氏眼神閃了閃，總覺得在陳悠水亮清透的雙眼下，就會不自覺心生愧意。

「阿悠？」陶氏喚了一聲。

陳悠收回目光，不再瞧著兩人，她深吸了一口氣，道：「爹、娘，如今我已是大姑娘了，這個家也有我的一分，我也想盡我的一分力，不管你們變成什麼樣，阿悠永遠只認你們做爹娘，阿梅、阿杏也是，可是你們這般不信任阿悠，讓阿悠心中很難過。」

陶氏與秦長瑞被陳悠說得都是身軀一震，秦長瑞瞧著眼前這個女兒眼中閃過許多複雜的情緒，最後才慢慢沈澱，化為愛憐與無奈。

藥材都這般了，也不急著出去賣了。秦長瑞長嘆一聲，坐到一邊。「阿悠，不是爹娘不信任妳，爹知道妳懂事，可在爹娘眼裡，妳與阿梅、阿杏、懷敏一樣都還小，這樣的年紀應該好好享受生活的快樂，而不是過早體會生活的負擔。」

陳悠一怔，即便知道父母這樣心疼她，可她仍然要為自己爭取當家作主的權力。「爹、娘，你們這樣想，阿悠很感動，但阿悠不僅是你們的女兒，還是阿梅、阿杏和懷敏的大姊，我有責任照顧他們，讓他們過得更好。若是前幾日，您與我商量買草藥的事，您這時也不會上當受騙了。」

話說到這個地步，陳悠早已沒什麼好隱瞞，與秦長瑞直言不諱起來。陳悠這時的表現，與秦長瑞夫婦以前幻想的嬌嬌女兒完全不一樣，倒是讓這對夫妻反思起來。

陳悠撥了撥竹簍中的當歸，外面一層發霉的情況好些，裡面的更嚴重。秦長瑞與陶氏瞧著陳悠的動作，兩人好似第一次真正瞭解他們的大女兒一般，一時不知該怎麼將話接下去。

撥弄著藥材，陳悠想起之前唐仲與她說過的話，索性這個時候一併告訴秦長瑞。「爹，唐仲叔要在林遠縣開藥鋪，要尋我過去幫忙。」

陶氏一驚。「這事不行，妳一個姑娘家怎能去藥鋪幫忙！」

陳悠早就想過陶氏會反對，她也不再給自己辯解，便只是看著秦長瑞。

被女兒清透純淨的雙眼瞧著，秦長瑞有些招架不住，連忙低下頭。「這事，容我和妳娘想想，左右他那藥鋪怕也不是一時半會兒能開得起來。」

這話一出口，陶氏就氣得捏了夫君一下，秦長瑞只好朝著妻子賠笑。

「都歇著吧！咱們再愁，被騙了此時也討不回公道，當是花錢買個教訓吧。」陶氏道，這外頭天還未亮，做什麼事都嫌太早。

秦長瑞很沮喪，雄心壯志將家中的田產賣了，換回的竟都是發霉的貨物，錢一瞬間都打了水漂。

實際上，秦長瑞高估了自己的能力，他並非不是沒做過生意，卻是第一次做這等小生意。上輩子家中莊園鋪子，乃至酒樓房產，他也都親手管理過，不過那管理卻與現在雞毛蒜皮的小生意有極大差別，所謂人有失足、馬有失蹄，這次教訓，可讓他終生難忘。秦長瑞也瞭解到普通百姓並不是這般好做的，不過他也並非是看不開的人，一條路不通了，便走另一條好了，總有一條是適合他們的，若是被這點小挫折打倒，那也太對不起老天爺給他重來一次的機會。

這麼一想，秦長瑞也看開來，他起身拍了拍陳悠細瘦的小肩膀。「阿悠，去歇息吧，這當歸咱們慢慢想法子。」

陳悠沒有去休息的想法，現在她也睡不著，索性就將這上當的過程問個清楚。原來這當歸是縣城裡一個外地商販賣的，恰被秦長瑞碰到，交易時，那客商與他特地尋人驗證過，並沒有什麼問題，只是秦長瑞當時也奇怪這上等當歸怎會這麼便宜，只當是那商人急著家去奔喪，真的是賤賣了。可沒想到他拿到的這批貨在當時開袋的時候沒什麼問題，第二日就發霉了。

陳悠想，恐怕當時那藥商用了什麼法子處理過，所以不是內行人根本瞧不出來。她也明白，現在再去林遠縣尋這個騙人的藥商怕是不可能尋到了，這些行騙之人專用假藥和出問題的藥來尋人上鉤，基本上都是騙一個人就換個地方，他在林遠縣得手後，估摸著早就捲鋪蓋跑了。

陳悠撥了撥竹簍裡的當歸，腦中一閃，她記得祖父曾經說過，這發霉的藥材也並非是一點用也沒有，經過正確的方法處理過後，還是可以使用的，不過藥效會大減。

她清楚記得有一種方式，將發霉不大嚴重的藥材，經過日曬或烘烤使之乾透後，放入撞籠、麻袋或布袋內來回搖晃，透過互相撞擊磨擦，將霉去掉。

陳悠取了個細密的竹筐，將當歸倒出來少許，幸而這藥材發霉的情況不是太嚴重，也許經過處理後還可以使用。即便賣不了原來的價，也能賺回點損失。

陳悠轉頭對秦長瑞道：「爹，這些當歸交給我處理吧！」

秦長瑞點頭，若這些當歸真能救回少許，他們也不至於真要血本無歸。

這生意做砸了，秦長瑞這兩日也是焦頭爛額，不知該用什麼法子讓一家人脫離困境。他雖學富五車，可現在他的身分是陳永新，陳永新是大字都不識的白丁，若他表現出頭，怕是會遭有心人傳言，到時只會釀成大禍，所以有關學問這條路，他現在是萬萬不能涉及，賣字畫寫信也不能做，通過科舉考功名就更不可能了。

這問題真的將秦長瑞給難住，這兩日他連門也未出，想著一家人以後的路該怎麼走。

至於陳悠，她將被騙而購置回來的這一竹簍當歸處理，足足花了兩日才弄得差不多。這日一早，陳悠起床後，與陶氏商量，去一趟唐仲家中，問問他可有什麼法子將這當歸賣出去。

陶氏應了後，便讓陳悠出門去。當她抵達唐仲家中時，只見他正在院中晾曬藥草。

陳悠與唐仲打了招呼，唐仲笑著轉過身。「阿悠怎麼有空到我這裡來？」

陳悠也不與唐仲繞圈子，將手中包著當歸的藍布包遞給唐仲。「唐仲叔，你瞧這當歸還能賣幾個錢？」

唐仲從陳悠手中接過當歸，迎著陽光仔細瞧了瞧，又放在鼻尖嗅了嗅。「這當歸可是之前未保存好？」

「發霉了，我這兩日處理過了。」陳悠把自家爹爹在縣城中被騙的事情告知唐仲。

唐仲一怔。「阿悠，妳說的那客商，我瞧見過，當時還想著不知哪個倒楣蛋會上了當，卻未想到是妳爹……」說完，他尷尬地摸了摸鼻尖。

陳悠朝唐仲翻了個白眼。「唐仲叔可有法子將這當歸處理了？我家的那些銀子都讓我爹搭進這當歸裡了。」

唐仲又將手中的當歸翻了翻。

「這被緊急處理過的當歸也不是不能用，只不過藥效要差些。若是要出售，怕也只能賣普通當歸一半的價錢。」

陳悠現在哪還能指望賣多少錢，只盼著不要賠太多就好了。

「無事，唐仲叔只要有法子將這當歸出售了便好。」

「那行，過幾日我要去一趟華州置辦些開藥鋪的東西，妳這種當歸還有多少，今晚讓妳爹一道送過來。」

陳悠大喜，總算不是血本無歸了！

「約有一竹簍的量，這次多謝唐仲叔幫忙。」陳悠感激地朝唐仲行了一禮。

「阿悠跟我這般客氣做甚，以後多在我藥鋪裡幫些忙便是。」

陳悠現下還不好與唐仲說這件事，只好笑笑矇混過去。在唐仲家中坐了一會兒，跟著唐仲瞧了他儲存的許多藥材後，陳悠剛正要走，唐仲家院門外就傳來焦急的大喊。

陳悠急忙轉過頭，在大夫家門口大喊還能有什麼事，定是有人受傷或生病了。

從院門拐進來的小夥子二十左右的年紀，瞧見唐仲從堂屋出來，急忙跑上去，喘著粗氣道：「唐大夫、唐大夫，不好了，您快跟我去一趟！」

「你好好說，你總得告訴我誰家的人出事了，出什麼意外，我也好帶適合的藥箱。」唐仲皺眉安撫道。

陳悠凝眸瞧著眼前這青年漢子，總感覺有些面熟，動腦子一想，才回想起來是住在李阿婆家前頭的人。李阿婆家的院子與他家只有一牆之隔，兩家人相處融洽，這青年漢子的媳婦還經常上李阿婆家裡借蔥掏鹹菜，所以陳悠也見過幾次。

青年漢子順了順氣。「唐大夫，是我家前頭的李阿公，他摔著了，剛剛被村裡人揹回來，臉色難看得可嚇人了，您快拿上傢伙去看看吧！」

這青年漢子的話音一落，陳悠前一刻還好奇著，後一刻就像墜入冰窟。

老李頭出事了！怎麼會？昨兒她還去李阿婆家中告訴老李頭，他們今日不去縣集呢，老李頭還笑咪咪地給了她幾顆糖餃子。怎麼就出事了？

唐仲一聽是這麼回事，也不敢耽擱，老人身子最是馬虎不得，一個不注意就落個癱瘓的下場，他趕忙進去取了藥箱，尋了處理摔傷的常用藥物和工具，連身上的圍裙都來不及取下，就對那青年漢子道：「愣著幹啥，快些帶路！」

青年漢子反應過來，急忙邁開雙腿。「唐大夫，這邊走。」

唐仲走到院門口才想起陳悠還在院中，忙回過頭道：「阿悠，妳快回家去。」

陳悠被唐仲這一吼，醒悟過來，忙跟上去，老李頭不知情況如何，若是太過嚴重，有她在也許能幫上些忙，這麼一想，陳悠快步追上去。「唐仲叔，我與你一道去！」

唐仲見她追上來，想到陳悠總有新奇的點子，指不定也能幫上忙，便點頭同意。「阿悠，我先去了，妳快些跟上。」

陳悠朝他招招手，讓他先去，不必擔心她。

兩個大男人腿長，跑得也快，不一會兒陳悠便追不上了，等到陳悠到李阿婆家門口時，李阿婆家門口已經圍了好些人，不時有聲音傳到陳悠的耳中。

「這到底是怎麼回事？老李頭今兒早上走的時候還好好的，怎麼突然就成這樣了？」

「也是老天不長眼，我聽我家當家的說，老李頭去趕縣集，今日天光不好，我們這路你不是不知道，就算兩條腿走的，也得看好腳下，這老李頭沒看清，騾車趕歪了，翻進旁邊的水田裡。若不是今日趕集，人多，發現得早，指不定現在還躺在田裡呢！」

陳悠聽得心驚膽戰，老李頭從騾車上摔下來，那可不是開玩笑的！

撥開人群，陳悠急匆匆地鑽進去，瞧見院裡大山哥與大山嫂子也在，唐仲已經進屋診治了。

大山嫂子眼尖，一眼瞥見陳悠，忙拉住她。「阿悠，妳怎地跑這兒來了？」

陳悠此時沒心情與大山嫂子說話，她要進去看老李頭如何了。「大山嫂子，我來瞧阿公。」

「哎！這時候別進去，唐大夫剛交代的，方才一群人被攆出來。」

陳悠心急地朝裡張望，也知道這時候大山嫂子怕是不會讓她進去了，只能暫且先打聽情況。「大山嫂子，李阿婆和李阿公平日裡照顧我許多，我心下忐忑得厲害，你們可知阿公現在的情況？」

大山嫂子嘆了口氣。「今兒一早我與妳大山哥準備去縣集置辦些農具回來，因要買的東西多，所以走得比平常早。天還灰濛濛呢，這幾日又有霧，走到半路就見前頭路被攔住了，才發現老李頭躺在田裡暈了過去，我與妳大山哥險些被嚇掉了魂。回過神才急忙將他老人家送回村，又請人叫唐大夫過來。」

陳悠一聽，心裡涼了半截，從大山嫂子口中得知，老李頭的情況並沒有多好。

大山嫂子見陳悠臉上難看，急忙安慰道：「阿悠，有唐大夫在，老李頭一定會沒事的，妳放心吧！」

陳悠轉過身，只聽到院外村人在「嘰嘰喳喳」說著話，具體他們說了什麼，卻是什麼也聽不進去。她的眼神直直盯著李阿婆家中東屋，那是老倆口的臥房。

良久，李阿婆被人從裡頭攙扶出來，陳悠瞧見李阿婆憔悴的容顏，兩鬢的白髮好似更多了，她急忙跑過去，來到李阿婆身邊時喚了她一聲。

李阿婆此時神情愣怔，表情緊繃，轉頭看到陳悠滿是擔憂的小臉，一直壓抑的情緒好像瞬間找到可以放心發洩的地方，她一把抱住陳悠，忍了許久的眼淚終是滑落下來。

「阿悠，妳阿公怕是活不成了！他今晨還與我說話，一轉眼就閉著眼躺在那裡，這叫我怎麼敢相信！」扶著李阿婆的兩個婦人急忙搬來凳子讓她坐在上面。

陳悠被李阿婆抱在懷中，李阿婆一哭，她也忍不住掉眼淚。咬咬牙，暗暗下定決心，不管如何，她都要盡最大努力將老李頭給救過來。他們老倆口相依為命，陳悠不敢想像，如果老李頭去了，李阿婆會怎樣。

陳悠在李阿婆懷中抬起頭，用衣袖給李阿婆擦擦眼淚。「阿婆，唐仲叔已經去瞧了，阿公一定會好起來的。」儘管陳悠知道她這話說得很無力，可是現在她也只能這麼安慰。

李阿婆瞧著眼前瘦弱的少女，只覺得她已經成為自己現在唯一的支柱。

陳悠一直陪著李阿婆，讓大山嫂子帶信給陶氏，小半個時辰後，唐仲才從房中出來，他臉色沈重，眉頭緊蹙。陳悠一見他的表情，心就往下一沈。

李阿婆瞧見唐仲也急忙要上去詢問，坐在椅子上起得太猛，頭一暈眩，差點栽倒在地上，幸而身旁的婦人眼疾手快攙扶了一把，才讓李阿婆穩住身形。

唐仲見李阿婆這般心急，忙走過來，親手扶著李阿婆。「阿婆莫急，阿公還躺在床上，妳要是再有什麼閃失，有誰能照顧他。」

李阿婆忙捏住唐仲的手，焦急詢問。「老頭子如何了？可還能瞧好？」

唐仲目光裡帶著一絲愧疚，閃躲道：「李阿婆，阿公摔得挺重，妳容我再想想如何下方子行針，現在還不能給妳肯定的答覆。」

陳悠注意著唐仲臉上的神色，不放過他的每個表情，直覺唐仲沒有說實話。

李阿婆聽到唐仲的話鬆了口氣，只要老李頭還能活著，她便不害怕，即便老李頭以後只能躺在床上，她也甘願照顧他一輩子。

「我能進去瞧瞧老頭子嗎？」李阿婆因為剛剛絕望地哭過後，嗓子沙啞難當。

唐仲勉強扯了一絲笑。「我扶著阿婆進去，只是阿婆坐在床邊瞧著就罷，萬不要亂動阿公的身子。」

李阿婆自是能分得清唐仲話中輕重，應了，拍了拍陳悠的頭，就疾步進了東邊的臥房。

村裡看熱鬧的人也走得差不多，李阿婆家的小院只留下零星幾個人，其中包含大山哥和前頭人家的一對夫妻。

前頭人家的那對夫妻商量後就幫著老李頭去還人家青騾子，大山哥則幫著將老李頭散落在田間路上的竹筐等物都撿回來堆在小院內。

等唐仲從房中出來，陳悠急忙湊上去，瞪眼盯著他。「阿公到底是什麼情況？」

唐仲摘下身前的圍布，緊鎖的眉頭一直未散開。「老李頭這情況卻是比妳爹那時要重多了。」

陳永新當時雖然被牛挑翻，可他畢竟年輕，摔得又不重。老李頭不同，老年人身子骨哪能與年輕人相提並論，況且是從騾車上摔到田裡，幸而是水田，並不是那般硬，不然，更加壞事。

「我過來時，老李頭已經昏迷不醒，身上多處擦傷，胳膊肘脫臼，我方才已經接好。只是額頭烏青，又是虛脈之象，恐是頭部受了創傷，要等到老李頭醒來才能確診。」唐仲絲毫不瞞地將老李頭的情況告訴陳悠。

陳悠聽了後，心越來越往下沈，如果是頭部受創，很有可能意識不清，記憶受損，更可能是腦血管意外，情況好些的便是腦中部分中樞神經受損，失去行動能力或說話不清，最壞的就是成為植物人……

「阿悠，妳可有什麼法子刺激老李頭的頭部，讓他儘快醒來？」唐仲這時才將自己的困擾與陳悠說出來。

陳悠苦笑一聲，這種情況她還真沒有法子，在現代可以做開顱手術，可是這裡的情況和條件根本就不容許進行這種大型手術。最重要的是，這種手術她根本就沒做過，就連手術過程都不知曉……這比上次替白氏做的刮宮術更加沒譜了。就算有藥田空間賦予的那種手術順暢熟悉的外掛，她一樣不敢動手。

老實地搖頭，陳悠真是沒法子，她就算裝了滿肚子的現代醫學知識，也總會有不能的時候。

「妳若是也沒有法子，只能等老李頭自行醒來了。只是這時日怕是不能超過三日，不然，老李頭的身子恐怕撐不住。」唐仲嘆口氣道，作為大夫，他見過百千的生死，瞧著病人在眼前病逝也不是一次，他能做到的便盡自己最大的努力，只要盡力了，就算救不回來，他也問心無愧。

陳悠當然也知道這個道理，可是救治親人與救治陌生人總是有區別，陳悠不能像唐仲一樣看待老李頭摔傷這件事，老李頭要是真的就這麼去了，她一定會萬分內疚。

唐仲不再與陳悠說話，轉身去李阿婆家的廚房給老李頭煎藥。不一會兒，秦長瑞與陶氏也來了，大山嫂子與他們說了老李頭的事，他們也一樣吃驚不已，急忙就趕過來。

陳悠看到父母，將方才的情況又細細說了一遍，並說自己要留下來照顧李阿婆一日，陶氏與秦長瑞皆沒有阻攔，夫妻兩人幫忙將李阿婆家中小院堆得滿地的竹筐收拾了，叮囑陳悠幾句才回家去。

唐仲在李阿婆家中待到傍晚，盯著老李頭的情況，可惜的是，老李頭一直沒有醒來。今日天陰，天色黑得比較早，唐仲也不方便一直待在李阿婆家中，傍晚過後，給老李頭號了脈便離開了。

唐仲一開李阿婆家的院門，就見到陶氏拉著阿梅和阿杏，臂彎挎著竹籃朝這邊走過來。

陶氏也瞧見唐仲，打了聲招呼，快步走過來。「唐大夫，想必這麼晚了也沒吃什麼吧，我帶得多，您也留下來吃些再回去。」

唐仲一想，家中確實冰鍋冷灶，在李阿婆家裡忙了一日，回去也沒力氣再做什麼飯食，便就著陳家三嫂送的飯食將就一頓。

「那便謝過嫂子了。」唐仲又回轉，與陶氏一起進了李阿婆家的堂屋。

此時，李阿婆與陳悠都在堂屋，裡間的老李頭還昏迷著。

阿梅和阿杏瞧見大姊，急忙都跑向陳悠，陳悠摸了摸她們的小手，勉強對兩人笑了笑。兩個小包子見大姊還好，都暗暗鬆口氣，轉過身，又去安慰李阿婆。

有兩個小傢伙在，李阿婆總算從悲哀的情緒中解脫出來少許。

陶氏從竹籃裡端出瓦罐，取了碗筷給李阿婆，陳悠和唐仲盛了粥，又端出兩盤小菜。

李阿婆瞧著桌上冒著熱氣的白粥，一點胃口也無。陶氏瞧見了，嘆了口氣。「李阿婆，妳吃一些吧，李阿公還要妳來照顧呢！」

陳悠將碗筷塞到李阿婆手中，又替她挾了鹹菜。「阿婆，快些吃吧！」

李阿婆忍著心中難受，勉強用一小碗白粥就放下了。唐仲吃完便告辭了，說是明早再來。

陳悠要留在李阿婆家中陪著，兩個小包子聽聞了也想留下來，陶氏無法，只好收拾碗筷，叮囑三個閨女幾句才回家。

這夜，老李頭還是未醒過來。

第二十二章

第二日，天未亮，李阿婆起身穿衣坐到老李頭的床邊瞧著他。

陳悠睡得本就不沈，起身給阿梅、阿杏蓋好被子後，與李阿婆知會一聲，便出去做朝食。

李阿婆身子本來就不好，加上眼睛也不大好使，老李頭若是能醒來，也需要吃些易消化的食物。李阿婆現在定是沒有心情做朝食，也就只能靠她了。

陳悠去廚房將鍋盆刷了一遍，拎了泔水，開了院門走出去。走到李阿婆倒泔水的樹林邊，一抬頭突然看到一個身影。

走近一瞧，赫然是那日在縣學門口遇到的少年！陪在他身邊是一個同齡的少年，這人她認識，是村裡張大爺家的孫子張元禮，他是趙燁磊縣學裡的好友。此時的趙燁磊因為咳嗽而滿臉通紅，又怕咳嗽發出聲音，拚命用袖口摀住嘴巴，整個身體都在顫抖。偶爾停住咳嗽時，呼吸急促，額頭上滲出細細密密的汗珠，眼神空洞，顯然意識已經模糊不清。

陳悠怎麼也沒想到，那病秧子高傲少年再次出現在眼前時，竟然會是這副狼狽的樣子。她看了看躺在地上的趙燁磊，又瞧了眼旁邊滿臉擔憂的張元禮，搞不明白，這兩人為何會在縣學授課的日子跑到這裡來，而且還弄成這副樣子。

「你們……」陳悠還未開口，張元禮就急忙止住她，顯然張元禮也是知道她的。

「陳家妹子，只要妳能替阿磊看看，事後，妳想知道什麼，張某一定知無不言，違此誓者天打雷劈！」張元禮瞧著好友這番模樣，竟不惜發毒誓，看來，張元禮也是知道她與唐仲學了幾手這件事，否則不會當機立斷向她求救。

陳悠嚥下想問張元禮的話，淡淡瞥了此時痛苦難當的趙燁磊一眼。「他哮喘發作了。」

張元禮早就知道好友長年有這個毛病，可也只是知曉而已，哪裡懂要如何治療。張元禮蹲下身，將趙燁磊扶起靠在他肩頭。「還請陳家妹子出手幫幫忙。」

陳悠雖然對趙燁磊沒什麼好感，可一是受張元禮所託，二是也真狠不下心任由他這樣下去，畢竟是一條人命在眼前。清晨是哮喘發作的高峰期，而趙燁磊還藏身在樹叢這樣的悶濕處，只會導致哮喘越來越嚴重。

陳悠連脈都不用診，便對張元禮道：「快將他挪出樹林，挪到通風處，讓他半臥著。」

張元禮也不管陳悠說的這些到底有沒有用，便都照著做了。等趙燁磊被挪出樹叢，清晨東風微微吹來，讓他清醒許多也好受了許多。其實，趙燁磊這次哮喘發作得並不重，只不過沒有注意，而張元禮又小題大做了。

不到一刻鐘，趙燁磊就恢復了些意識。他眼瞳中的光芒聚攏了些，朝陳悠的方向看過去，眼前的少女很熟悉，可趙燁磊卻一時想不起來。

他微喘了兩聲，正要抬頭詢問身旁的張元禮，陳悠卻率先開口。「張家少爺，現在可否告知你們在這裡的原因了？」

張元禮也明白這是他答應陳悠的條件，君子不能言而無信，方想張口，卻被趙燁磊一把拉住，趙燁磊的眼神死死盯著張元禮，雙目通紅，竟然還帶著一絲警告。

張元禮為難地看了眼陳悠，將目光落在趙燁磊的身上，張元禮的眉頭都糾結在一起。「阿磊，這是我之前就答應陳家妹子的，我……」

「張元禮，這可不是兒戲！你若是想要連累眼前這丫頭，你就儘管說，我絕不攔你！」趙燁磊嘶啞又堅定地道。

陳悠眼神一閃，對面前的兩人更加懷疑，她微瞇著眼打量張元禮與趙燁磊。

張元禮被趙燁磊的話噎住，好似也恍悟過來，他歉意地朝陳悠看了一眼。「陳家妹子，阿磊說得對，我們不能連累妳，我違誓自會有老天懲罰，可若是連累妳摻和其中，我與阿磊都不會心安，這次便對不住了！」

陳悠未想到他這般言而無信，明白這時候她怕是怎麼勸說，張元禮也不會與她說清原由。瞟了張元禮一眼，陳悠淡淡道：「今日我當這件事沒發生過，不過你們也好自為之！」

陳悠說完轉身便走，張元禮與趙燁磊兩人本來就不討她的喜，她也不想與他們扯上什麼關係，最好是一輩子不見才好。

陳悠回到李阿婆家中，徹底將兩人拋到腦後，將朝食做好不久，喚兩個小包子起床，唐仲與陶氏前後腳到了李阿婆家的院中。

唐仲一來就去替老李頭診脈，出來時，朝陳悠隱晦地搖搖頭。陳悠端著碗一怔，眼中也是一片黯然。

用過朝食，陶氏帶著三姊妹回家，陳悠身上的衣裳也需儘快換去。方到家中，換了衣裳，秦長瑞就滿臉嚴肅地進了家門。

陳悠奇怪地看了秦長瑞一眼，跟著陶氏走出西屋，去了堂屋。

陶氏也納悶著，平日裡不動如山的夫君，如果不是什麼大事，甚少會將情緒表現出來，今日這是怎麼了？

「當家的，發生什麼事了？」陶氏憂心問道。

秦長瑞坐在桌邊，擰眉深思著，瞥了眼陶氏身邊的陳悠，良久才開口。「趙舉人舉家被俘，昨日傍晚就送往華州。」

什麼！陳悠驚訝地瞪大眼睛，趙舉人不就是趙燁磊的爹，為何什麼風聲都未傳出，就被官府捉拿了？那麼，她清早見到趙燁磊，是因為趙燁磊逃了出來？

陶氏同樣驚訝非常，她在堂屋中來回走了兩圈，才抬起頭對秦長瑞道：「連坐？」

秦長瑞點點頭。

陳悠聽得雲裡霧裡，片刻，才明白過來這二人說的是何意；趙燁磊舉家被族中牽連，才遇到這場無妄之災，官府的人辦事這般緊急，這趙家本家犯的定不是小事。

直到這時，秦長瑞才想通前世的關鍵，怕也在這個時候，趙燁磊遭逢大變，心性受挫，才有那麼大的改變。既然他已有重新來過的機會，定要從萌芽之初就改變局勢。秦長瑞與陶氏互換一個了然的眼神。

陳悠擰眉走到秦長瑞身邊。「爹，官府是不是未抓到趙燁磊？」

雖然不知道這件事對秦長瑞有什麼意義，但陳悠還是想將早上遇到張元禮與趙燁磊的事情告知他。

秦長瑞顯然沒想到陳悠會說這句話。「阿悠怎會知道？」

「我今早見到了趙燁磊。」陳悠如實將晨間發生的事情告訴他。

秦長瑞未想到趙燁磊真的逃出來，他急忙從桌前站起。「阿悠，快帶爹去尋他。」

陳悠眉頭越擰越緊，這趙家現在是林遠縣人人避之唯恐不及，為何秦長瑞這個時候卻要找趙燁磊？如果被有心人舉報，他們一家便要去官府「喝茶」了。

秦長瑞看出陳悠心中所想，可這個時候也來不及與她解釋，況且如何解釋，說他知曉未來發生的事情嗎？

「具體是何原因，爹晚些再與妳說，妳現在帶著爹去尋他，定要快！」如果趙燁磊被別人抓到，或是旁人救下收留，那這次機會便要失去了。

陳悠即便疑惑，可瞧著秦長瑞的神情，也不敢怠慢，連忙帶秦長瑞去李阿婆家附近。兩人也不敢聲張，尋了好久，才在離李阿婆家不遠的小樹林裡尋到趙燁磊與張元禮。

趙燁磊的臉色比早晨陳悠離開那會兒更差了，張元禮又不敢通知家人，兩人都是一身狼狽，他們到時，張元禮正接了水來給趙燁磊喝。兩人都是一天多沒吃任何東西，臉色都難看得嚇人。

聽到樹林外有聲音，想要躲開都沒了力氣，張元禮見是陳悠與她父親，頓時滿臉防備。

「陳家妹子，妳這是何意？」

陳悠將頭撇到一邊，抿嘴不言，若不是秦長瑞要求，她半分都不想與眼前之人搭上關係。

「你們的事我已知曉了！」秦長瑞盯著趙燁磊淡淡開口道。

他一句話引得兩個少年瞠目看他，眼中滿是不相信。這件事發生得突然，又是在林遠縣，李陳莊根本不會這麼快就收到消息，陳悠她爹又是怎麼知道的？

趙燁磊瞪著通紅的雙眼，就像是受到侵犯的小獸，隨時都想找機會反咬一口，秦長瑞對這個眼神簡直太熟悉不過，忽然他嘴角就漾起了一絲笑，前世那般與他作對的人，今日居然讓他見到這樣狼狽的時候，當真是上天給他的機會。

趙燁磊此時像是炸了毛的貓，他指著秦長瑞。「你想做什麼？你若是要報官，我趙燁磊也就一條殘命在這裡，一人做事一人當，與張元禮無關！」

陳悠此時也料不準自家爹爹想要做什麼，可是卻不相信他專門前來是為了舉報趙燁磊。

秦長瑞溫顏笑了笑，朝趙燁磊走近兩步，蹲下身道：「你們兩人準備在這裡躲到什麼時候？總有躲不過去的時候，不如去我家裡。」

秦長瑞這句話一出口，就連陳悠都用吃驚的眼神瞧著秦長瑞。他既然知道趙燁磊是官府要抓的人，還要將他窩藏在家中？

趙燁磊的表情更是如被雷劈過一般，他也明白在這樹林中藏身並不是長久之計，可是他們兩個手無縛雞之力的少年根本就沒辦法。害得張元禮更是連家都不敢回，樹林中早晚冷寒，他的哮喘就會發作，沒有食物，怕是他撐不到幾日就要病死餓死。趙燁磊突逢家變，像是一夜之間長大，心性早不如前。父母冒著生命危險將他送出，給他一條活命的機會，他又怎能不含淚珍惜。

他們只是本家的支系，早先幾年與在京都本家的人不怎麼來往，這次卻也受到牽連，從父親口中得知，本家犯的是誅九族的大罪，他們這些旁系也是生生被連累要丟了性命，所以才想盡辦法將他送出來。

如今，他身體實在是撐不下去，如果繼續待在這裡也只是死路一條，而他又不願意連累好友。假若眼前這男子真能給他一條活路，他為什麼不接受？只要現在能活下來，總有一日，他要查明其中的真相。

「你說的可是真的？」趙燁磊咳嗽兩聲，雙眼晶亮地問秦長瑞。

「我這時與你開玩笑又有何意義？」秦長瑞表情不變，仍是一臉溫和。

趙燁磊內心掙扎了兩下，不管眼前這個男人是什麼目的，只要他暫時能活下來，便是值得的。左右沒了父母親族，他也就是爛命一條，活下來比什麼都重要。

張元禮瞪著眼，怎麼也沒想到老陳頭家的這個三兒子這般大膽，即便他與趙燁磊關係再好，也不敢將這件事告訴祖父，何況收留趙燁磊？而這些，眼前的男人都做了！

「我……願意……」趙燁磊低頭答應了秦長瑞的提議。

陳悠在一旁卻是越來越看不懂秦長瑞的用意，他們家中本就困難，竟然還要收留一個病秧子，這家中的花費可不是又增了一筆？這買了發霉當歸的錢還未收回分毫呢！

「阿磊！」張元禮喚了趙燁磊一聲，頓時又覺得愧疚難當。他帶著趙燁磊逃到李陳莊來，本應將趙燁磊安排在家中，他卻因為害怕被趙燁磊牽連，一直都未帶他回家中養病，由著他在這裡越拖越嚴重，現在卻是旁人願意收留趙燁磊。

趙燁磊轉身，朝張元禮安撫道：「元禮，我知你心中所想，這本也沒什麼，任何人都會考慮到自己最親的人，就算今日你我情況互換，恐怕我也會作出與你一樣的決定。時間不早了，你兩日未去縣學，恐會受到懷疑，快些回家去，換了衣裳去縣城。」

張元禮抿唇拍了拍趙燁磊的肩膀。「我知道了。」

因怕白日被人瞧見，秦長瑞決定等天黑再將趙燁磊帶回家中。陳悠雖是滿肚子疑問，也不能將時間浪費在趙燁磊身上，老李頭可還危險著呢！

與秦長瑞說了一聲，陳悠就先離開前往李阿婆家中。

午飯是前頭院子的嫂子幫忙做的，唐仲與李阿婆在床前已守了大半日，可是老李頭仍不見起色，至今還在昏迷中。直到傍晚，唐仲與陳悠一起離開，老李頭仍然緊閉著眼。

「唐仲叔，可想到什麼法子讓阿公快些醒來？」陳悠擔憂地問。

唐仲無奈地搖搖頭。「這事我也無能為力，怕是只能靠老李頭自己了！」

陳悠這一日來焦頭爛額，在途中與唐仲討論幾句老李頭的病情，便再沒有旁的心思說話，兩人一直沈默到陳悠家門口。

陳悠與唐仲道別，進了家中堂屋，陶氏等了許久，瞧見回來的只有陳悠一人。「阿悠，妳爹呢？」

「許是一會兒就到家了，爹在李阿婆家不遠處的竹林中，等天黑再將趙燁磊帶回家裡。」陳悠有些打不起精神。

陶氏發現陳悠臉色不大好，忙讓她去西屋帶著妹妹弟弟先吃晚飯。陳悠與弟妹們剛吃完晚飯，院中就傳來腳步聲，陶氏一開門，就見秦長瑞揹著趙燁磊進屋。

陳悠瞧著陶氏端了晚飯去東屋給趙燁磊，什麼也未說，帶著兩個小包子洗了手臉，將陳懷敏交給秦長瑞，與陶氏知會一聲，就去睡了。

可陳悠這一覺睡得不好，夢中光怪陸離。半夜時分，就突然被驚醒，陳悠猛地睜開眼，瞅著頭頂的漆黑，伸袖抹了抹額頭的冷汗，耳邊是兩個小包子綿長的呼吸聲。

她閉了眼，卻許久都沒有睡意，索性也不再睡了，默唸靈語，去藥田空間中散散心。

藥田空間還是一如既往，波光粼粼的寬廣湖面，遠處的瀑布如玉帶，湖邊是一望無邊的空曠藥田。陳悠走到湖邊坐下，每次有什麼心事，她總喜歡靜靜的一個人待在湖邊，盯著湖面。

白水悠悠，陳悠好似真的心情平靜了許多。

抱著雙膝，任由微風拂過耳畔，撩起幾縷髮絲在空中飛舞，浮躁的心緒平復下來後，陳悠絞盡腦汁地想著有什麼辦法可以讓老李頭儘快醒來。

突然湖中翻起水花，陳悠心中跟著一動，彷彿堵塞已久的淤道突然打開。她猛地站起身來，拔腿就朝藥田空間不遠處的那座小院跑過去。

她想起來了，祖父曾經與她說過，藥田空間內的小院房中，放著一本古醫書，其中便提到讓腦中瘀血之人醒過來的行針之法。陳悠大力推開古舊的院門，直直朝著院中的小書房跑去，可是進了書房中，她整個人都傻眼了，書房中的書架全部籠罩在一片朦朦的白霧之中！

陳悠伸手朝白霧中一抓，竟然空無一物，可是從外頭瞧來，卻仍然能隱約瞧見書架的輪廓。被白霧籠罩的書架之上，清楚寫著開啟每層書架的藥田空間等級！

陳悠此時簡直要被氣得吐血，這怎麼回事，看這書房中的書還需要升級？陳悠恨不能將這書架給踹倒，只是她氣憤地一腿伸出去，就與踹在空氣中沒甚分別。

深深吐了口氣，陳悠壓下心中的憤怒，依著記憶尋那本書。她記得那本古醫書是放在第一列書架的第四排，陳悠找著那排書架，耐著性子看上頭被白霧籠罩後顯現的字。

「欲覽此處書架，只需藥田空間升級到凡級四品即可！」

哈！陳悠自嘲了一聲，「只需升級到四級」？這麼坑爹的空間升級，四級前難道還要加上一個「只」字嗎？

陳悠心中一陣無力，這時候她去哪裡尋人瞧病讓這藥田空間升級？沮喪地出了空間中的小院，陳悠站在院門前發呆，瞧著遠處那幾塊種滿草藥的藥田，她心中突然升起一股奇怪詭異的感覺，總覺得藥田空間好似在插手她的生活。這些日子她並未管理藥田空間，甚至還生出一種任由藥田空間自生自滅的想法來，上次空間升級給她的心理落差太大，讓她太失望了。

當藥田空間升到凡級三品時，那浮在空中的升級話語什麼都未說，分明是沒有獎勵，而陳悠在那段日子裡刻意將藥田空間從自己的生活中淡化，卻在白氏的刮宮手術時，她突然有了那種奇怪的感覺。如今，當她與唐仲雙雙對老李頭的昏迷束手無策的時候，她半夜來到藥田空間，卻一下子就想到前世祖父與她說過的話。

實際上，祖父與她當時也只是隨便一提而已，她那時也沒有刻意去記住，照著人類的記憶曲線，她根本很難回想起這段記憶，但是她在這空間中卻忽然想起來，就……就像是有人故意讓她回憶起一樣！

陳悠越想渾身越是冰涼，這麼一番推測，這藥田空間竟然真的像在干預她的生活！可它明明是個死物，難道說這空間也有思想？像是那些仙俠修真小說寫的一樣，擁有什麼器物的器靈？

呵，陳悠覺得可笑極了！她這突然的猜測委實太過荒誕，連她自己都不敢相信，一定是她腦洞太大的緣故。雙手拍了拍自己的臉頰，為了讓自己清醒，她甚至去大湖邊用湖水洗了把臉，抹了抹臉上的水珠，陳悠盯著湖水中自己的倒影，攥了攥拳頭給自己打氣。不管怎樣，當務之急還是要讓空間升級，老李頭等不了多久，她的時間不多了。

陳悠肅了神色，堅定地出了藥田空間。

趙燁磊暫時寄住在他們家中，非常時期，即便沒人知道趙燁磊逃出來，他們也不能大意。所以趙燁磊被要求藏在家中，不許出門。

家裡突然多出這麼個半大的小夥子，阿梅、阿杏都好奇不已，因家中只有兩間房屋，趙燁磊只能與秦長瑞和陳懷敏擠著。

阿梅、阿杏，就連陳懷敏這個小傢伙也被告知，將家中多了一人的消息嚴防死守，萬不能與外人道。阿梅、阿杏本就聽陳悠的話，自是不必說，陳懷敏年紀雖小，可這些日子跟在幾個姊姊身後，也迅速「進化」成了姊控小弟。

趙燁磊因寄住在陳悠家中，對陳悠態度也不再那般尖銳。

晨起，陳悠早起做朝食，去家中的米缸量米時，瞧見缸底薄薄的一層，她就不由得哀嘆一聲，家中生活本就艱難，現在還要加上趙燁磊這個病秧子，不想法子賺銀兩怕是不行。

新爹雖瞧起來是個不簡單的，可貌似對賺錢不在行，從上次被騙去購置發霉藥材那事就看出來了。陳悠無奈地抿抿嘴，靠天靠地靠父母，還不如靠自己實在。

用完早飯，陳悠就急匆匆去唐仲家中。此時還早，唐仲並未出門，正在廚房自己做烙餅吃。陳悠過去瞅了唐仲一眼，她昨夜都思量好了，想要藥田空間升級，就要尋病患看病，可這病患不是她想尋就能尋到的，最好的法子就是找唐仲。每日這十里八村尋他來瞧病的人最多，他手中病患的人數定也不在少數，只要有他幫忙，肯帶她去瞧幾個病患，辛苦一日，差不多到了晚上藥田空間也能升級了。

她有事要求唐仲，又不能直說原由，只能先投其所好。

「阿悠，妳怎地這麼早來了？妳且先等一等，我這餅就快烙好了。」唐仲身前繫著白棉布，灶前灶後地跑著，一塊烙餅生生折騰了一刻多鐘，當陳悠瞧著唐仲將一塊黑不溜丟的餅從鍋中盛起來時，差點被嗆著。

這就是唐仲的手藝？他平日是怎麼活下來的？

唐仲似乎瞧見陳悠古怪的眼神，乾咳了兩聲掩飾尷尬，道：「阿悠啊，妳別瞧這烙餅難看了些，可是吃到嘴裡味道還是不錯的，妳要不要嚐嚐看？」

陳悠連忙搖頭，這黑漆漆的烙餅都這樣了，還能好吃到哪裡去？俗話說，美食要色香味俱全，這瞧著就是「黑暗料理」的東西，她還是不要品嚐了！

「唐仲叔，不用了，我方才在家裡吃過朝食了，此時不餓。」

「那好吧！」唐仲偷抹一把頭上的虛汗，他也只不過客氣一下，他這灶上手藝自己最清楚，做得能吃也就不錯了，若不是一人實在無法，總不能餓肚子，不然他是絕對不愛進這廚房。

陳悠忽然雙眼一亮，心中有了法子。她甜甜地朝唐仲一笑，讓唐仲很不習慣。「唐仲叔，你這些夠吃嗎，不若我幫唐仲叔再做些？」

唐仲有些不信似的打量陳悠一眼。「阿悠妳會做飯？」

「那當然，我家飯食都是我做的，保准比你的手藝好。」陳悠引誘道。

唐仲低頭看了看碗中黑不溜丟的烙餅，嚥了口口水，終是抵抗不住。「成，那我就嚐嚐阿悠的手藝，麵就在案板上，妳轉身就能瞧見。」

求人做事先投其所好，若是唐仲吃得開心，那還有什麼事不好開口的？

「成，唐仲叔你先等著，一會兒就好。」

有專人做飯，唐仲也不想吃手上黑巴巴的烙餅，找了個小凳坐在灶下幫陳悠燒火。陳悠在唐仲家的廚房轉了一圈，瞧瞧有什麼食材，因時間短，也熬不了粥品之類和麻煩的吃食，可陳悠又想要賣弄一番，水靈的大眼轉了轉，瞧著食材定下了幾樣。

熟練地洗了菠菜、蘿蔔等，又打了雞蛋調了麵糊，讓唐仲將鍋燒熱了，倒上薄薄一層菜油，將麵糊均勻地倒進熱鍋中，不一會兒廚房中就溢出焦黃噴香的味道來。

陳悠的動作很快，她前世專門研究過藥膳，為了那些藥膳方子不知下過多少次廚，灶上功夫自然是熟練無比。只一刻多鐘，兩樣顏色好看又美味可口的早點就出爐了。

唐仲從灶下出來，瞧著眼前的吃食，顏色清亮又鮮香四溢，口中就不自覺開始分泌唾液。

「阿悠，這真是妳做的？」唐仲睜著眼睛驚奇道。

陳悠有些汗顏。「唐仲叔，這些不是我做的，難道是變出來的不成？」

陳悠做了翡翠彩蔬卷和雞蛋軟餅兩樣菜，又在碗邊放了兩顆乾紅棗點綴，讓人瞧著更有食慾。

「妳這丫頭做飯還真是把好手。」唐仲笑著誇讚一句，早忍不住撚了一條蔬菜卷塞進嘴裡，一邊點頭，一邊誇讚「好吃」。

陳悠跟著唐仲來到堂屋，見唐仲吃得正香，才開口道：「唐仲叔，有一事我想要求你幫忙。」

唐仲一愣，隨即笑起來，用筷子點了點陳悠。「妳這丫頭，原來我這頓朝食並不是白吃的。也罷，拿人手短，吃人嘴軟，說吧，什麼事？」

陳悠不好意思地笑了笑。「唐仲叔，不知你今日可否帶我去給人看病？」

唐仲叔一邊吃，一邊聽陳悠說話，聞言抬頭看了她一眼，道：「妳以前不是懶得用妳這醫術嗎，怎麼突然想要治病救人了？」

陳悠低著頭，悶悶回道：「自從阿公這件事後，我改變了想法，我雖懂些醫理藥理，可是經驗卻少得很，既然決心走這行，不能總縮著，希望唐仲叔不嫌棄我才好。」

陳悠故意低著頭，怕唐仲在她的神色中看出些什麼，她說的話半真半假。

唐仲沒有立馬回答她，他將面前的食物吃完，擦了擦嘴，才開口。「阿悠，妳今日若是跟我出去，那日後別人就真的認定妳是我唐仲收的徒弟了，妳可有這心理準備？」

唐仲一開始並不想深究陳悠懂醫術的來歷，他癡迷了醫藥半生，對醫術一行最是惜才，陳悠這般好苗子如果能投身這行，就算她身上有什麼秘密，他也只會幫她守住。

陳悠沒想到唐仲會與她說這番話，她擰眉想了片刻，鄭重地點點頭。她到這個世界來，一直借著唐仲的名聲，在旁人眼裡，她恐怕早就與唐仲是師徒關係了，加上唐仲也心知肚明她的古怪，這些日子以來，陳悠也看清楚唐仲的為人，是以目前她將名頭掛在唐仲名下也算是最好的選擇，更何況，唐仲身上也有許多值得她學習的地方。前世，陳悠出生於中醫藥世家，可是中醫藥從古留傳至今，早已流失許多，更多是與西藥結合。她雖精於這行，但一樣有很多不足，唐仲恰恰能補足。

這麼一想，陳悠站起身，在旁邊倒了一杯水，親自奉到唐仲面前，跪下身，嚴肅道：「師傅在上，今陳悠拜於名下，日後定謹遵師囑！」

唐仲頓時被陳悠的動作驚住了，他未想到陳悠真的會拜他為師，可作為一個大夫，誰不希望有個醫術精湛的徒弟，日後這一身醫術也能有所傳承？

「妳真願意？」唐仲話中帶著激動。

陳悠用力點頭。

「好，阿悠，既然妳不嫌棄我，我日後定會真心待妳，將我所知全部傳授予妳！」唐仲喝下以水代替的拜師茶，就將陳悠給扶了起來。

「多謝師傅！」陳悠笑咪咪的。

唐仲揉了揉陳悠的頭髮。「莫要叫我師傅了，還是如以前那般叫唐仲叔吧！」

陳悠當然巴不得，說實話，她也覺得叫師傅有些怪怪的。

「唐仲叔，那我們今日什麼時候出去看診？」陳悠追著唐仲問道。

唐仲奇怪地看了她一眼，不知她在打什麼算盤，但還是應了。「我們先去瞧瞧老李頭，順便帶妳去看診。只是妳現在什麼都沒有，過幾日，我為妳準備個藥箱。」

兩人商議好，絲毫不耽擱，唐仲揹起藥箱就帶著陳悠去李阿婆家中。老李頭仍未醒來，才僅僅一日多，李阿婆就好似瘦了一圈。

陳悠給老李頭號了脈，趁著唐仲給老李頭行針的工夫，去給李阿婆做了朝食，端到房間裡來勸李阿婆用些。

從李阿婆家中出來，陳悠深深吸了口氣，勉強按捺下心中波動的情緒。

唐仲安撫地拍了拍她的肩膀。「阿悠，以後這種事情在妳眼前還會發生千千萬，生死之事，我們只要做到盡力，便問心無愧。」

知道唐仲是在安慰她，可陳悠仍然控制不住地難過，老李頭和藹地幫她編藥簍的情景還清晰地映在腦海中，她又怎麼可能看開？

與唐仲看了一日診，直到天色漆黑，一大一小才回到李陳莊，在回家之前，又去瞧了老李頭，老李頭的情況更加惡化了。

陶氏早就等著陳悠回來吃晚飯，見她這般遲歸，不由得說了陳悠兩句，陶氏緊接著就被秦長瑞瞪了兩眼。

陶氏翻了個白眼。「你就慣著她吧！」撂下一句話，她去西屋端飯菜了。

此時趙燁磊也被秦長瑞叫來坐在桌邊，陳悠瞥了他兩眼，冷哼了一聲。對於這個突然闖入他們家中的病秧子，至今她都沒有一點兒好感。趙燁磊也似一夜間變得成熟許多，只悶頭吃飯，沈默著什麼話也不說。

飯畢，陳悠想了想，才將她拜師的事情與秦長瑞和陶氏說了。

儘管明白陳悠這身醫術是唐仲教的，可兩人未想到自己的閨女真會拜他為師。陶氏有些生氣。「這等事怎麼不與妳爹和我商量一番？」

陳悠心虛不已，當時她只管著自己，確實將陶氏與秦長瑞忘了，此時她更是不好辯駁，只能低頭承受父母的指責。

秦長瑞瞧了低頭的陳悠一眼。「孩子她娘，莫說了，阿悠既喜歡，便讓她走這一途。我瞧唐仲也不是個壞的，便暫且便宜了他吧！」

秦長瑞當真是個女兒控，瞧不得陳悠有一點難過和不開心，恨不得將女兒寵到天上去，惹得陶氏狠狠瞪了他一眼。

陳悠聽到秦長瑞這麼說，才討好地抱著陶氏的胳膊搖了搖，陶氏被她磨得沒法子，只能消了氣，點了點陳悠的鼻頭。

趙燁磊坐在一旁，只覺得他被一家人排斥在外，心中更生荒涼。

陳悠一直惦記著藥田空間，晚上怎麼可能睡得著，好不容易挨到陶氏與兩個小包子都睡了，她才進藥田空間。

陳悠也不去瞧藥田空間升級能給什麼獎勵，她對這坑爹的空間已經不抱什麼希望，進了空間直奔那小院。瞧著隱藏在茫茫白霧中的那層書架慢慢變得清晰，白霧緩緩撤散，上頭飄浮著的字體也在緩緩變化。

「藥田空間升至凡級四品，此層書架開放。」

陳悠根本懶得看藥田空間升級時空中那白光是怎麼顯示的，忙著取出那本醫書快速地翻閱起來，她很快就找到祖父與她說的那一處，她將書中說的那幾頁仔仔細細看了，再合上書本。雖然對書中記敘的行針法子不是非常理解，可仍然默記下來，老李頭已經等不下去了，不管這個法子如何她都要試一試。

讓陳悠鬱悶的是，這空間升級的條件果然是等比增長，這次空間升級，她竟然足足給八個人看了病！

陳悠疲憊地合上醫書，正準備將它放回原處離開藥田空間休息時，卻瞟到同排書架有一本《藥膳指南》。陳悠皺眉，因她未看過這本書，好奇地從書架取下這本書翻開來。大致瀏覽了一遍，裡面記錄的竟都是藥膳方子，有些陳悠以前便知，有些卻是聽都未聽說過的。陳悠此時也不敢抽時間多看，便將書本放回去，想著等哪一日空閒了再來翻翻這書籍。

出了藥田空間，陳悠躺在床上勉強睡著。

第二日一早她醒來後，在家中做好朝食，與陶氏說了一聲，就帶著阿梅、阿杏去了李阿婆家中。她到沒多久，唐仲也來了。今天已經是第三日，若是老李頭不能醒來，怕是意識恢復的希望就很渺茫了。

唐仲例行給老李頭號脈，出來朝陳悠微微搖頭。陳悠捏了捏拳頭，還是決定要給老李頭行藥田空間那本書中說的針灸法子。

「唐仲叔，我有個針灸法子，不知行不行得通？」陳悠抬頭看著唐仲，有些忐忑道。

唐仲雙眼一亮。「不管行不行得通，我們總得試試，用我的針可行？」

陳悠點頭，唐仲勸服李阿婆出去後，便與陳悠兩人待在老李頭臥室中。

唐仲拿出針遞給陳悠。「可準備好了？」

陳悠頷首，深呼吸一口氣，接過銀針，全神貫注地尋著穴位開始走針。

唐仲在一旁沈默瞧著，眉頭跟著陳悠緊皺，時不時幫陳悠擦一擦額頭的汗珠。半個時辰過去，這一套針終於走完。

陳悠將銀針收起，瞧了唐仲一眼。「唐仲叔，我也不知這有沒有作用。」

「且先等等。」唐仲坐到床邊給老李頭號脈，兩人又在房中等了半個時辰，再次診脈時，唐仲一喜。

「阿悠，估摸著是有效果了，老李頭的脈象變了！」唐仲欣喜道。

陳悠聽了後，擰了半日的眉終於有些舒展，聽唐仲這麼說，也同樣去探老李頭脈搏，果然脈象趨於平脈。這脈象有改變就是轉好的先兆，陳悠與唐仲都鬆了口氣。唐仲拍了拍陳悠的肩膀，給她一個讚許的眼神。

出去將這個好消息告訴李阿婆，李阿婆當即展顏，忙著就要進去等老李頭醒來。直到將近午時，老李頭才慢慢轉醒，起先老李頭目光還有些迷茫，可瞧見坐在他跟前的李阿婆之後，雙眼立即就濕潤了，喑啞著嗓子模糊地喚了一句「老婆子」。

等到老李頭意識清醒後，唐仲和陳悠又替他檢查一遍，這次檢查卻讓兩人因老李頭醒來感到的愉悅消失殆盡。老李頭雖然意識清晰，記憶也未消退，說話卻口齒不清了，左半邊身子失了知覺，怕是以後都不能像正常人那般行動。

李阿婆端來溫好的熱粥，小口小口餵老李頭吃些，他這兩日一直只靠著水和湯藥吊著，身體很虛，剛醒來也只能吃些稀粥。老李頭剛醒來精神不濟，不一會兒就睡了過去，李阿婆替老李頭蓋好被子，才出了房間。

陳悠與唐仲兩人坐在堂屋，李阿婆瞧見唐仲，就激動地上去要向唐仲行禮，唐仲一把扶起李阿婆。「阿婆，快起來，我可當不起您這大禮！」

李阿婆眼眶濕潤。「若是沒有唐大夫，我這老婆子真不知道該如何是好。」

陳悠連忙上去拉住李阿婆的手。「阿婆，您瞎說什麼呢！您不是還有兒子，他總有一日會回來看您的。」

李阿婆苦笑一聲，都這麼多年了，她也明白，要是兒子還活著，早就回來了，還能等到現在？她與老李頭兩個老傢伙也只能相依為命而已。

唐仲與陳悠對視一眼，面帶為難，到口的話也說不出口。他實在不想在這個時候再打擊李阿婆一次，但李阿婆是老李頭的老伴，有權知道老李頭的真實情況，況且，他們也想李阿婆能有個心理準備。

李阿婆用袖口抹了抹眼淚，止住眼淚和心中酸澀，啞著嗓子說道：「唐大夫有什麼話便直說吧！之前老頭子那般我都挺過來了，想必也不會有什麼境況比之前更差了。」

唐仲沒想到李阿婆已經從他的神色中看出不對勁，想想也是，還有什麼比老李頭醒不來的結果更差呢！

「阿婆，我不想瞞您，是這樣的，阿公雖說醒了過來，可是左半邊身子失了知覺，以後只能長期臥床了。」唐仲說得委婉，什麼長期臥床，其實就是半身癱瘓……

李阿婆呆了呆，良久才反應過來，她艱難地扯了扯嘴角。「無事，只要老頭子沒死便好，以後我來照顧他。」

唐仲嘆了口氣，這半身不遂還真是沒法子。將方子藥包留下後，唐仲與陳悠兩人告別辭開。

陳悠剛到家門口，就見大伯娘曾氏從他們家出來，陳悠皺眉看著曾氏走遠，才回到家中。陶氏坐在堂屋做繡活，阿梅和阿杏在一旁瞅著，阿梅甚至都能拿著一個小繡繃繡出點樣子來了。

「娘，大伯娘幹啥來的？」陳悠問道。

陶氏還未答話，阿梅率先開口道：「大伯娘是替嬤嬤傳話的，嬤嬤讓咱們在小姑姑成婚那日不用去送了。」

陳悠一怔，怎了？陳秋月怕他們三房給她丟臉？

「那，娘……」

「我們還是得去，只不過將她送到村口罷了。」陶氏冷冷道。

既然陳秋月嫌棄他們，他們也不用自討沒臉。可若是真的躲在家中不聞不問，又會遭人口舌，說小姑子出嫁，連做嫂子的都不去送一送。

陶氏話一出口，陳悠也瞬間明白陶氏的這些思量，點點頭。陳悠坐在堂屋與陶氏說了一會兒話，就帶著阿梅、阿杏去院中料理那塊小菜地。

秦長瑞一直到天色漆黑才踏進家門，陳悠見他滿面疲色，臉色不是太好，便猜出來這一日他在外頭怕也是沒找著什麼賺錢的營生。

陳悠也沒問，吃過晚飯後，瞥見陶氏與秦長瑞在小院中低聲說了好一會兒話。

確實如陳悠所料，秦長瑞出去一日根本沒尋著賺錢的法子。一來他沒有足夠的本錢，二來，他擅長的事此時又不能做，活了這麼多年，秦長瑞竟然覺得自己第一次被難住，當真是一文錢難倒一個七尺大漢。眼見家中糧食快入不敷出，秦長瑞怎能不急？

「永凌，不若我還是做些繡活賣吧！總好過坐吃山空，你明日出去再瞧瞧。」陶氏對秦長瑞微笑道。

「可……」秦長瑞心疼極了，當初十指不沾陽春水的妻子竟然要落到為了家中生計賣繡品的地步，想當初，他夫人的繡品可是連一般的皇親國戚都不一定能弄到手。

「無事，也就只是些帕子之類，若是大件繡品，這小縣城又有誰有這閒錢買去？你我都到了這個地步，還在乎這些？行了，永凌你也別擔心了，快歇下吧，明日順道打探打探建康城是哪家犯了案子。」陶氏安慰夫君道。

秦長瑞只好點頭。「晚間睡覺妳也別只顧著三個閨女，自個兒身子也要注意，此時正是換季，最容易傷寒，等哪一日我們有錢了，就買幾個丫頭，再也不用妳這般為我們家操勞。」

陶氏笑起來。「還染什麼風寒呢，你自家大女兒就是個大夫，擔心什麼？」

秦長瑞才嘴角漾起一絲笑來。

等到陶氏回房，陳悠已經先帶著阿梅、阿杏上床了。母女幾個說了幾句家常，陶氏便讓陳悠和兩個小包子快睡。

直到半夜，陳悠才睜開眼，察看了下陶氏與兩個小包子睡得正熟，她默唸靈語進入藥田空間。

在進入藥田空間的小院時，陳悠瞥了眼不遠處的藥田，那藥田好似有幾塊被種滿了草藥，她此時也不在意，直奔小院中的書房，來到書架前，取下昨日她看到的那本《藥膳指南》。

陳悠站在書架邊，一頁頁翻閱，這本藥膳書分為幾類，頭一部分就是談論藥粥，裡面的藥膳做法有一些她以前就知道，但也有許多是她聞所未聞，見所未見的。可有一樣好處，就是這本書裡的藥膳食譜用的藥材並未涉及到珍貴中藥。

陳悠突然腦中靈光一閃，若是做這些成本低廉的藥膳來出售，會不會是個不錯的法子？如果用廣譜草藥做原料，她可以自給自足，並且做的藥膳方子也不容易被人拷貝，她只需要買一些粗麵米糧蔬菜之類就行。

這個想法一萌發，陳悠就回憶起前世吃的那些藥膳餐館。由於還不知道大眾的口味、接受的價格，她還都要一一去嘗試才行，一開始就開館子肯定行不通，而且她手頭也沒有本錢。大魏朝百姓藥食同源的思想還未形成，想要做藥膳賺錢恐怕也不是一日兩日就能成功的，不過，倒是可以先弄個小攤做兩樣嘗試。

這也算是他們家的生計大事，不是一蹴可幾，還得找雙親商量才行。陳悠在心中謀劃一番，又著意記下幾個簡單但效果不錯的藥膳方子，才出了藥田空間。

第二十三章

第二日一早，她將用藥膳營生的法子與陶氏說了。

陶氏盯著陳悠。「阿悠，這藥膳真能普及？」

陳悠信心滿滿。「娘，我這藥膳方子都是常用中草藥做的，一碗花不了幾個錢，吃了又能防病健體，為啥不能普及？」

陶氏覺得女兒說得有理，可是陳悠的說法大大打破她固有的思想，以前她也經常吃藥膳，她生了秦征後身子虧空許多，整日便用藥膳方子養著，可是那時的藥膳方子中加的都是名貴中藥材不說，味道也與喝湯藥沒什麼區別。

「可是這味道……」陶氏擰著眉頭，假若陳悠這法子可行，就是個不錯的賺錢法子，可不管什麼吃食，都要講究色香味俱全，憑藥膳的一股苦味、怪味，誰還下得了口？

陳悠也知道光靠嘴巴定然說服不了陶氏，她笑了笑。「娘，那我們今日中午就吃我做的藥膳如何？」

「行，今兒中午阿悠便放開做吧！若是味道不好，也就當藥補了。」末了，陶氏還打趣陳悠一句。

為了說服陶氏，陳悠從上午便開始忙起來，選草藥、浸泡，準備食材。兩個小傢伙也跟在後頭忙得團團轉。到了中午，陳悠將一盤盤藥膳端上桌，兩個小傢伙才覺得她們跟在大姊身後一頓忙活是值得的。

陳悠做了紅棗米飯、山藥茯苓包子、芸豆卷、雙荷湯，另外給陳懷敏特意沖調了砂仁藕粉。

陶氏驚詫地瞧著桌上飄散著香味和清淡草藥味的藥膳，不自覺嚥了口口水，不由問道：「阿悠，這真是藥膳？」

怎麼與她以前吃的沒有半分相同？

陳悠瞇眼一笑，將桌上藥膳的作用娓娓道來。「娘，這些當然是藥膳，紅棗米飯是益氣養血的、山藥茯苓包子是益脾胃的、芸豆卷是健脾利濕的……」

陶氏眼睛越睜越大，也驚訝於這些色香味俱全的菜餚竟然還有這般作用。陳懷敏早在一邊忍不住嚷嚷著要吃了，陳悠給幾個小的先每人盛一碗紅棗米飯，又拿包子給他們。

「我去叫阿磊出來吃飯。」陶氏高興道。

趙燁磊在東屋早就聽到陳悠嘰哩呱啦說著這藥膳的作用，心中只是不信，而且想著定然是什麼不堪入目的飯食。等到陶氏叫他出去吃飯，趙燁磊才恭敬地朝陶氏行了一禮，出了東屋。

當他看到桌上擺放著的菜餚時，瞬間雙眼就瞪大了。他瞥了一眼陳悠，有些不信這些看起來就讓人食指大動的美味是她做出來的。

「阿磊，發什麼呆，快坐下吃飯。今日午飯都是阿悠做的，說是藥膳，都是補身的，你多吃些。」說著，陶氏便替趙燁磊盛了碗湯。

陳悠暗地裡朝趙燁磊翻了個白眼，她實在對這個傲氣的少年喜歡不起來，她一直搞不懂秦長瑞與陶氏為什麼要冒著一家人的生命危險將他藏在家中。若不是因為趙燁磊在，陳悠這頓飯吃得還是挺高興的。

秦長瑞今日回來得早些，夕陽西下時，揹著個背簍回來了。

陳悠也不刻意去打探陶氏與秦長瑞怎麼說，只帶著弟妹在西屋裡整理藥材。

陶氏幫秦長瑞將身後的背簍卸下。「可打聽到了？」

秦長瑞搖搖頭。「這裡離京都太遠，消息閉塞，我一點兒也沒打聽出來。不過聽人說，華州來捉人的官兵已經走了，並未在縣城中大肆搜查，也沒有趙舉人家中有人逃跑的消息傳出來，我估摸著上頭對這件事抓得不嚴，趙燁磊這是撿回了一條命。」

「永凌，你打算收養他？」陶氏一眼就瞧出丈夫的心思。

「文欣，妳不覺得這樣很有趣嗎？昔日對手的得力左右手，今日卻成為咱們的人。」

陶氏給秦長瑞端來一杯白開水，朝丈夫翻了個白眼。「你也不瞧瞧咱家的情況，小心養虎為患。你又不是不知道這廝以後的狠勁，當年，你可不被他弄慘了，現在惡趣味上來了。」

秦長瑞接過粗陶碗，將碗中溫水一口氣喝了，拳頭抵著唇角尷尬地咳嗽兩聲。「那是為夫當時一時失誤。」

果然男人不管是多大年紀，永遠都像個孩子，秦長瑞都是活過一輩子的人了，有時候在妻子面前還是這樣的孩子氣。

「那今日可尋到什麼賺錢的門路？」

說到這個，秦長瑞就蔫了，方才的自信蕩然無存，他有些歉意地朝妻子扯了扯嘴角，搖搖頭。

「你還不如咱閨女，還虧你做了那麼多年的高位，敢情只是個紙老虎！得了，阿悠今日與我說了個法子，我覺得可行，我們可以先試試，左右成本也不高。」

秦長瑞有些哭笑不得，這做生意能和做官一樣嗎？就算家中私產也有許多莊子和店鋪，那時都是由專人打理，他也就每月對對帳目，哪能插手到生意上的事，光朝堂上的事就夠他們喝一壺了。

聽著妻子細細訴說陳悠想的那些細節，秦長瑞臉上也漸漸舒展開來。

「可成？」陶氏瞧丈夫透亮的雙眼，就知道秦長瑞是同意了。

「瞧咱閨女，是青出於藍而勝於藍。」秦長瑞樂呵呵地道。這些日子鬱積於心的事情就這麼被陳悠解開大半，他也著實鬆了口氣。

「得了吧，閨女都比你這個爹強，我看你以後的老臉要往哪兒放。」

「對了，這兩日趙燁磊如何？」秦長瑞收了臉上的笑容問道。

「恐怕這事對他打擊也是頗大，性子總算與咱們以前對上號了，永凌，你什麼想法，日後還要供他科舉？」陶氏反問。

「如我們這種情況，怕日後是不能直面朝堂了，但是征兒還在建康，我們面上沒個人出頭不行，所以我才千方百計要將趙燁磊留在我們家中。日後若是他真能為我們效勞，也少了許多麻煩。」

陶氏早就想到丈夫收留趙燁磊的目的不一般，卻也沒他思慮得那般深，略略點頭。「永凌，那征兒……」

一提到兒子秦征，夫妻兩人都是滿面愁容，秦長瑞無奈地搖搖頭。「林遠縣太過偏僻，別說是建康都城的事了，就連慶陽府的事都傳不到這兒來。妳我時間還多，文欣妳也莫要太急，這林遠縣總不是我們長久會待下去的地方。」

陶氏瞧著丈夫點點頭。

這夜，陳悠趁陶氏與兩個小包子睡著，去空間中將成熟的草藥摘取了。

第二日一大早她就去唐仲家中。自她拜師後，唐仲與她的關係又進了一層，師徒兩人幾乎是無話不談，陳悠自然也將她要賣藥膳的事情告知唐仲，並且讓唐仲幫著參謀藥膳方子。

唐仲雖對藥膳不甚精通，可畢竟是個大夫，也能給陳悠一些意見。兩人足足說了一個時辰，陳悠給唐仲倒了一碗枸杞泡的水來，唐仲從袖口中掏出一個藍布荷包推到陳悠跟前。

「妳既拜我為師，那時我也沒給妳什麼東西，現在妳既然有要賣藥膳的打算，作為妳的師傅，我自是要幫襯一二的。這些銀錢，阿悠妳先拿去做本錢。師傅是個窮大夫，再多的也拿不出來了。」唐仲笑咪咪與陳悠道。

陳悠未想到唐仲會為她做到這個地步，那時拜師，說實話，也並非多正式，她也沒存著真的要從唐仲這裡學來多少東西的想法，只是這名頭借熟了，乾脆就將它變得正式罷了。陳悠有些猶豫，不知道該不該接，唐仲卻一把將荷包塞進她的手中。

「阿悠，妳與我還需要客氣？」唐仲故意不悅道。

陳悠笑起來。「那好，唐仲叔，這錢我便拿著。」

「對了，妳爹的那些當歸這幾日就能賣出去，那些錢我過幾日再給妳。」唐仲喝了口陳悠泡的枸杞水。

「準備打算什麼日子試賣？」

「也就在這幾日了，後日縣集，我與爹娘商量好了，先弄個小攤，也不知這生意能不能成。」陳悠雖說得信心十足，可仍是有些忐忑。

「也莫要過於擔憂，我瞧著除了縣集，縣學也是個不錯的擺攤地，你們也可在那裡試試。」唐仲提議到。

陳悠仔細記下了，稍坐了一會兒，就回家去，現在還有許多準備工作要做。初次賣的藥膳方子還沒定下，需要的米麵蔬菜也都沒有著落，還有這小攤的鍋灶瓢盆也都未置辦。雖說只是個小攤，但是需要忙活的東西還真是不少。

回了家，陳悠將唐仲給的銀兩交給陶氏，陶氏感慨了聲，數了數，竟然有二兩銀子之多，這是賣了田地以來他們手上拿的最大一筆銀錢了。

陶氏捏了捏陳悠帶著些繭子的小手。「此時我們家缺錢，恐怕妳唐仲叔也明白，所以才故意給妳這些銀子。阿悠，妳可不要忘了他對咱家的恩情。」

陳悠自然明白唐仲的苦心，他前頭也對她說了，今年下半年一直都在籌備在林遠縣開藥鋪的事，藥鋪豈是想開就開的，頭一等就需要銀兩。唐仲卻還能在這個時候拿些來贊助她，陳悠不是不感動，她也並非是得了恩情不知回報的人。

「娘，我知曉。」

陶氏頷首，便與陳悠開始商量這藥膳小攤來。秦長瑞也為此專門去林遠縣城中觀察了一日旁人的攤點有些什麼，一一記了下來，惹得那些賣吃食的小攤販子將他當賊防。

陳悠與陶氏在家中負責將小攤要賣的藥膳羅列出來，並開始準備要用到的藥材、米麵、食糧配料等。第一次嘗試，陳悠也不敢逞能做太多，她只選了幾樣粥品，幾種易帶的藥膳小點。

晚間，秦長瑞回來，一家幾口人坐在一起，邊吃晚飯邊說著一日的成果。現在秦長瑞夫婦都放下高門裡的那套規矩，只有趙燁磊在一旁沈默吃著飯食。

飯畢，陶氏照例給趙燁磊端一碗湯藥，這是陶氏讓陳悠配的調理哮喘的方子，中醫藥治病講究循序漸進，去根除痛。趙燁磊喝了這些日子，早晚發病的時候確實減少。

陶氏只招呼他一聲，讓他將湯藥喝了，趙燁磊起先開始有些抵觸，後來也都乖乖將湯藥喝下，只因他明白，此時他寄人籬下，往日那些自尊都成了笑話。況且，秦長瑞一家對他並不苛刻，還可以說是別有照顧。不過，總歸是旁的人家，不管別人對自己多好，趙燁磊心中仍然還豎著一道防線。

在堂屋點了燈，除了早睡的陳懷敏和心中有疙瘩的趙燁磊，一家人就連阿梅、阿杏也坐在堂屋，商量著藥膳小攤該怎麼置辦和準備。

後日就是縣集，採買一應明日就要辦好，秦長瑞居然晚間繞道去了大山嫂子家中借了紙筆，此時鋪陳在桌上，準備將一家人的意見都記下來。

陶氏對陳悠古怪的表情一笑，然後起身去房中尋趙燁磊。不一會兒，趙燁磊便跟在陶氏身後出來了。

他面上有些侷促，因病而蒼白的臉上帶著尷尬，陳悠盯著他撇了撇嘴。

「阿磊今晚便幫忙將我們所需之物記錄下來可好？」陶氏笑著對他道。

趙燁磊什麼話也沒說，頷首坐到鋪陳著紙張的桌前，拿起毛筆蘸滿墨汁就一言不發地候在一旁。

這麼著，一家人才商量起來。這一說竟然就說了一個多時辰，趙燁磊手中的紙張也換了三張，陳悠坐在他的側面，不時地瞥一眼紙張上記錄的內容，不得不說，趙燁磊的字跡清秀俊逸，筆鋒收尾之間讓人覺得有一股飄逸靈動之感。旁的不說，趙燁磊的這一手好字是值得誇讚了。陳悠想到自己那手字，就只有羨慕嫉妒的分兒。

這一個多時辰的討論，讓趙燁磊也對陳悠有些改觀，他未想到這賣藥膳的法子竟會是這個十一歲少女想出來的，且她與父母討論時，每每總能找到癥結所在，著實讓他吃驚不小。不過從來都是自傲非常的趙燁磊卻不會輕易將這樣的認同表現在臉上。

這一晚上的討論成果，秦長瑞讓趙燁磊給大家唸了一遍，秦長瑞點點頭，準備明日一早去縣城中將需要的物什置辦齊全。

在忙碌中，時間總是過得飛快，第二天眨眼就過去，陳悠覺得自己剛躺下閉上眼睛，再睜開眼就已經是縣集這日了。

一家人起得都很早，陳悠從窗戶朝外頭看去，天空還星光熠熠。將準備好的東西都裝入兩個大竹筐，由秦長瑞挑著，剩下的一些零碎東西，則由陶氏與陳悠拎著。陳懷敏被留在家中託趙燁磊照顧，阿梅、阿杏也跟著去了林遠縣。

踏著被月色照亮的羊腸小徑，秦長瑞問身邊的兩個小包子。「阿梅、阿杏，爹昨日教妳們的童謠可還記得？」

阿梅、阿杏自信地猛點頭，當場就背給秦長瑞聽，秦長瑞滿意地頷首，摸了摸阿梅、阿杏軟軟的頭髮。

「到時可知道怎麼做了？」

「爹放心，我們一定會完成任務的！」阿梅聲音脆脆地保證道。

陳悠此時真的開始相信自家親爹並非常人，那晚他們商議了藥膳小攤後，秦長瑞問了她一些藥膳中常用藥材的作用，當晚便用這些藥材編了一首易記好聽的童謠。如果讓兩個小包子散播出去，確實是種很好的宣傳手段。

因陳悠他們來得早，在早市上占到一個好位置，將東西擺好，陳悠就開始麻利地忙活起來。

蔥棗湯、黑芝麻糊、鮮藕粥、烏髮蜜膏、山藥茯苓包子、芸豆卷……這些吃食中全部有她專配方子磨成的藥粉或熬成的藥汁，經常食用可強身健體，預防疾病！

東方微微泛起魚肚白，趕縣集的第一波人已經陸續進了縣城。陳悠熬的粥黏稠正好，飄散著特有的一股清淡藥香，還有新鮮食物的鮮香，讓從周圍村莊匆匆來趕早集的人一陣腹鳴。再瞧著一對母女面前的全新小攤，堆著的籠屜中冒著鮮香白氣，就忍不住讓人分泌口水。旁邊還有兩個長得一模一樣的可愛小女孩在唱歌，那清脆的童音，不知不覺就鑽進路人的耳中。

花花果果皆是寶，養生保健不可少。
桃花潤膚美容貌，合歡花兒助睡眠。
槐花味美兼涼血，梨花化痰又潤燥。

丁香花治氣管炎，參花泡茶能醒腦。
消炎解毒金銀花，菊花止暈明目好。
祛暑清熱食荷花，桂花暖胃寒濕消。
黃瓜美容抗衰老，冬瓜減肥有高招。
西瓜解暑又生津，蘿蔔治喘脹氣消。
清心養肺食百合，梨能化痰止咳嗓。
……

欸？這雙胞女娃唱的可都是真的？這平日裡常見的這些花花果果真有這個效用？

這人不能有好奇心，多半好奇心一起就會忍不住，瞧著一個挑著擔子的大叔就朝陳悠母女擺著的小攤這邊來了。

「妳這小女娃唱的都是誰教妳的，蘿蔔真能治脹氣？我家那婆娘可不是老喊著肚子脹嘛！」

回答他的不是阿梅、阿杏，陳悠笑著從小攤後走出來。「大伯，我妹子唱的童謠可都是千真萬確的，蘿蔔確實能消脹氣，您不妨回家讓大娘試試，我們藥膳攤子剛剛開張，這粥食可比我妹子唱的歌謠裡的花花果果有用多了，要不您試試，這一碗只收一文錢，便宜得很呢！」

這大叔起早趕早市，也未來得及在家中吃朝食，瞧著眼前這新開的藥膳攤子，著實餓得慌，況且這小姑娘也能說善道，便起了嘗試的心思。

「那你們這攤子有什麼吃食？」

陳悠將小攤賣的藥膳單子唸了一遍，又特意將這些藥膳功效介紹了。

「大叔，你花著與別的早食攤子相同的價錢，可吃的卻是能健身防病的藥膳，您可不虧呢！」陳悠笑著將這大叔要的蔥棗湯和山藥茯苓包子放到這大叔桌前，笑著道。

「小閨女，嘴怪甜哩！妳這藥膳攤子東西好不好，大叔嚐過了才能知曉哩！」

陳悠也不再說，由著這大叔吃，她對自己做的東西可是很有自信。

阿梅、阿杏時不時唱誦著秦長瑞教給她們的歌謠，倒真引來不少食客，加上陳悠母女這藥膳攤子新鮮，賣的吃食好看又精細，價錢也不貴，得了那大叔的一頓好評後，來吃的人是越來越多。

一時間，他們擺放在外面的兩張小桌上都坐滿食客，攤前還排了老長一條隊伍。每個來買藥膳的人都要問一遍這些藥膳的功效，直讓陳悠與陶氏說得口乾舌燥。等到母女倆將藥膳全部賣完，早市竟還未下市，陶氏與陳悠忙得滿頭滿身是汗，可互相瞧了一眼，眼中卻滿是欣喜。

陳悠也沒想到首次嘗試賣得這般快，那在桌邊等著的幾位客人，陶氏只能去說聲抱歉。

這其中山藥茯苓包子和芸豆卷最好賣，因這兩樣容易外帶，許多食客吃完後，定都會打包兩個給家人嚐嚐。

母女幾個早早收了攤，裝上竹筐，由秦長瑞挑著擔子。這第一日他們共掙了五百多個大錢，可謂是「初戰告捷」。

陳悠拎著一個小竹籃，裡面裝的藥膳是專門給孫記布莊的孫大姑娘留的。這早市的勁頭還未過去，孫記布莊裡人也頗多，孫大姑娘正忙著。

陶氏讓秦長瑞卸下擔子帶著阿梅、阿杏在不遠處的那棵榆樹下等著，她與陳悠拎著籃子去瞧瞧孫大姑娘。

在門口等了一會兒，見孫記布莊裡人少了些，母女倆才進去。孫大姑娘一瞧是她們來了，臉上的笑容也多了起來。

「嫂子與阿悠快些進來。」孫大姑娘出門將她們迎進來。

陳悠笑著與孫大姑娘打招呼。

「我可好些日子沒見著阿悠了，怎麼，阿悠最近在家中忙些什麼？」孫大姑娘邊說著邊將陶氏母女迎進裡屋，進去喚了兩聲，讓在後院盤帳的孫老闆出來替她招呼顧客。

孫老闆從後院過來，瞧見陶氏與陳悠，摸著梳得順滑的長鬚。「原來是永新兄弟家的，阿穎陪著好好說說話，店裡有我照顧著。」

孫大姑娘「欸」了一聲，去泡茶了。

陶氏與陳悠向孫老闆見了禮，孫老闆笑咪咪地去前頭招呼客人了。

陳悠睜著大眼，抿嘴笑著瞧孫大姑娘。「孫姊姊不是問我這些天做什麼嗎？妳瞧，就是這個！」陳悠將小竹籃遞到孫大姑娘面前。

孫大姑娘在母女倆身邊放下茶水，迫不及待揭開竹籃上蓋著的紗布。她早就聞到淡淡的清香味了，沒想到還真是陳悠帶來的小籃子裡散發出來的。

「阿悠，這是啥？」孫大姑娘忍不住拿了一個咬一口，香甜軟糯，還帶著一股淡淡的藥香味。

「藥膳。」

「啥？」孫大姑娘聽到這兩字嗆了一口，連忙喝了口茶水。「藥膳怎是這個味兒，我娘在的時候，身子不好，吃過一段時日的藥膳。那時我小，偷偷嚐過，可是與湯藥那味兒沒甚區別，怎麼妳做的藥膳這般好吃？」孫大姑娘很驚奇。

陳悠調皮地朝孫大姑娘眨眨眼。「唐仲叔給我說的方子，我也沒想到做出來會這麼好吃。」

「阿悠的手藝真不錯！」孫大姑娘誇讚道。

「孫大姑娘，其實我們今日還有一事要請妳幫個忙。」陶氏歉意道。

孫大姑娘兩三下消滅了一個芸豆卷，喝了口茶。「大嫂有什麼事就直說，只要是我能幫上忙的，我一定搭把手。」

「是這樣的，家中孩子總不能餓著肚子，我們現在做這藥膳生意，只是這桌椅還有碗筷之類的不好每日帶回，便想著能不能放妳這裡。」

「嫂子，我還當什麼大事呢，這麼件小事能有啥，我們就住在後院。以前我娘在的時候喜歡清靜，所以爹將鄰里的小院買了給娘住，後來娘過世了，那小院也空下來，因是娘住過的，爹也捨不得賣，一空就空了這麼些年。如今除了娘住的那間屋，旁的房間都堆了雜物，我與爹一年也才去打掃幾回，平日都是鎖著的，若是妳們要放東西，我便給妳們一把鑰匙，每日就將物什放在那小院吧。」孫大姑娘笑著道。

陶氏覺得有些不大合適。「這……」

「我知道嫂子想什麼，只是我娘都過世這麼多年了，人死如燈滅，我們再記掛，娘也不能活過來，我與爹雖都懷念娘，可也知道還要繼續過日子，所以妳們也不用多想，這麼些年，我和我爹早就看開了。況且那院子也沒什麼值錢的東西，我娘的房間我爹另外鎖了。」孫大姑娘很樂天。「方才還聽來我店裡的人說早市上開了家什麼藥膳攤子，那娃兒還在唸著什麼花花果果的童謠，那藥膳攤子不會就是妳們開的吧？」

陳悠點頭。

孫大姑娘摸著陳悠的頭，笑嗔道：「妳這鬼靈精！先頭我還想著去嚐嚐那藥膳攤子呢，一問那客人，說是攤子歇了，已經賣完了，我還在懊惱，怕是要等到下次縣集才能吃到了，沒想到阿悠給我送來，看來我天生是個有口福的人。」

「孫姊姊若是喜歡吃，阿悠下次給妳單獨做幾樣。」

「那敢情好，妳孫姊姊就是喜歡吃好吃的。」

兩人的對話惹得陶氏也笑出聲。孫大姑娘也明白她們家離縣城遠，便帶著陶氏母女去一趟旁邊荒廢的小院，讓她們認認路。

秦長瑞將桌椅和碗盤放在院中後，擔子輕了許多。一家人去集市上買了些麵粉、蔬菜等材料，才回家去。

當走到林遠縣城門口時，秦長瑞瞧那貼告示的牆前圍了許多人，眉頭猛地一皺，他與陶氏換了個眼色，陶氏朝他點點頭。

「爹，那告示寫了什麼，怎圍了這麼多人？」陳悠好奇問道。

秦長瑞本就想著去看看，陳悠恰好問出口。

「走，咱們也去瞧瞧。」

秦長瑞將擔子放到一邊，陶氏與兩個小包子在原地看著竹筐，秦長瑞拉著陳悠去瞧告示。

告示邊上專門有兩個識字的衙役在給百姓們誦讀告示上的內容。秦長瑞個子高，即便站在人群靠後的位置也能瞧見黃紙告示上寫的內容。陳悠被秦長瑞護在身前，從人縫裡，陳悠也將告示瞧了個大概。

這是一則利民的告示，寫得白話，大概就是說大魏國泰民安，景泰帝要利國利民給每個州府以及下頭最小的行政單位縣設立「惠民藥局」。何為惠民藥局？用現代話說就是國家設立的公共醫療機構，是專門為平民診病、賣湯藥的官方藥局。

陳悠學這一行自然對醫藥發展史也瞭解得甚是清楚，中國古代很早就有公共醫療機構。她來到大魏朝，卻從來都未聽說過有官方的醫療機構，卻沒想到竟然在這個時候設立了。

國家強盛，與百姓的生活息息相關。當朝很早就設有慈幼院，卻一直沒有公眾醫藥，前世歷史上這惠民藥局的任務便是掌管各地貯備藥物、看病醫治，軍民工匠貧病者均可在惠民藥局求醫問藥。有時遇疫病流行，惠民藥局還會免費提供藥物，實在是一項大大的利民工程。

陳悠不禁對大魏第一號人物景泰帝敬佩起來，有句話叫打江山容易守江山難，能將一國治理得這般強盛，還能如此細膩地考慮到百姓的生活，這個景泰帝絕對不一般。

陳悠感慨之餘，卻又覺得有些奇怪和不協調，至於到底是什麼地方奇怪，她卻是一時想不起來。其實，這則告示不僅說要設立惠民藥局，更是一則聘請令，縣城之內設定惠民藥局，沒有大夫坐鎮可是不行，所以這則告示也是在聘請大夫。

只是這整個林遠縣就這麼大，想找個合格的大夫怕也不是這麼簡單的，陳悠第一個便想到唐仲，詳細記下這件事，準備回去告訴他。

旁邊的衙役正高聲給人們誦讀告示上的內容，圍觀的百姓也都是滿面笑容，若真是有了惠民藥局，以後窮人也能看病吃藥了。

將陳悠護在身前的秦長瑞雙眸深邃，裡面有光閃動。「設立惠民藥局」這麼大的事情，前世他並沒有經歷過！直到他與妻子死後重生在這對農家夫婦身上，他從未聽景泰帝提過什麼「惠民藥局」，朝堂中更是從未有過這個風聲。若說這一世與上一世不一樣，為什麼趙燁磊還是出現了？為什麼在這一世，州府地點都與上一世相同？此時，秦長瑞真是心亂如麻，恨不得生上一對雙翅飛到都城看個一清二楚！

秦長瑞緊緊捏著拳頭，青白的骨節都看得分明。過了良久，他都沒有移動一步。

陳悠奇怪地轉身抬頭去瞧他，看到自家爹爹一張僵硬的臉龐，陳悠一怔，搖了搖他的手臂，高聲喚了幾聲，他才回過神來。

「啊？阿悠怎麼了？」秦長瑞僵硬的表情一時還收不回去。

「爹，您瞧好了嗎？娘和妹妹們還在等著，我們快些回去吧。」

「哦，好！」秦長瑞伸手拉住陳悠。

他的手觸及到陳悠的小手時，陳悠只覺得一陣冰涼，她奇怪地抬眼再看秦長瑞，他眼中卻什麼情緒也沒有了。

陳悠皺眉，覺得自家爹爹剛才有些反常，她下意識又回頭看了一眼那明黃的告示，突然兩個字闖入她的視線：「醫院」。

對，就是醫院！這是個非常現代化的詞語，竟然出現在大魏朝的官方告示上，這很不對勁！陳悠瞪大眼睛盯著告示，一時竟然整個身體僵住走不動了。

此時的陳悠就與方才的秦長瑞一般，當真是晴天霹靂！

秦長瑞拉著閨女的手，本就心緒不寧，走著走著卻發現陳悠停下腳步，愣在原地。他皺眉回頭看了一眼，見陳悠還盯著那告示，視線似是黏在上頭一般，於是輕喊了一聲。「阿悠、阿悠？」

陳悠猛然回過神，應了一聲，卻在後來回家路上也是魂不守舍。

大魏朝醫院兩字只有太醫院在用，並非如現代一般叫得平凡，而那告示上便直接這般寫了，當真是奇怪，不得不讓陳悠這個現代人亂想。她瞭解中醫藥的發展史，明白這種惠及民間的公共醫療機構在明代便叫惠民藥局，那麼多的稱呼，為什麼偏偏選中這個歷史上曾經用過的？而且這件事公布得如此突然，大魏朝先前可是絲毫沒有設定過什麼官方的醫療官署，這一切難免不讓陳悠多想……試想，她都能穿越到這大魏朝、陳永新夫婦都能被換芯兒，那別人憑什麼不能？

想到這裡，陳悠的心一陣猛顫，前世的記憶像是打破的花瓶渣子被放在她行走的必經之路上，而且她還得赤腳走過去，清清楚楚地回憶起最終時刻的種種負面情緒，一想到那個結果，心臟就像是被揪緊，並且被大力地蹂躪。那個與她同歸於盡的人，會不會也與她的遭遇相同？儘管是萬分不想回憶起這一切，但是眼前的情況卻不得不讓她面對了。

陳悠的臉色一時間慘白如紙，她不自覺伸手緊緊捏著胸口掛著的那枚戒指，深深吸了口氣，想要讓自己平靜下來。

或許是巧合？陳悠這麼安慰自己，即便是真的與那人有關，她現在待在這華州偏遠的小縣城，那人也不會尋到她。陳悠現在竟是如此慶幸自己名不見經傳的身分了。

大魏朝國土廣闊，林遠縣上頭有華州，華州只是慶陽府的一個下行單位，就算慶陽府與首都建康也還有嵩州之隔，她離危險遠著呢！即便那人與她一樣來到這個世界了，那麼他們見面的機會也只會是零。

這回來的一路上，秦長瑞夫婦同樣是內心糾結，所以沒有注意到陳悠的變化。只是阿梅、阿杏擔憂地瞧了瞧大姊又擔憂地瞧了瞧爹娘，不明白為何今日藥膳生意這般好，大姊和爹娘卻不開心。

陳悠不知道，秦長瑞夫婦恰恰與她的想法相反，她越是要避開的地方，秦長瑞夫婦卻越是要接近。這局勢變化太大，讓秦長瑞夫婦這般不動如山的人物都開始忐忑起來。

今日一家人著實忙了大半日，回去後，陳悠帶著兩個小包子洗了手臉，簡單做了飯、用過晚膳，便都歇下了。

陶氏卻與秦長瑞在小院中商量起來。

「文欣，我定要去一趟華州才安心，此事太不尋常，整個大魏都要設立『惠民藥局』可不是一項小工程。」秦長瑞立在井邊，盯著旁邊的小菜園子，眼底深處都是危險的光芒。

陶氏的眉頭同樣緊鎖著。「上一世我也清楚記得，並沒有這樣的大事，上頭那位一直將重心放在開疆拓土上，怎麼會突然轉到惠利百姓頭上？莫不是建康城有人在布局？」

秦長瑞搖搖頭。「這些事情原委，就算我們此時在建康城也打聽不出來。」

「永凌，你準備何時去華州？」

「等不得了，就在這個月內吧！即便是打探不到實質的消息，也要確認征兒到底平不平安。」

陶氏頷首，將頭靠在丈夫肩頭。其實旁人再厲害又關他們什麼事，他們在乎的只是征兒而已，只要征兒能安好，他們也沒有什麼遺憾了。

秦長瑞緊緊摟住妻子的肩頭，視線上移，瞧著那輪半缺的明月，同在一輪明月下，卻不知遠在千里外的征兒是不是也像他們這般抬頭望月，心中思親？

另一廂的陳悠因為白日裡林遠縣的告示作了一夜的噩夢，那在現代時慘烈的一幕像是魔咒般不停地出現在她的夢境裡，任由陳悠怎麼安撫自己，一閉上眼睛還是那般恐怖的情景。

抬袖擦了擦額頭滲出的冰冷汗珠，盯著從窗外映進來的一片銀白月光，慢慢讓自己的呼吸平緩下來。即便心情平靜下來，陳悠也睡不著了，於是，她乾脆進藥田空間冷靜一下。跑到大湖邊，脫了衣裳在湖水裡痛痛快快地洗了個澡，陳悠才覺得腦中緊繃的那根弦鬆了下來，她實在是有些自己嚇自己了。

坐在大湖邊晾頭髮，陳悠盯著粼粼波光的湖面，放空自己思緒，直到覺得自己真的冷靜下來，才出了藥田空間。

第二日，他們沒有再去林遠縣擺攤，陳悠與陶氏知會一聲，先去唐仲家中將林遠縣設立惠民藥局要招大夫的消息告訴他。若是唐仲真能在惠民藥局坐診，藥鋪便不用費力開了。

哪知唐仲只是搖搖頭。「這吃公家飯哪裡有自己優遊自在，我可不想給惠民藥局束住，日後若是想出去可就難了。」

沒想到唐仲是這般想法，陳悠一笑置之。想想也是，唐仲癡迷於研製麻沸散，他這幾年做赤腳醫生也只是為了到處尋訪麻沸散的藥方，若是去應了縣令，成了惠民藥局的坐診大夫，不說時間被固定住，他要是想研製什麼藥方，也是會受限制。到時，想要出去遊歷，還必須有官家批准才行，這些卻是陳悠沒有想到的。

「我也只是與唐仲叔您說一聲，現在想來，這說一聲也是多餘的。」

唐仲笑著瞥了她一眼。

夕陽落山，陳悠在家中剛吃過晚飯，如今秦長瑞想著去一趟華州，還想著一家人能快些賺錢置辦個鋪面，這到處都是使銀子的地方，若是只靠每逢縣集去林遠縣擺藥膳攤子是肯定不行。之前唐仲提議在縣學門口擺攤，秦長瑞也覺得這法子能行，於是一家人又臨時決定翌日去縣學門口擺藥膳攤子。

一早去林遠縣，在縣學門口占了個好地方，再去孫大姑娘家中取了寄放的物什，陶氏與陳悠就忙活起來。因陶氏與陳悠都心疼阿梅、阿杏太累，今日並沒有帶她們來。

等到快到縣學上早課的時辰，門口的學子多了起來，不過大多腳步匆匆地進了縣學，陳悠賣力吆喝兩句，雖有幾個學子上來詢問，也只是匆匆付錢外帶兩個。

此外，因她們在縣學門口喧譁，還被縣學內的學監給警告了。這一日，她們準備的這些藥膳，竟然連三分之一都沒賣出去，等縣學裡早課的鈴聲敲響，縣學門前也變得門可羅雀。

盯著眼前冒著熱氣的藥粥，陳悠的眉頭緊緊蹙了起來。這裡學子眾多，不可能沒有客源，她們的藥膳雖在縣集中熱銷，可是在這些學子中卻是籍籍無名的，得想個法子將這銷路拓開才成。

陶氏同樣有些喪氣，不過在她眼裡，她到底是個大人，真遇到事了，也不能將失望擺在臉上。陶氏拿了個芸豆卷遞給陳悠。「阿悠，吃一個吧，大早上的，妳到現在還沒吃朝食呢，小孩子可不能餓著。」

陳悠看了眼陶氏，接過芸豆卷，也替她拿了一個，笑道：「娘，反正今日的也賣不掉了，我們便吃個飽吧！」

母女倆在縣學外頭吃了朝食，商量著將攤子推到林遠縣街道上販賣。

這頭陳悠與陶氏剛走，那邊張元禮就從縣學裡出來了，他滿臉焦急地左右張望，根本就沒看到陳悠母女的影子，他懊悔地嘆口氣，才又回到縣學中。

過了朝食的時辰，午飯的點兒又沒到，這不上不下的時間，偶爾也只有零星的幾個食客，還是來嚐鮮的人。最後直到鄰近午時了，藥粥還有一半沒賣掉，山藥茯苓包子和芸豆卷剩下的少些。

母女倆無法，總不能在這裡賣一日，便趕緊收拾洗刷了，將物什送到孫大姑娘家的小院中後，帶著沒賣掉的藥膳回家去了。

一家人把這藥膳當作晚飯，陶氏將今日的情況與秦長瑞說了，秦長瑞也未料想到生意會如此慘澹。

趙燁磊在一旁靜靜聽著，良久，張了張口，可瞥見陳悠不悅的眼神，就又將要說的話給嚥回去。

秦長瑞將兩人暗地的動作都瞧在眼裡，並未訓斥陳悠，而是直接對趙燁磊道：「阿磊有什麼話就直說，阿悠與你開玩笑呢！」

趙燁磊愣了愣，瞥了陳悠一眼，才將話給說出來。「若是我見著有攤販在縣學門口大聲吆喝、售賣朝食，不管那食物有多誘人，我必也會不理，且還會將這種在縣學外大肆喧譁的事情稟報學監。」

趙燁磊一句話卻讓陳悠明白過來，直白說來就是這群酸腐的讀書人寧願自己餓肚子，也不願意瞧小攤販那種市井模樣，認為她們在縣學門口擺小攤是玷汙了縣學聖地。找到癥結點，陳悠就有了應對的法子，要想在縣學中將藥膳售賣出去，必須得迎合縣學裡頭學子的口味才行。

秦長瑞夫婦以前都是上流社會的人，趙燁磊這話一說出來，立馬也領悟過來。讀書人講究典雅二字，雖然他們物質資源匱乏，但勝在還有一身學問，這不是最容易搞定學子嘛！

「孩子她娘，妳們明日便先不去擺攤了，我們明日準備些東西，後日再去嘗試一番。」

秦長瑞語帶自信，就連陳悠也好奇他到底想到什麼法子。

晚上，秦長瑞詢問陶氏賣哪些藥膳，陶氏一一與他細說了。秦長瑞點點頭，道聲知道了，隔天一早就出門了。

陳悠今日無事，在家中侍弄菜園子，又給阿梅、阿杏講廣譜草藥的醫理藥理，進家門時，瞧見趙燁磊抱著陳懷敏在東屋的地上，用一根小樹枝教陳懷敏認字。

陳悠瞧了一眼，也就錯身過去了。陳悠剛走，趙燁磊就抬起頭來，這些日子，他何嘗看不出來，陳悠對他不喜，且還有些排斥他。

秦長瑞掐著午飯的點兒回到家中，將一個招帆放在一家人面前。

陳悠好奇地瞧了秦長瑞一眼。「爹，這是什麼？」

秦長瑞並不說破，還朝陳悠神秘一笑。「阿悠打開來瞧瞧？」

陳悠將招帆打開，上頭遒勁有力的筆鋒題了好幾首詩。讓人驚訝的是，每一首詩詞描述的是一種藥膳。

「爹，這是？」陳悠故意疑惑地詢問。

陶氏見丈夫又忍不住賣弄學問，笑著朝他白了一眼。站在陳悠身後不遠處的趙燁磊，卻是被招帆上的詩詞一下子給迷住了。

秦長瑞本就是大儒，寫出的詩詞自是不一般，趙燁磊雖激動，也忍住並未問寫這些藥膳詩詞的人是誰。

秦長瑞給陳悠解釋了一番，陳悠又提議將每種藥膳的名字都換成「文藝範兒」。第二日，她們又在縣學門前擺攤，那招帆撐在一旁，果然引得不少學子來圍觀，陶氏又是個能說善道的人，那些學子也未想到幾種藥膳也有這般學問，紛紛都買了些。她們今日未叫賣一聲，做的藥膳卻賣得差不多了。

張元禮今日終於見到她們母女，連忙到攤前，朝她們拱手行了一禮，這時早課已經開始，縣學門前已沒人。

「陳家嬸子，不知道阿磊如何了？」張元禮皺眉詢問，自他那日回到縣學就一直擔心趙燁磊，他又不敢回李陳莊去尋，一來怕暴露趙燁磊的行蹤，二來怕給陳悠家中引來麻煩。

陶氏瞧了他一眼，淡淡道：「你放心吧，趙燁磊一切都好。」

他厚著臉皮又道：「陳家嫂子，不知我能不能去看看阿磊？」

「你若是想他被人發現，就儘管來吧！到時若是我們被舉報進了衙門，你也別想落下。」陳悠憤憤道。

「張少爺，你若沒事，我們母女要離開了，我們還趕著回村。」陶氏冷淡道，說完挑著竹筐帶著陳悠離開。

張元禮朝陶氏和陳悠的背影行了一禮，眉頭卻深鎖起來。張元禮自幼與趙燁磊交好，趙家遭此大禍，自己作為多年好友還未幫上什麼忙，現在他是滿心擔憂，正因為這樣，他才要想方設法見趙燁磊一面，問問他今後的打算。

第二十四章

陳悠與陶氏回到家中，將今日的情況告訴秦長瑞，阿梅、阿杏也跟著高興。只要有了穩定的客源，日後這藥膳攤子便會越辦越紅火，等到夏季，陳悠還準備賣些活血祛濕的消暑湯。

這次，趙大夫瞧著陶氏母女賺錢卻是沒法子了，陳悠做的那些簡單藥膳都是將藥汁加入食物中，趙大夫即便眼紅，也不能將這藥膳方子裡加了何種草藥、多少分量給琢磨出來，所以只有在邊上看著乾瞪眼的分兒了。

這先頭忙了幾日去縣學，今兒又到縣集的日子，陳悠與秦長瑞夫婦商量好了，若逢縣集便去縣集擺攤，就不用那招帆；若平時就去縣學門前，掛上招帆。

縣集時阿梅、阿杏也跟來了，秦長瑞挑著擔子，昨日他在家帶孩子們，又教了阿梅、阿杏一首童謠，讓她們今日在縣集上唱。這知名度一打出來，慕名來嚐鮮的食客就多了起來，藥膳攤子要比上一次縣集時生意還要好，母女倆都有些忙不過來。

沒承想，這回竟遇上了幾個熟人。

蕭氏也邀曾氏一起來縣集，一雙眼珠子滴溜溜地亂轉。陳娥今兒也跟著她娘前來，由於平日逛縣集的機會甚少，她自然也是興奮非常，在縣集上瞧見什麼都覺得新鮮。

陳娥雖說比陳悠年紀還大些，卻實實在在是個心智不成熟小姑娘，見著什麼東西也控制不住，與許多孩子一樣總是對零嘴吃食特別饞。況且老陳頭一家家境不算富裕，家裡孩子能吃飽飯已經很不錯了，一年到頭也沒幾個零嘴吃，所以陳珠才那般寶貝她娘炒的黃豆。

縣集上賣零嘴的也不少，什麼蜜餞果子、桂花糕、糖餃子、糖人……陳娥瞧著不自覺地嚥口水，她是想叫她娘給她買些，不過一想到她前些日子犯的錯就開不了口。白氏這一折騰，身體虛了不說，也幾乎花光家中所有的餘錢，現今家中連二哥娶媳婦的錢都一個子兒還沒呢，她又怎麼好意思讓她娘多花錢買這些小零嘴。

陳娥抿了抿嘴，收起渴望的目光，低下頭來，眼中光芒閃動，總有一日，她要賺許多許多的錢，想怎麼花便怎麼花！

蕭氏眼睛亂飄著，就盯住不遠處的小攤點。陳悠她們這攤子確實是引人注意了些，先不說，她們這位置選得好，光瞧攤前圍著的食客就足夠吸引目光。

「這什麼攤子，賣啥的，怎地這麼多人？」蕭氏好奇地嘀咕道。

陳娥朝蕭氏翻了個白眼，她一直都不喜歡這個二嬸。「二嬸，別瞧了，就算妳打聽清楚了，還能怎樣，妳難道買得起人家攤上的東西？」

曾氏扯了扯陳娥的胳膊，瞪了她一眼。「在家我與妳說什麼話了，快給妳二嬸道歉，下次若是還這樣，娘再也不帶妳來縣集了！」

陳娥冷哼了一聲。

蕭氏被陳娥一個小姑娘拆穿自己的吝嗇本性，臉色也不怎麼好，用手打了打身前的藍底布裙。「怎麼，覺得妳二嬸沒錢，那妳可有？」

陳娥回頭狠狠瞪了一眼蕭氏，蕭氏對她譏誚地笑了笑，直到發現曾氏臉色不對了，陳娥才斂了眉目，乖乖地跟在她娘身後。

陶氏這個時候正好出來將幾個客人點的幾碗藥粥擺放在攤前桌上。

蕭氏連忙搖晃曾氏的手臂，瞪大眼睛不敢置信地道：「大嫂、大嫂，妳瞧那是誰？」

曾氏正瞧著一名農人賣的簸箕，聞言朝蕭氏指的方向看過去，只看見背影，像是吳氏，但曾氏不敢確定。

「難道老三媳婦來這攤點幫忙了？」蕭氏吃驚地自言自語。

那一旁挑著膽子賣簸箕的農家漢子聽了道：「啥幫忙，這街邊生意，有哪家能請得動夥計，大妹子，妳當這是酒樓呢！」

蕭氏被這農家漢子說得不快。「要你多嘴！」

那漢子朝蕭氏翻了個白眼，曾氏急忙笑問道：「這位小兄弟，你可知那攤點誰開的？」

曾氏也著實懷疑是吳氏，可想著老三家的情況，怎麼著也不會認為他們能在這縣集上擺攤，而且生意還這麼好。

農家漢子瞧這婦人的態度好些，臉色也緩和下來。「大嫂子，那旁邊的攤子是一家人開的，一大早便來了，生意很紅火呢，我這簸箕沒賣上幾個，人家起碼賣了幾籠藥膳包子出去了。」

這農家漢子滿眼的羨慕卻不見嫉妒，早先陳悠就給左右擺攤的幾個大叔大嬸各送了碗藥粥，這些人對陳悠家的小攤自也和藹許多。

「多謝小兄弟。」聽這農家漢子這麼一說，曾氏更不相信剛才那婦人會是吳氏了。

就在曾氏叫蕭氏趕緊走時，卻看到在攤販旁邊不遠處休息的阿梅和阿杏，曾氏一愣，急忙朝阿梅、阿杏那邊跑過去。

阿梅一抬頭就瞧見大伯娘，她疑惑地歪頭問道：「大伯娘，您怎麼在這裡？」

曾氏心中「咯噔」一下，還以為這兩姊妹被人牙子拐這兒來了，心口噗通噗通跳。「妳們怎會在縣集上，誰帶妳們來的？快與大伯娘回家去，不然妳們爹娘要擔心了！」

阿杏貼著阿梅古怪地看著曾氏，阿梅也不解大伯娘說的話。「大伯娘，我們不回去，我們等爹娘還有大姊一起回去。」

「啊？妳們說啥？妳們爹娘也來這兒了？」

阿梅用力點點頭，朝人堆中指去。曾氏這時候擠進去瞧了一眼，果見陶氏與陳悠在裡頭忙活，她吁了口氣，但又驚訝起來，老三家什麼時候在這裡擺起攤子？

蕭氏和陳娥臉上也滿是吃驚，蕭氏的小眼睛轉了兩圈。「我就說這攤點是三弟妹家開的，大嫂妳瞧，可不是嗎？」

陳娥不屑地瞥了眼蕭氏，心道，她方才根本未這麼說！

陳悠端了兩碗粥、拿了兩個芸豆卷，朝著阿梅、阿杏這邊走來，兩個小傢伙一大早就跟她們過來，也未吃什麼，這會子人少了些，陳悠才端了點藥粥來給她們吃，哪知一抬頭就見著了大伯娘、二伯娘還有陳娥。

陳悠眉頭微皺，就往這邊走過來，她先朝阿梅、阿杏道：「阿梅、阿杏來吃些東西。」

阿梅、阿杏高興地朝大姊跑過去。

「大伯娘、二伯娘、堂姊，妳們怎會在這裡？」陳悠打了聲招呼。

曾氏笑道：「我們見阿梅、阿杏在這裡，以為她們被人牙子拐來了呢，沒想到妳們在這裡擺攤。」

「是啊、是啊，阿悠，妳們這小攤生意可真紅火，二伯娘險些不敢相信，我與妳大伯娘從家中出發得急，什麼也沒吃，這會兒也餓著肚子呢！」

陳悠沒想到蕭氏這麼厚臉皮，竟直接想要蹭吃。她一笑。「我與娘也是，忙到這會兒，什麼都還沒吃呢，阿梅、阿杏年紀小，禁不起餓，我和我娘卻是忍得的。」

蕭氏怎會聽不懂這話外音，可她就是裝糊塗，今兒見這三房小攤生意這麼好，她是厚著臉皮一定要打秋風了。

「阿悠，妳們這攤子的吃食著實香得很，阿娥妳說是不是？」

陳娥並未搭理蕭氏，曾氏瞧著就想要拉蕭氏，讓她別說了。

陳悠不想與蕭氏在這裡磨嘴皮子。「多謝二伯娘誇讚，娘一人在攤子上忙不過來，我先去幫忙了。」話音還未落，陳悠就快步離開。

蕭氏話到喉嚨口，陳悠就竄遠了，讓她氣得跺腳。「這丫頭還真是小氣，都是自家做的吃食，給自家伯娘嚐幾個怎麼了？難道會掉一塊肉？」

「唉，順子娘，妳少說兩句，三弟妹她們還都在忙著呢！」曾氏勸道。

陳娥這時卻破天荒地與蕭氏同一戰線。「娘，二伯娘說得對，陳悠有時間送東西給她妹子吃，招呼咱們就沒時間了？分明就是不給咱們臉！」

曾氏還要再說，卻被蕭氏一把拖到陳悠家小攤擺放著的桌椅旁。

這時，正好有一桌食客吃完了，蕭氏搶著一屁股坐在長凳上，陳娥也跟著坐下了，周圍都是人，又是縣集，曾氏不好在這麼多人面前教訓女兒，只得瞪了她一眼，坐到她身邊。

陶氏來收拾桌子時，一見是蕭氏與曾氏母女時也是一愣，方才陳悠就與她說了，她以為她們早就走了，沒想到坐到她們攤位上。

蕭氏笑著瞧向陶氏。「三弟妹，瞧妳這小攤這麼多人，我們也來嚐口鮮，妳不會攆我們走吧？」

陶氏眸子深處一厲，面上卻未表現出分毫。「怎會，妳們想吃些什麼？」

這邊上還有等著的食客，蕭氏是個愛占便宜的性子，如果今天不讓她得逞，她很可能會死賴著坐在這裡，旁人要是問起來了，可該怎麼說。

「三弟妹，我這一貫飯量大，早間趕集走得匆忙，也未吃朝食，妳上多少道菜，嫂子都能吃下呢！」

陳悠在一邊聽到蕭氏的話，差點被氣得倒仰。陶氏笑了笑，道了聲「二嫂好飯量」，就轉身去攤邊了。

陳悠給這幾人一人端一碗藥粥，又上一籠包子，曾氏抱歉地笑了笑，陳娥卻盯著陳悠，手裡拿起一個包子，喜孜孜地咬了一口。

陳悠當即就轉身，眼不見心不煩，若不是在這人多的早市，她會給蕭氏吃這些？

事實證明有些人就是貪心不足蛇吞象。蕭氏與曾氏母女吃了一頓白食之後，蕭氏用手掌心抹了一把嘴，然後搓了搓手，心滿意足地打了一個飽嗝。瞧著桌上一籠已空的山藥茯苓包子和一碟芸豆卷，蕭氏又起了心思。

陳悠見她們終於吃完了，忙過來收拾碗筷，想快些讓她們走。蕭氏與陳娥好似餓了幾天一般，兩人竟吃得比兩個大男人還多，簡直讓人咋舌。

陳悠沈默地擦著桌子，蕭氏舔了舔嘴巴道：「阿悠啊，妳們這攤子做的藥膳吃食真是不錯哩，妳瞧我與妳大伯娘都嚐了，妳嬤嬤卻是沒吃著呢！妳們在這縣集開了攤販，他們也不知曉，妳爹娘可要惹他們老人家不開心呢！」

曾氏朝蕭氏使眼色，可是蕭氏根本不為所動。

陳悠端著空碗盤，瞧了蕭氏一眼。「二伯娘的話我會轉告娘的。」

「妳娘也是個孝順的人，俗話說，一家人打斷骨頭還連著筋呢！你們嬤嬤可是好不容易將妳爹拉扯大，這才有你們！」

陳悠朝蕭氏扯扯嘴角，捧著碗盤快步走了。她將蕭氏的話與陶氏說了，陶氏眉心一緊，冷哼了一聲，明知這是蕭氏在占她們便宜，卻又不得不收拾一些吃食給蕭氏帶回去。

陶氏見陳悠端著蒸籠，滿面不願，只好低聲在陳悠耳邊安慰。「這兒不是地方，她要是撒潑起來，我們這生意還做不做了？就讓她高興一次，下次，我們再討回來！」

陳悠嘆口氣，點點頭，將能外帶的包子和芸豆卷給蕭氏裝了一小籃子。「大伯娘、二伯娘，那剩下的還在蒸著呢，只有這些了。妳們帶回去給嬤嬤他們嚐嚐吧！」

「欸，成，妳和妳娘快去忙吧，這兒還有好些客人呢！」曾氏怕蕭氏又說出什麼話，先一步說道。

陳悠「欸」了一聲，不再管她們，自去忙活了。

陳娥瞧著這一小籃子吃食，對著陳悠的背影揚了揚嘴角。叫這一家子得色，剛剛真是後悔，沒再多吃些，她摸了摸已經突出來的肚子惡狠狠地想。

今日因陳悠他們準備得多，直賣到早市歇市才收了攤子。秦長瑞已經將第二日所需食材買好了，一家人就著賣的藥膳隨便吃了些，把藥膳攤子送到孫大姑娘家的院子，便匆匆趕回家去。因家中還有趙燁磊和陳懷敏，時間長了，一家人也不放心。

等陳悠他們到了家中，趙燁磊已經帶著陳懷敏吃過飯。陳懷敏還拉著陳悠讓她瞧趙燁磊教他認的字，秦長瑞瞧見了這幕倒是頗為欣慰。

趙燁磊的身子一日比一日好起來，他知道這些都是陳悠的功勞，可一時也放不下身段與陳悠化干戈為玉帛，所以一瞧見陳悠，臉色總是有些古怪。可這種神色瞧在陳悠眼中就成了趙燁磊自命清高，他不想和她說話，陳悠自然也不會拿熱臉去貼冷屁股。

再說到蕭氏與曾氏，兩妯娌買了東西，也是近午時才趕回李陳莊。陳娥走到半路就肚子不舒服，胃部脹得難受，直往上冒酸水、打嗝，終於一個沒忍住，扶著田間一棵矮樹吐了起來。上午在陳悠家小攤吃的全吐了個空。

曾氏忙順著陳娥的後背，擔心道：「阿娥，妳這是怎麼了？可是哪裡不舒服？怎麼吐了？」

陳娥喘著氣，順了順胸口，恨恨道：「定是三嬸家鋪子上的吃食有毛病，不然我怎會吐？」

曾氏拍了她一下。「莫胡說，我與妳二嬸也吃了不少，怎麼沒事？」

陳娥臉色變了變，擦了擦嘴，氣得先曾氏一步朝家中方向走去。她知道自己為何會吐，先頭在陳悠家的小攤吃得實在撐不下了，又與她娘逛了一會兒早市，就不舒服了，直憋到現在才吐出來，這可真是自作孽！

這日子一穩定下來，就如白駒過隙，眨眼，大半個月就過去了。

陶氏與陳悠每逢縣集在縣集上擺攤，不是縣集時，就在縣學門口擺攤，大半月下來，家中也攢下了些銀錢。

唐仲從華州回來，給陳悠帶了一套銀針，這套銀針與男大夫用的有些不同，唐仲說是華州的女醫賈天靜贈予，唐仲與她說自己收了個女徒弟，賈天靜就送了這件禮物。

而有關「惠民藥局」的事，唐仲卻沒有打探出什麼具體有用的消息來，只是說這項法令頒布得突然，就連在華州的賈天靜聽到時也是驚訝不已。惠民藥局不可能在短時間內就在大魏朝建立起來，前前後後要準備的事情多又繁雜，恐怕落實到林遠縣，最快也要明年。不過，這項法令卻在大魏朝的醫藥界掀起一股不小的風波，聽說明年在慶陽府為了這事，民間藥商們還要舉辦一次集會，若真是這樣，唐仲也想去慶陽府看一看。

如今藥商們販售的多半是藥草，如果惠民藥局能成功設立，以後中成藥就能得到推廣，現在中成藥可還是一塊沒人啃的肥肉呢！

唐仲又將上次那當歸的錢交給她後，便回家休息。

秦長瑞卻是計劃著等六月中旬去一趟華州，這事，他並未瞞著陳悠。自她出法子，一家人賣藥膳賺錢後，她便覺得雙親對她信任了很多，許多事也會與她商量，陳悠為此很是欣慰。

這大半月來，陳悠經常會去空間中看那本《藥膳指南》，她記得很快，上面的藥膳方子已會了大半，等天氣再熱些，她藥膳攤子上的東西就都要換了。

不知不覺，陳秋月出嫁的日子也到了。

自從秦長瑞將地賣了後，老陳頭是真的對三房不聞不問，即便蕭氏與他們說了三房在縣城中賣藥膳的事，老陳頭夫婦也只是哼了一聲，並未多表示。

陳秋月是好不容易盼到出嫁的日子，王氏為了這個么女也是費了不少心思，此時見了最小的女兒一身嫁衣，即將要嫁到別人家了，心底是空得慌，直摟著陳秋月哭了好一會兒，直到曾氏上來勸，才放開女兒。

陳秋月替母親擦了擦眼淚，說了些好話，王氏才止住哽咽聲。

蕭氏也是滿臉喜氣，殷勤地替陳秋月理了理頭上的釵環。「秋月穿著一身大紅嫁衣，就像是天上的仙女一般，這到了婆家，新郎官一揭這蓋頭，還不高興得一蹦三尺高。秋月啊，妳嫁了人，可別忘了妳二嫂啊！」

陳秋月實在想撇撇嘴，可想著今日是自己的大喜日子，這般做不吉利，也陪笑應付了蕭氏幾句。

從顏莊來的迎親隊伍，很快就到了老陳頭家的院門口，陶氏與秦長瑞帶著孩子們站在人群中，瞧著陳秋月被大伯陳永春揹出來，坐上一頭綁著紅綢的驢背上。這頭驢便是幾個哥嫂家中湊錢買的，是陳秋月的嫁妝之一。

李陳莊也難得瞧一回喜事，幾乎整個村裡的人都出門看熱鬧了，秦長瑞與陶氏一直將陳秋月送到李陳莊外三里地才回轉，而他們這番作為總算讓老陳頭覺得順眼了些。

方才陳秋月在蓋頭下的臉是止不住的笑意、憧憬與初嫁人婦的羞澀，坐在驢背上的陳秋月透過微微掀起的紅蓋頭瞥見她那新婚夫君的背影，怎麼看怎麼覺得英俊挺拔，想著到了寬裕的婆家就不用擔心家中吃穿用度，更是順心，覺得自己總算熬出頭，應了婆家早些出嫁的決定是正確的，總比每日在家中看著幾個嫂子為了那點雞毛蒜皮的小事吵來吵去，日後自己還能管得了家中中饋，有了娃兒後，日子就更好過了。

陳秋月在這裡想得喜孜孜，等到她瞧見了真相，卻是後悔也來不及了。送走最疼愛的女兒，王氏坐在陳秋月房中瞧著空蕩蕩的屋子抹眼淚，這一眨眼，陳秋月也嫁出去了，她可真是不服老也不行。

陳秋月嫁出門一日，翌日蕭氏就腆著臉來問王氏，陳秋月這空出來的屋子以後怎生處理，她那意思是，小姑的屋子給姪女住，都是女兒家，也方便。

王氏一聽她這意思，立即氣得把她打了出去，在堂屋生了半日的氣，這秋月還沒回門，蕭氏就打這屋子的主意。她腦子就是整日琢磨這些？還不如像三房一樣去琢磨個營生出來，賺些銀錢比較實在！

王氏盼著陳秋月回門，這一盼竟然盼了四日，王氏險些就要去陳秋月婆家要人了。

陳秋月回門這日，整個人似是與成婚那日變了兩樣，臉色蒼白，眼下竟還有烏黑的眼圈。她夫君吳任平卻是滿面春風，王氏坐在堂屋瞧著眼前的兩人，眉頭越皺越緊。

陳秋月低頭捏著手中的帕子，根本不敢瞧王氏一眼。

「秋月，你們怎麼今日才回門？」王氏臉上的笑也沒了，沈著聲問道。

陳秋月小心地抬頭望了王氏一眼，瞬間眼眶就蓄了淚珠，張了張口，剛要答話，吳任平便瞪了她一眼，陳秋月一瑟縮，嚇得急忙垂下頭。

王氏瞧得手心一緊。

吳任平笑咪咪地站起，朝老陳頭與王氏行了一禮。「回岳母，本來我是打算與秋月前日就回來的，可那黃大仙給我們算了一卦，說是前日不吉利，於是我們才耽誤到今日，還請岳母不要怪罪。」

王氏一聽更氣了，黃大仙那神婆子的話能信？可當著一大家子的面，又不能真一點面子也不給這個新女婿，往後秋月還要在他家中待上一輩子，哪能給秋月添麻煩。

「既是這樣，你們應該託人過來說一聲才是，害得我們兩個老傢伙在家中擔心。」

「女婿知道了，下次定不會了。」吳任平說得理直氣壯。

曾氏站在旁邊，身後跟著白氏，這些日子，白氏身子恢復得很不錯，現下已沒什麼大礙了。只是曾氏心疼她，家中粗活都不讓她沾手，所以，白氏這麼好養著，倒更比以前白皙豐腴了些。

曾氏瞥了眼陳秋月的這個夫君，雖穿得人模人樣，可總覺得不是個正經人，與長輩說話也不謙遜，與第一次見面時差距著實大了些，而瞧陳秋月這個樣子也不像是過得自在。

吳任平在老陳頭家中陪長輩們說了幾句話，就有些坐不住，眼珠子也不受控制地亂瞟起來，當瞧見曾氏身後站著的白氏時，眼珠子一亮，隨後那帶著綠光的眼神就停在白氏身上移不開了。

陳奇從外頭進來準備叫一家人吃團圓飯，就見吳任平那雙色眼黏在白氏身上，之前白氏出事，他就懊悔得不行，這些日子更是將白氏當作寶貝一樣看著，這時候哪能由得別人冒犯，當然就憤怒地指著吳任平質問道：「臭小子，你看什麼呢？」

吳任平沒想到會被人當場指證，先是一驚，再恢復成若無其事的樣子，還對著陳奇不屑地瞥了眼。

陳奇只覺得心口都要燒起來，衝上去就要給吳任平一拳頭，幸好被陳永春一把攔住。

陳永春盯著自己的兒子怒吼道：「老大，你想幹啥！」

白氏一時被自己的夫君給嚇到，等回過神時連忙跑到陳奇身邊，幫陳永春拉著他，又勸又拉才將陳奇勸住。

白氏也隱隱感覺有一道視線落在自己身上，讓她渾身都不自在，那視線毫無忌憚地在她身上游移，就如一條吐著毒芯子的蛇纏在身上。白氏將身子往曾氏後頭藏了藏，她一動，那視線也跟著她動，儘管萬般噁心，一時間，白氏也只能忍著，卻未想到自己夫君一進來就要與人打起來，讓她既感動又擔心。

「你們先回去！」陳永春低沈著聲音怒道。

白氏巴不得這結果，扯了扯陳奇的衣袖，小夫妻倆就回自己房間了。

美人走了，吳任平的心情有些沮喪，整個人也顯得無精打采。

老陳頭的旱煙桿在桌子上敲了敲，面無表情地說了一句。「吃飯。」

這頓團圓飯，其實並不團圓。首先陳悠他們三房沒來，然後陳奇夫婦又在屋中，陳秋月平日裡在家中的活潑勁像是一下子被全部抽走了，吃飯時，也低著頭，只挾面前一、兩樣菜。

王氏瞧著，心像是被誰狠心揪著一樣，只能自己動手替女兒挾菜。飯畢後，王氏想與陳秋月說兩句體己話，便帶著陳秋月回房。

吳任平留在外頭，讓老陳頭和幾個兒孫陪著。

一進屋，陳秋月猛地垮下臉，一時放下所有的偽裝，直撲到王氏的懷中，低低喊了一聲娘，眼淚再也忍不住掉了下來。未成婚時，對新婚夫君充滿幻想，可結了婚後，沒想到吳任平會是那種人！

王氏早看出這其中定有隱情，她拍著女兒的背，問道：「秋月，到底是怎麼了？妳與娘說說，娘替妳作主！」

母女倆坐到床邊，等陳秋月哭得痛快了，王氏才拿帕子給她擦了眼淚，瞧著她。

「娘，我好後悔，好後悔嫁給那個畜生！他根本就不是人！」

陳秋月將自己衣袖全部捋上來，王氏的心猛地一沈，陳秋月的手臂上竟然都是青青紫紫的瘀痕。

王氏一把握住陳秋月的手腕，急急問道：「怎麼弄成這樣？」

陳秋月咬了咬唇，雙拳緊捏著，淚珠子又不斷往下滾。「娘，我手臂上已經算是好的了，身上的傷更多，都是那個畜生弄的！」

王氏嚇得捣住嘴，忙伸手去掀陳秋月的衣裳，果見她上身也是青紫不堪，後背竟然還有鞭痕！這……怎生有這樣的畜生，她的女兒怎地這麼命苦！

王氏氣得眼淚直流，這生米煮成了熟飯，現在又能怎樣？將陳秋月留在家中嗎？這嫁出去的女兒如同潑出去的水，又怎生是好？

陳秋月哭著將這幾日的經歷與王氏哭訴。原來吳任平根本就不是什麼讀書苗子，之所以二十好幾了還未成婚，是因他十來歲的時候，將他自小的童養媳給虐待死了，這暴虐性子的名聲才傳播出去。

他那童養媳是他娘在人牙子手上買來的，在吳任平家中受盡折磨，吳任平又是個色胚，未等他那童養媳及笄就破了她的身子，後來日日夜夜地折磨，才熬不住去了。

這事傳出去後，因是買來的孤女，也沒人問個事兒，命也白喪了。可吳任平也因這事兒，只要是知些根底的人家，哪還敢將女兒嫁給他，這吳任平一耽擱就耽擱了幾年，好不容易她娘將這事壓下來一些，才尋到陳秋月這個想攀高枝的，所以吳家才這麼著急地要成親。

陳秋月在吳家這幾日可謂是受盡吳任平的虐待，吳任平的娘又慣著他，根本就不管陳秋月的死活，陳秋月足足被折騰三日，這才回娘家。

若不是與自己親娘，她也不敢說這些。甚至，陳秋月還發現他與隔壁三十好幾的寡婦有染，這叫她怎麼不絕望？如今想來，還是在家中做姑娘時寬心，這也才念著老陳家的好來。

王氏將陳秋月摟在懷裡，視線都被淚水給蓋住。「秋月，是娘糊塗，把妳嫁給這麼個豬狗不如的，是娘糊塗啊！」

陳秋月也被磨出兩分狠勁來，她推開王氏，用帕子抹了淚珠，沈聲帶著讓人毛骨悚然的冷意道：「娘，不怪妳，要怪便要怪吳氏！先前我的幾樁好姻緣都被她給毀了，這吳任平既是顏莊的人，難道她吳氏還會不知道他那爛名聲？可吳氏卻都未提醒我，如果她說一句，我今日還會是這等下場？都是她、都是她，這個惡毒的女人，以後定是沒有好下場，老天爺會劈死她的！」

陳秋月當真是說得沒道理，當初劉媒婆來說，她可是一眼就瞧中吳家的富貴，吳任平在她眼裡自然順眼，就算陶氏知道這事對她說了，她又豈會相信？怕是還以為三嫂嫉妒她的好姻緣，看不順眼，要從中作梗呢！

王氏被陳秋月說得一愣，雖然覺得女兒說得不盡然都對，可也為此頗為介懷。直將陳秋月留到日落西山，卻是再也留不住了，王氏盯著女兒，眼中矇矓一片，想上前將女兒留下，可根本沒有理由。

陳秋月也依戀地瞧著她娘，走兩步一回頭，吳任平瞧著有些火大，回頭狠狠瞪了陳秋月一眼，陳秋月肩膀一縮，嚇得急忙跟上去，與吳任平一起上了馬車。

馬車路經三房的籬笆牆外，傍晚時分，陶氏正帶著孩子們在院裡的菜園子澆菜，陳秋月掀開馬車簾子，朝陶氏那邊看過去，眼神中的怨毒和憤怒是恨不得將陶氏給捅個窟窿，陶氏一回頭就對上陳秋月的目光，她皺了皺眉，連一個多餘的眼神都未給陳秋月，繼續低頭澆菜。

陳秋月見她這般無動於衷，險些氣得吐血。吳任平見陳秋月還敢大著膽子掀開簾子在外頭東張西望，一把將她拉回來，奸笑一聲，就對陳秋月上下其手。

陳秋月嚇得哭都不敢哭出聲，那前頭可還有人在趕車呢，吳任平卻好似得了這樂趣，越使勁地折騰陳秋月，恨不得將她往死裡折騰。等回到家中時，陳秋月眼神空洞，進氣比出氣少，眼神已經呆滯了。

吳任平就這麼用衣裳大剌剌地將她包裹起來，抱著扔進房裡……

陳秋月這拖延了兩日才回門，陶氏與陳悠也大致猜出些原由，加上方才陳秋月的眼神，陶氏愈加確信陳秋月是跳進火坑，可路是她選的，又關他們什麼事？

陳悠瞥見從自家旁邊路過的馬車，才問道：「娘，小姑姑今日回門？」

陶氏點點頭，也不多說。

阿梅卻好奇問道：「娘，小姑姑不是該前日就回門了嗎，怎是今日？」

陳悠與陶氏卻不好與她們解釋，陶氏只好笑道：「娘也不知，妳嬤嬤家的事早就不讓咱們插手了。」

阿梅聽到這裡，也不再問。等到晚上秦長瑞回來，一家人吃過晚飯，因明日陶氏與陳悠還要去林遠縣擺攤，就都早早睡了。

到了六月分，天氣漸漸熱起來，陳悠已經將藥膳攤子的吃食給換了一遍，賣的多是涼爽祛暑的，秦長瑞也應景地給每種藥膳都寫了詩詞，時間長了，陳悠家的攤子就有大批學子為了藥膳詩詞來光顧她們的生意，倒是固定了一部分常客，這日日來，賺的錢也穩定下來。

照這情況下去，一家人溫飽是不成問題，還能餘下些閒錢。

是日，秦長瑞挑著擔子將東西都送到縣學門口就去辦事，順道採辦食材。

陶氏母女幾個就在縣學門前賣藥膳。張元禮躲在角落偷瞧著陳悠家的藥膳攤子，見到阿梅、阿杏也跟著陶氏來了，急忙轉身出縣城，在城門口雇了輛牛車，讓牛車送他去李陳莊。

陳泉剛給買家送了糧食，打城門口路過就聽見一個熟悉的聲音，他跟在後頭走了幾步，接近了些，才發現正是他們家少爺。

今日並非休沐，這都快要到上早課的時辰了，少爺要出城門幹啥？

陳泉得了張書張大爺的令，在縣城中要照顧少東家，見張元禮竟然上了一輛牛車出城了，便著急地也上了輛牛車。

張元禮急得滿頭大汗，不時地催著那趕牛的漢子快些，惹得那漢子直抱怨。「這位小哥，俺這是牛車，可不是什麼大馬，你要是嫌慢，幹啥還要坐俺的車，去雇輛馬車得了！」

張元禮只好歉意地賠了不是。他是曠課回李陳莊的，又擔心秦長瑞一家很快就會回來，所以心中焦急不已。

陳泉跟在張元禮身後，怎麼也沒想到自家少爺會去李陳莊。陳泉抓了抓頭，不明白少爺是有什麼急事，讓他帶信給老東家也是一樣的，何必要一大早曠課自己回來？

張元禮在村口下了牛車，給了那漢子銀錢後，等不得那趕車漢子找錢，就提袍朝李陳莊快步跑去。

陳泉在後頭下了車，剛想朝少東家招手，張元禮就已經走遠了，陳泉只能連忙快步跟上去。陳泉跟著張元禮，越來越覺得他這路走得不對，竟然與回家方向相反。

張元禮在接近陳悠家小院後，才放慢腳步，深吸了口氣，平定自己的心緒，整了整衣裳，邁步進了陳悠家的小院。

他拍了拍門，裡頭傳來清脆的童聲。「大姊、二姊、三姊，妳們回來啦！」

陳懷敏高興地從裡面將門打開，抬頭卻發現一個陌生的哥哥。小傢伙立即想要將門給關上，思及大姊說過，不認識的人就不要給他開門。可是張元禮伸著胳膊一擋，就進了堂屋。

陳懷敏擰著小眉頭，氣憤道：「你是誰，你不能隨便進我家，快點出去，不然爹回來會打你的！」

張元禮這時才蹲下身，朝陳懷敏一笑。「小弟弟，你趙燁磊哥哥呢？在不在裡面？」

此時，趙燁磊聽到外頭陳懷敏的話，擔心地跑出來，一眼就看見蹲下身、正與陳懷敏說話的張元禮。

「元禮，你怎麼在這裡？」趙燁磊驚訝道。

張元禮欣喜地朝好友望去，這一個月未見，如今的趙燁磊雖然衣裳舊了些，臉色卻好多了，人也未見消瘦多少。

陳懷敏往後退了幾步，抓住趙燁磊的衣袍下襬。

「阿磊，這段時日，你過得如何？」張元禮已經忽視眼前的小不點陳懷敏。

「元禮，快坐，我慢慢與你說。」

趙燁磊邊說邊把陳懷敏抱起來，也坐到張元禮的身邊，兩個同窗好友多日未見，難免高興且激動。趙燁磊這一個月來除了陳悠一家人，都沒與外界接觸，著實是悶壞了。

陳懷敏皺眉瞅著張元禮，小手將趙燁磊抓得緊緊的，好像怕眼前的大哥哥將趙燁磊搶走一般。

「元禮，這些日子，我過得很好，你也莫要擔心了。」趙燁磊微微笑道。平日裡沒什麼表情的少年，在好友面前，一張冰磚臉像是化開了一樣。

張元禮瞥了陳懷敏一眼。「這孩子的父母待你如何？」

「他們待我很好，你不要閒操心了，在縣學一心向上，將我的那分也學了，我以後怕是沒有機會再走仕途了。」說到這裡，趙燁磊的臉色都黯淡下來。

他在官府那兒可是被連坐的，怕是已經銷了戶，以後連戶籍都沒有，哪裡還有機會參加科舉。

「阿磊……」張元禮想安慰好友幾句，卻不知道說什麼話，只覺得現在所有的話都是那麼蒼白無力。

「元禮，你也不要為我惋惜，我能撿回這條命已是上天眷顧了，哪裡還能奢望。你今日可不是休沐，怎麼來看我？若是被先生發現了，少不了你一頓手心板子。」

張元禮瞥見陳懷敏盯著他的眼神晶亮，有些不好意思。「這孩子的爹娘根本不讓我見你，我若不趁著他們不在回來一趟，哪能與你見面！」

趙燁磊嘆了口氣。「元禮，叔子嬸子也是為了我好，不讓你見我是應該的，若是被有心人瞧見，這罪責可就大了。」

「你我不是要做一輩子的好友，這點事難道我還會怕？」張元禮嘴上這般說著，卻是有些心虛，那日趙舉人舉家被抓，趙燁磊逃出來，他都未敢收留他，現在還談什麼和朋友共患難。

「元禮。」

「嗯？阿磊有話就直說。」

趙燁磊低下頭，臉上一陣落寞，他抿了抿嘴，最終抬頭眼神堅定道：「你告訴我，我爹娘後來怎麼了？」

張元禮為了好友，早就到處打探他父母的消息，這時，聽他一問，也是滿臉鬱色。「阿磊，這事著實也該讓你知道，半月前，我託王先生尋人打聽，你爹娘以及妹妹都已在華州行刑……屍骨我讓王先生託人帶回來，已尋了人下葬，哪一日，我帶你去看看他們。」

張元禮的話，就像挑斷懸崖邊最後一根救命繩索的刀，即使趙燁磊知道父母妹妹可能凶多吉少，但是事實擺在面前，他還是覺得難以接受。他痛苦地摀著臉，淚水順著指縫流下來，一聲聲地在心中呼喚爹娘還有才四歲稚齡的小妹。

「哭吧，哭出來會好受得多。」張元禮寬慰道。

陳懷敏伸出小手，用衣袖替趙燁磊抹眼淚，童音軟糯道：「阿磊哥哥別哭，你還有爹娘的，懷敏的爹娘也是阿磊哥哥的爹娘，爹娘以後會像疼懷敏一樣疼阿磊哥哥。」

趙燁磊被陳懷敏一安慰，反而哭得更傷心了，他一把抱住陳懷敏，將頭埋在小小的肩膀上，哽咽著，雙肩止不住地顫抖。

張元禮此時什麼也不說，等好友哭夠、發洩完了後，才拍了拍他的肩。「阿磊，此時你便是再難過，你家人也不會活過來。王先生曾經與我們說過的話你忘了嗎？不拋棄、不放棄，只要有恆心，不可能的事情都能變得可能。阿磊，只要你有出息了，日後才能替你爹娘洗刷冤屈！」

趙燁磊瞧著好友，身側緊捏的拳頭，骨節青白分明。

張元禮明白，趙燁磊是將他的話聽進去了，他點點頭。「王先生其實也知你無事，所以託我將這些話帶給你，他說：『你雖不能參加這次鄉試，但是學業不可荒廢，蛟龍藏於深水，靜待時機，總有一飛沖天的時候。』到時，阿磊，你想要做什麼都行！」

張元禮說完，從懷中拿出王先生託他帶給趙燁磊的書籍。

趙燁磊雙手從張元禮手中接過這本已經半舊的書，緊緊地捏在手中。「元禮，請給我替先生帶一句話，我趙燁磊定不負先生所望！」

張元禮笑起來，拍了拍好友。「先生就知你不會放棄的，我與先生都相信你！」

兩個好友在堂屋中說話，跟在張元禮身後的陳泉卻在外頭好奇地張望。不知道少東家來秦長瑞家中有何事，這家人上午可都在縣城中擺攤，此時家中怕是只有幾個孩子。

突然門口有人聲傳來，陳泉急忙藏好。

趙燁磊將張元禮送出門，叮囑他下次不要再來了，先生說的話他都會記住。張元禮回頭瞧了趙燁磊一眼，拍了拍他的肩膀，抿了抿嘴轉身離開。

陳泉蹲在籬笆牆後，整個人都驚住了。因為張元禮先前就與趙燁磊交好，陳泉自然對他也很熟悉，此時見到當然認得。

陳泉驚訝得摀住嘴巴，這趙家舉人老爺不是被官差抓走了？聽說是主家犯了什麼重罪，受到牽連，怕是會送到華州斬首，可為什麼趙燁磊還在這裡，少東家還與他見面，若是被人知曉了，可怎生是好！

陳泉嚇得嚥了口口水，不行，這件事要告訴東家，叫他想些法子。

直到張元禮離開，陳泉才從角落出來，跌跌撞撞地往張家方向去了。

陳悠一家卻不知道，這張元禮一次偷見，卻讓趙燁磊的行蹤暴露。

第二十五章

午後，陳悠一家人回村，不用陳懷敏告狀，趙燁磊主動將張元禮來尋他這件事告知秦長瑞。

秦長瑞眉頭一皺。「可被旁的人瞧見了？」

趙燁磊搖頭。「沒有旁人。」

陶氏的眉心和臉色也是一沈，與秦長瑞對望一眼。趙燁磊這麼大個少年，若是被有心人瞧見，定然會懷疑，看來就算是李陳莊，他們也應該萬分小心。

陳悠聽到這件事，心中將張元禮罵了遍，這廝定然是趁他們在縣城中才來的，當真早就算計好的。

趙燁磊有些擔心地看了秦長瑞一眼。秦長瑞將張元禮帶來的書還給他，並給了他一個安慰的眼神，拍了怕他的肩膀。「這本書既是你先生給你的，當好好研習才是，不過這種事日後卻是不能再發生了。」

趙燁磊也知張元禮這次走險，如果被有心人盯上，可不是開玩笑的，到時候不但是他與張元禮，就連老陳頭家也要被牽累。

趙燁磊點了點頭。

陳悠帶著阿梅、阿杏將竹筐整理了，然後一家人隨便吃了些，陳悠便去準備明日縣集所需要用到的藥材。

縣集這日，一家人總是起得比在縣學擺攤還要早許多，所以傍晚日頭偏西，吃過晚飯，陶氏與陳悠就歇下了。

當稀星還掛在黑夜中，陶氏與陳悠便醒來了，兩個小包子許是昨日太累，還在酣睡中。現下，他們的藥膳在林遠縣也算是小有名氣，縣集上也不用次次讓阿梅、阿杏唱童謠招攬食客了。陶氏替她們掖了掖被子，作主讓阿梅、阿杏留在家中。

收拾妥當後，秦長瑞、陶氏和陳悠一起出門，踏上村中的羊腸小徑前往林遠縣，早早占了他們常常擺攤的地兒，陶氏與陳悠就忙活開來。如今六月，藥膳攤子也換了許多菜餚，以清心消暑的藥膳居多。這口碑打下來，生意自然也壞不了，又如往常縣集一樣，陳悠家的藥膳攤子前排起長隊。

正在這時，旁邊賣糖人兒的小攤販臉色一變，趕緊擠到陶氏面前。「大妹子，快些將攤子收斂些吧，那群殺千刀的來了，若是被他們瞧見妳這裡生意這麼好，還不知道要向妳要多少錢呢！」

陶氏一怔，不知道這擺攤的大娘說的是何意。這大娘吃了陳悠家藥膳攤子好些吃食，對她們母女倆印象很好，這才著意提醒。

陶氏將耳朵往那大娘身邊湊了湊，大娘對陶氏嘀嘀咕咕說了幾句。陶氏驚訝地瞪大眼。

「大娘，真有這事？」

「可不是，大妹子我能把虧給妳吃嗎？」那大娘見陶氏有些不信，急道。

正當陶氏收拾東西的時候，早市那頭就瞧見幾個身穿官差衣裳的人朝這邊過來了，其中有個官差還朝陶氏這攤子瞥了一眼。

陳悠也知眼前形勢不好，怕是這群人早就盯上她們，此時收拾也來不及了。陶氏手上仍然麻利地給食客們打包，這個時候，最好的辦法也只能是兵來將擋，水來土掩。

那幾個腰間別著大刀、一身官差衣服的大漢走到小攤位前頭一站，攤販必定會恭恭敬敬奉上銀錢，官差撇撇嘴，掂量了手中的銀錢一眼，若是滿意，就不會說什麼，若是不滿意，就一陣喝罵，輕則毀了小攤，重則把人打成重傷。

那前頭一個賣掃帚的小夥子不交錢，便被打得躺在地上站都站不起來。後頭的人聽聞這群官差收「保護費」這般凶殘，哪裡還敢有反抗的，紛紛低聲下氣將錢奉到這幾個官差面前。

直到近前，陳悠才分辨清楚走在後頭的官差是縣城裡有名的惡棍夏定波，暗覺得這次怕是要不好。

旁邊大娘給了幾文錢保護費後被那官差一把推開，幾個官差一圍到陳悠家的藥膳攤子前，食客們都嚇得遠遠地離開了。

其中一個高頭肥腦的官差朝陶氏的方向伸手，嘲諷道：「這規矩，嫂子應是知道吧！」

個月一次，瞧著妳們這攤子生意不錯，妳們可要掂量著給了！」

陶氏皺眉緊盯著眼前顯然來者不善的幾個官差，此時，秦長瑞也不在，只她們母女二人。陳悠站在陶氏身側，緊緊盯著夏定波，之前聽趙氏說過，夏定波在林遠縣衙裡當捕快頭子！

夏定波冷眼瞥了陶氏一眼。陶氏眉頭擰了擰，取了二十個大錢給那要錢的官差。高大的官差將錢在手中掂量了兩下，看向陶氏，不滿道：「大嫂子，這數目怕是不對吧！」

陳悠瞧著夏定波微微翹起的嘴角，更肯定這件事是他在作梗。

陶氏又怎會不知，她未再拿錢出來。「官差大爺，旁的攤子可是只給了幾文錢，我們給了二十文已算多的了！」

「大嫂子，怎麼，覺得我們不公平？我們可是大老遠瞧見妳這攤子生意好到不行，就想用這點錢打發我們？妳們這攤子還想不想開了？」說著，旁邊幾個人也跟著起鬨起來。

旁邊大娘瞧這幾個官差要發火，連忙過來勸道：「大妹子，聽我一句話，與這些人計較什麼，不過幾個錢罷了，保得平安才是要事！」

陶氏又何曾不知道這個道理，只是這群人根本不單純來要錢，哪裡是幾個錢就能堵住嘴的。但那大娘低聲勸，陶氏總不能不領情，也確實存了一分這些人只是圖個錢的幻想，她只好忍氣吞聲又取了二十文錢給官差。

高個子官差冷笑一聲。「大嫂子，妳瞧瞧我們幾個人，妳當我們是要飯的呢！」

一旁的大娘也皺眉，往日這群人遇到再好的生意，給他們二十個大錢喝喝酒也就得了，怎麼今日這般蠻橫？

陶氏就知會是這樣，這群人想要找她們麻煩，又怎會幾十文錢就會放過她們？就算她給一兩銀子，也是一樣的結果。

陳悠有些擔心地拽了拽陶氏的衣袖。陶氏伸手捏了捏陳悠的手，拍了拍安慰她。

「幾位官差大爺，我們只有這些，多的再沒有了。從一早來，我們這攤子也未開多久。」陶氏強硬道。

陶氏這般說，恰好合了夏定波的「口味」，他朝幾個官差使眼色。那官差立馬橫眉怒目。「大嫂子，看來妳是敬酒不吃吃罰酒！兄弟們，還愣著做什麼，給我砸！」

陶氏與陳悠都是手無縛雞之力的女子，哪裡能攔得住這幾個膀大腰圓的官差。不到片刻，她們的藥膳攤子已經被砸了個稀巴爛，鍋和蒸籠也被掀翻，藥膳灑了滿地都是。

這幾個官差在此作惡，旁邊的人也不敢上來阻攔，都忌憚地遠遠走開了。

陶氏護著陳悠躲到一邊，陳悠氣得咬牙切齒，這夏定波竟然指使手下將攤子砸了！

「你們在這兒的都瞧瞧，日後若是再不交錢，攤子誰也別想留！」那高個兒官差放狠話道。

陶氏護著陳悠，臉色有些蒼白，這樣的後果她早就料到了……

陳悠望著一地狼藉，心口一股挫敗勁湧上來，這攤子被砸成這樣，若是想接著做生意，什麼都要置辦新的了。陶氏默不作聲地瞧著眼前情景，那隔壁攤的大娘長嘆一聲，道了句「造孽啊」，又過來勸解陶氏幾句。

這攤上根本沒剩幾件能用的東西，陶氏與陳悠也沒什麼好收拾的，將幾個還算好的碗筷放進竹籃。

秦長瑞揹著半袋子糧食這時回來了，他腳步匆匆。在早市那頭，他就聽說今早有攤販被砸了，便有一種不好的預感，等見到眼前的雜亂景象時，秦長瑞險些氣瘋，他快步走到陶氏與陳悠面前。「孩子她娘、阿悠，妳們有沒有受傷？」

陶氏搖搖頭。「我們人沒事，只是這攤子日後怕是不能用了。」

秦長瑞臉色一沈。「將東西收拾收拾，我們回去吧！」

母女倆已經把東西收好，與秦長瑞一起離開早市。

大娘瞧著一家三口離開的背影直搖頭，這以後啊，得罪誰都不能得罪官府的人，瞧瞧這好好一個攤子說砸就砸了，這不是要逼死人嗎！

孫大姑娘在鋪子裡瞧見幾人幾乎是空手回來的，立即從鋪子裡迎出來，看到陶氏與陳悠臉色都不好，皺眉道：「嫂子，今日怎地這麼早就回了？」

陶氏將東西交給秦長瑞，她和陳悠準備與孫大姑娘說一會兒話。

陳悠盯著孫大姑娘道：「孫姊姊，不是我們想回去，是我們家的藥膳攤子被人砸了。」

「啥？攤子被砸了！難道是衙門那群人幹的？」孫大姑娘顯然之前就明白那群人的德

行。

見陳悠點頭，孫大姑娘捏了捏拳頭。「都毀了？還有東西能用嗎？」即便是置辦一個攤子，也是筆不小的開支啊，陳悠家的小攤這賺錢還沒有多久呢！

「也就只剩下幾雙碗筷，旁的都不能用了。」陶氏回道。

「這群人真是畜生！」

陶氏又將李阿婆早先託她們帶的繡樣交給孫大姑娘，孫大姑娘接過包袱，擔憂地瞧著陳悠與陶氏。「那以後妳們打算怎麼辦？這攤子還繼續開嗎？」

得罪了官府的人，想要繼續在早市開攤點，怕是不那麼容易了。

「以後的事我們也沒想好，回去我與當家的商量商量再打算。」陶氏道。

「成，嫂子，不管妳們日後如何，都來通知我一聲，若是有什麼我家能幫上忙的，儘管說出來。」孫大姑娘誠心說道。

陶氏點頭謝過，去尋了秦長瑞，一家三口一大早就回了村中。

陳悠家的小攤擺了這麼些日子，也算是小有名氣，今兒早市被砸，幾乎是一個早市的人都知道了，那又怎能瞞得過來縣集的蕭氏，她起先聽到這消息時，也是滿臉震驚，可隨後卻是樂呵呵地笑起來。這些日子，每回縣集眼看這老三家的藥膳生意是一回比一回好，她早就眼紅，現在聽說攤子被砸了，她反而覺得心中很痛快。

蕭氏一回去就將這事與曾氏說了，恰好從豬圈那邊出來的王氏也聽見了，王氏一愣，緊接著瞪了蕭氏一眼。「老三家攤子被砸成什麼樣了？」

「娘，這具體我也不知，我是聽早市上的人說的。」蕭氏為難道。

王氏冷哼了一聲，這才回屋。不過，聽了這個消息，王氏臉色一下子就垮下來，這近日怎麼諸事不順。秋月所託非人，三房賴以生存的小攤也被砸了，可是哪路神仙與他們老陳家犯沖？

等到陳悠幾人進了家門，兩個小包子高興地迎上來。「大姊、爹娘，你們今日怎地回來這麼早，是咱們的藥膳賣得快嗎？」

陳悠勉強朝阿梅、阿杏一笑，拉著兩個小傢伙進去西屋說話。

趙燁磊從東屋中出來，他瞧秦長瑞與陶氏的臉色不對，眉頭緊皺。「叔、嬸，可是發生什麼事了？」

等到晚上吃飯，一家人都明白他們家這藥膳攤子是開不了了。飯畢，大家都圍坐在桌前，一人都沒走。

陳悠想了想，她算過了，這些日子他們賺的這些錢，著實也不少，如果將這些錢全部拿出來，租上一個不大的門面還是不成問題的。

「爹、娘，既然藥膳攤子我們做不了，那我們何不乾脆開一家藥膳鋪子呢！」在官衙登記造冊的鋪子是受大魏律法保護，即便夏定波是捕快頭子，也一樣不能公然搶劫正經店鋪的銀錢，更別說砸店鋪了。

實際上，秦長瑞夫婦早就有開鋪子的念頭，可一來他們手頭銀錢攢得還不多，要是開間鋪子，恐怕手上資金就要拮据；二來開鋪子也不是一、兩日就能成的，不說置辦物什，就是想找一間合適又便宜的店面，也是需要時間的。但到了現在，他們若還要做這行生意，還真只能自家開鋪子了。

「阿悠，這件事讓爹娘好好想想。」這想法不是一蹴可幾的，若他們真要開鋪子，首先手頭攢的錢恐怕就有些不足。

陳悠也知道這事急不得，嘆了口氣。這時，趙燁磊忽地從自己袖口中掏出一張紙推到秦長瑞面前，陳悠定睛一看，竟然是一張十兩面額的銀票！

「叔，這錢是我逃出來時，我娘匆忙塞給我的，我受你們恩惠，也要知恩圖報，既然你們想要開藥膳鋪子，我便把這錢拿出來解燃眉之急。」

陳悠沒想到趙燁磊真的捨得將銀票拿出來，十兩銀子數目可是不小！她偷覷了眼趙燁磊，卻瞧不出他在想什麼。

秦長瑞與陶氏也很吃驚，陶氏推拒道：「阿磊，這是你娘留給你的，你還是用它做個念想，日後若是真的缺錢，叔、嬸再向你借。」

趙燁磊搖搖頭，看了桌上那張銀票一眼，然後目光落在陶氏身上。「嬸子，這只不過是一張銀票而已，早晚都是要花掉的，我既在你們家住下，也不能乾眼看著，有能幫上的地方自然也要盡一分力。」

秦長瑞朝陶氏點點頭，陶氏應了一聲。「也罷，那我便先收下阿磊的銀票，日後賺錢了，再將錢還給阿磊。」

趙燁磊見陶氏收了錢，提起的心才落下。其實，趙燁磊很敏感，他既然把錢拿出來了，就不希望陶氏拒絕，他是真有與他們做一家人的打算，這個家中的孩子就數他最年長，自然付出和考慮得更多。

一家人又商量了一會兒，時間已是不早，便都去歇下。

既然決定要開藥膳鋪子，首要之事便是在林遠縣尋個合適的鋪面。這事可不能草率，若買貴了，他們沒有這個成本；若便宜的地方又太偏僻，很難賺錢。

陳悠這日一大早做好幾樣藥膳點心，就與秦長瑞一起出門去縣城。孫記布莊這個時候已經開門做生意了，秦長瑞與陳悠進了門，孫老闆正在坐堂。

孫老闆笑著朝他抱了抱拳。「陳兄弟好，這麼早來可是為了何事？」

秦長瑞也不繞彎子，大方地回道：「不敢瞞著孫叔，這麼一大早來打擾，確實是有件事要孫叔幫幫忙。」

「來，陳兄弟，這邊請，我們坐下慢慢說。」孫老闆引著秦長瑞去布莊後頭的待客小間，又將裡頭的孫大姑娘喚出來，交代道：「阿穎，妳帶著阿悠在外頭看著店鋪，我與她爹有些事要進去商量。」

孫大姑娘自是笑著點頭。「我知曉了，爹，你就放心吧，一會兒我給你們送茶進去。」

孫老闆點點頭，摸了摸陳悠的頭，這才進去。

「孫姊姊，我給妳帶了些吃的來。」陳悠將裝著藥膳點心的小竹籃遞到孫大姑娘面前。

孫大姑娘拉她到一旁坐下，大清早的，鋪子也沒什麼客人，孫大姑娘笑道：「又是什麼新鮮的吃食？阿悠的手真是巧！」

「也不是啥好東西，昨日我收拾藥材的時候，恰好看到還剩些茯苓，就做了些茯苓餅來給孫姊姊嚐嚐。」

孫大姑娘拿起一個咬了一口，香軟甜糯，也不膩口，還帶著一股清新的味道。「阿悠，妳這裡頭放了些薄荷吧！」

陳悠「噗哧」一聲笑了出來，打趣道：「孫姊姊，妳越來越會吃了！」

「還不都是阿悠做得好。」孫大姑娘兩三下解決了兩塊小巧的茯苓餅，問道：「對了，妳爹今日來是有什麼事？」

「我們家想在林遠縣開家藥膳鋪子，只是我爹對林遠縣不熟悉，便想請孫老闆幫忙，看看能不能尋一處好些的門面。」

孫大姑娘聽到陳悠家竟然要在林遠縣開藥膳鋪子，也一樣是滿臉高興。「妳爹娘真決定了？」

陳悠點頭。

「那敢情好，若是真在縣城裡開鋪子，等賺了錢，你們一家都搬過來，也不用整日來回跑，得多累啊！」

陳悠當然也想這樣，可是他們眼下拮据，雖然趙燁磊贊助十兩銀子，可那畢竟是他的，若是能不動，自然不動為好。若是他要長期在他們家住下，聽他說縣學裡的王先生不希望他放棄仕途，依照陶氏與秦長瑞的性子，日後他肯定還是要讀書的。就算他不能上縣學，那一應筆墨紙硯，還有書本都是要花錢的，所以當下他們還是能省則省。

「孫姊姊，暫時我們是不會搬過來的，怕是家中的銀錢也只夠租個像樣點的鋪面，至於搬家估摸著是要等日後了。」

孫大姑娘也明白陳悠家的難處，她拍了拍陳悠的手背。「日子還不都是過出來的？等日後開了鋪子賺錢，遲早會有那一天的，那時候我定不會客氣，每日都去你們家鋪子蹭吃。」

這番一說，氣氛才輕鬆些，陳悠又與孫大姑娘聊了些閒話。秦長瑞過了不久也從裡間出來了。

「陳兄弟放心吧，這事你找我是找對人了，我在這林遠縣城生活了幾十年，最是熟悉，定會幫你將這件事辦妥。」孫老闆笑道。

「那就多謝孫叔了！」秦長瑞感激地給孫老闆行了一禮。

陳悠告別了孫大姑娘後，父女兩人離開孫記布莊。

孫大姑娘與孫老闆並排站在鋪子門口，盯著走遠的父女倆身影。

孫老闆嘖嘖了兩聲。「以前怎沒發現這陳家老三這麼不一般？」

「爹，怎麼說？」

孫老闆瞥了眼自家閨女。「言行舉止、說話風度，全然不像個農家漢子，倒像是哪個書香世家出來的。若不是妳我早知道他們的底細，怎麼說，我也不相信他是個連幾個大字都不識的。」

「爹，我可聽說阿悠的爹娘以前都頗混帳的，只是兩人受了重傷，後來就這樣了。」

「許是上天照應，阿穎，以後妳萬不可與這家交惡。」

孫大姑娘白了老爹一眼。「爹，你說什麼呢，我與阿悠關係好著呢，怎會交惡？」

孫老闆點點頭。「阿穎，妳在家中看著鋪子，我去問問我那幾個老朋友，可有合適的店面租賃。」

孫大姑娘應了一聲。

陳悠與秦長瑞回到家中，趙燁磊正在教阿梅、阿杏還有陳懷敏認字。

陳悠朝東屋瞥了一眼，秦長瑞的聲音就從身後傳來。「阿悠，明日沒事也跟著阿磊學字，可知道了？」

陳悠沒想到秦長瑞會這麼安排，她對趙燁磊還是有些排斥。「爹，我還有許多事……」

「一日學字也就半個時辰，不用花許多時間。」

陳悠不好反駁，悶悶地應了一聲。

其實，秦長瑞是打算親自教陳悠識字的，可自從決定開藥膳鋪子，便什麼都要準備，暫時沒有這麼多時間了。

秦長瑞連著好幾日早出晚歸，陳悠每日除了去唐仲家跟著他學習針灸和醫藥之術，就是去陪陪李阿婆，再回到家裡強迫自己與趙燁磊學習半個時辰的字。

實際上，陳悠都認得那些字，可若是要親手用毛筆寫，字跡便難以入目。

五、六日後，孫老闆與秦長瑞說那鋪面有消息了，等哪日同秦長瑞一起去看看那地方。

秦長瑞與陶氏商量著準備月中去一趟華州，那件事膈應在夫妻倆心中已經很長時間，若是不得個準信兒，兩人又怎會安心？陶氏也知攔不住他，便點頭讓秦長瑞去了，只是囑託他定要早些回來，莫要耽擱久了。

且說，秦長瑞幾日後從華州回來，甫一踏進家門，阿梅、阿杏就迎上來，秦長瑞從袋裡掏出一包糖酥遞給兩個小包子，才走進家門。

阿梅好奇地一個勁兒問著華州是什麼樣子，是不是像林遠縣城一樣，有沒有林遠縣城的早市熱鬧……

秦長瑞也不嫌棄兩個小傢伙煩，一一認真地向她們描述。待秦長瑞脫開了身，就尋了陶氏說話，陳悠朝他們的方向看了一眼。

陶氏也是著急得很，兩人走到院子一角，她急忙拽住丈夫衣袖，急切詢問。「永凌，征兒的消息可打探到了？」

秦長瑞難得嘴角微微地翹起弧度。「為夫不負所望，終是打聽到征兒的些許消息。」

陶氏雙眼一亮，捏著丈夫衣袖的雙手都在顫抖。「如何？」

秦長瑞見到妻子急切中又帶著些恐慌的眼神，嘆了口氣。「文欣，放心吧，征兒一切都平安。」

彷彿是吃了顆定心丸，陶氏大喘了口氣，好似解脫一般，喃喃道：「我便知道征兒福大命大，定會沒事的，果然，被我猜著了。」

秦長瑞捏了捏妻子的手。「有妳這娘惦記著，那小子哪裡敢有事。」

陶氏剛剛傷感的情緒被丈夫一句逗話給趕跑，她白了丈夫一眼，可隨即眉頭又擰了起來。「那你可打探到家中的消息？我們……」

秦長瑞當然明白妻子說的「我們」是什麼意思。他們重生在這對農家夫婦身上，按照當時的年限計算，這時，他們前世還未死亡，那他們如今變成別人，那都城中的秦長瑞與陶氏又在不在呢？

秦長瑞在華州打聽這件事的時候也同樣緊張不已，幸虧前世他們的家世夠顯赫，不然在華州也不會打探到「他們」在京都中的消息。

「這一世的我們早就去世了。」秦長瑞平靜道。

陶氏瞪大眼。「什麼？怎麼會？」

他們上一世明明就不是這個時候死的，怎會這一世的秦長瑞與陶文欣已經魂歸黃泉？

那……那這一世與上一世還會一樣嗎？

陶氏如今腦中雜亂無章，像是一團纏繞在一起的毛線球，她無助地看向丈夫。

秦長瑞長嘆了一聲，將陶氏擁在懷中。「文欣，一切冥冥之中自有定數，我相信老天讓我們重來一回，定不是為了這般要我們的。這世『秦長瑞』與『陶文欣』這般早就去了，那征兒便更需要我們去守護。」

秦長瑞一句話好似喚醒陶氏一般，陶氏從丈夫的懷中抬起頭來，與丈夫的眼神相對，然後堅定道：「對，正是因為這樣，我們更加不能放棄！」

陶氏平靜了一會兒才問道：「那有關惠民藥局的事情打探到了嗎？」

問到這個，秦長瑞皺起眉頭。「也不知怎的，這事兒上頭的口風很緊，我花了整整一日都未打探到頭緒，又擔心你們在家中等得著急，便匆匆回來了。」

「永凌，你覺得這像是誰的手筆？」

秦長瑞望著小院旁邊那片竹林，眼神深遠。「這事不像我們當初在朝堂的時候任何一個人的手筆，何況皇上志不在此，定不會想到這般惠民的方案，怕就怕對這個人我們一無所知。」

不知道的危險才是最可怕的，因為它既不能防範，還必須時時刻刻擔驚受怕，很是消耗一個人的精力。

「這件事瞞得這般緊，只怕後頭還有動作。」秦長瑞皺眉道。

「若是有機會，我們定要將這個人揪出來！」陶氏瞇眼，眸中閃過一道危險的光芒。

兩人說完話，秦長瑞回到屋中，從隨身的背簍中取出兩本書遞給趙燁磊。「難得去華州一趟，便去書局走一遭了，那老闆與我推薦這兩本書，我便將它們買回來給你。」

趙燁磊從秦長瑞手中接過書本，瞥了那書本上頭的名字，竟然是《民治綱要》和《大魏明治》，這兩本書可都是他早就想看的，前一本《民治綱要》是前朝大儒的遺筆，而《大魏明治》是當朝翰林院的最新編纂。

趙燁磊激動地捧著書本，謝過了秦長瑞。

秦長瑞笑了笑，又遞給趙燁磊一本《三字經》，道：「阿磊，以後教阿悠還有幾個小的識字，便交給你了。」

陳悠撇撇嘴，那三字經她也會，不過就是字不會寫而已。

趙燁磊鄭重地答應下來，還與秦長瑞保證幾月後定會有成效。

秦長瑞瞥了陳悠一眼。「阿悠，妳不是喜歡學醫嗎？以後可是要看醫書的，不認字、不會寫那可不行。」

秦長瑞說到這裡，陳悠才洩氣地應了一聲。想到那日林遠縣城外張貼的告示，陳悠渾身一個冷戰，是再也不敢抗拒秦長瑞要她識字寫字的念頭了。

另外，秦長瑞還買了些文房四寶，並替趙燁磊買了上好的宣紙。陳悠邊瞧著秦長瑞從背簍中拿東西，邊心疼著錢。

如今這天氣一日日熱起來，一家大小身上的衣裳都要換，尤其是趙燁磊只有一身衣裳，之前是拿秦長瑞的舊衣來換洗。趙燁磊畢竟才十六歲，又瘦弱，遠沒有秦長瑞高大，秦長瑞的衣裳穿在他身上都可當戲服。陶氏替他改的一身也只是春衫，現在天熱了，也快不能穿了，所以秦長瑞又在華州購了些布疋回來。

明日要早起去林遠縣看鋪面，晚上一家人用了飯，聽秦長瑞說了些華州的有趣見聞，便都歇息去了。

陳悠躺在床上，憶及今日帶著兩個小包子整理藥材，心裡就有些發虛。這日後要開藥膳鋪子，需要的藥材定然更多，可之前在李陳莊後山頭採的草藥，還有時不時從藥田空間中摘取的藥材已經所剩無幾了。

這個季節，所需藥材大部分已過了採摘的時令，想從林遠縣弄到些藥材還真不簡單。百藥堂是不用想的，旁的地方更是沒有。如果專為了這些藥材去華州定不划算，這來回的路費就要幾百個大錢，還要食宿。況且他們藥膳鋪子的消費者是廣大的平民百姓，高級藥材幾乎不需要，且也不像藥鋪那般需求許多，還當真是難辦。

陳悠有些後悔，早知道這樣，在春季的時候就在後山多採些藥草囤著了。可這個時候想這些也沒用了，她嘆了口氣，若是真沒法子弄到草藥，便去問問唐仲有沒有辦法吧！

睡到半夜，陳悠就醒了，許是心中擱了事，睡得不好，一時也睡不著，便默唸靈語進了藥田空間。

陳悠這些日子只偶爾進一下空間，整理藥田空間中的草藥，順便去看空間小院裡的《藥膳指南》。陳悠查探了一番之前種下的藥田，統計了一遍，嘆口氣，這些廣譜藥材適合做藥膳的並不多。

小心地給這些藥材鬆了土，陳悠便進了空間中的小院，準備看一會兒書。剛進入房間，那隱藏在白色霧氣中的書架上突然顯出一行微光組成的字，陳悠吃驚地盯著那行忽然出現的字，眼睛越睜越大。

「倘若空間升級到凡級五品，您將獲得五塊初級自生藥田，隨意支配，盡在掌握！」

陳悠揉了揉眼睛，簡直有些不敢相信眼前所見的。這叫什麼？真可謂是瞌睡來了給你遞枕頭，她方才還為藥膳所需的藥材煩惱，藥田空間中就出現這樣的提示。

自生藥田，意思便是你想要這藥田中長什麼藥材它便長什麼藥材，還可隨意支配，陳悠覺得她整個人都要沸騰了。

嚥了口口水，陳悠想著，若是她得了這自生藥田，以後想要什麼藥材不就是想想的事？這簡直就是個太牛逼的外掛。

陳悠一時被這消息帶來的興奮沖昏了頭腦，等那字消失，才慢慢地平靜下來。她便覺得這件事有些不妥，一種毛骨悚然的感覺從背後升起。

她剛剛在擔心藥材缺乏的事，等進了藥田空間便瞧見這句話……而且，她已經多日未想到讓藥田空間升級這回事了。越是朝這方面想，陳悠越覺得不對勁，藥田空間好似故意依著她的生活走向給她升級提示，那想法又浮上心頭：藥田空間在干預她的生活！

這般想著，陳悠便覺得有些害怕，再也不想在藥田空間中待下去，速速出了藥田空間。

但躺在床上，陳悠更睡不著了，藥田空間第五次升級的誘惑實在太大，她既不想讓自己順著這種奇怪的猜想走，又捨不得這獎勵，簡直讓人糾結。

第二十六章

直到天矇矇亮，陳悠才睡了一會兒，陶氏喚她的時候，兩個小包子都起來了。

陳悠揉著眼睛，問道：「娘，爹走了沒？」

陶氏端著碗一笑。「還沒呢，這不是等著和妳一起去。」

陳悠急急穿衣洗漱，陶氏瞧見了，笑罵了一聲。「莫急，妳爹等著妳呢！」

想快些去瞧店鋪，陳悠朝食都沒吃，就準備與秦長瑞一起出門。秦長瑞瞧了，搖搖頭，取了乾荷葉替她包了一塊煎餅帶著路上吃。

父女兩人到了林遠縣，直接進了孫記布莊。

孫大姑娘見是他們父女，忙迎出來。「陳家三叔和阿悠可總算來了，我爹早先幾日就尋到幾處不錯的地兒，就等著你們來相看了。」

「有勞孫叔了。」秦長瑞謝道。

「陳家三叔客氣了，這有啥可謝的，你們在這裡坐一會兒，我去後院找我爹來。」

孫大姑娘快步去後院，不一會兒，孫老闆就從裡間走出來。他拍了兩下秦長瑞的肩，笑道：「陳家兄弟，我等你好幾日了，走，咱們這就去吧。」

秦長瑞自然同意，這鋪子是越早開起來越好。

「若不是我還要看鋪子，我也定要跟著你們去。」孫大姑娘懊悔道。

陳悠朝孫大姑娘眨眨眼。

於是，孫老闆就帶著父女倆去要轉手的那幾家鋪面，一共有三家：第一家在林遠縣正中的十字路口，位置好，周圍都是客棧茶館，可價格也不便宜，一個月光是租金就要五兩銀子。第二家在東市的入口，這邊大多是民居，旁邊只有幾家小食鋪面，平常就是附近的百姓，等到逢集的時候才會熱鬧些。拐個彎就是柳樹胡同，那邊多是賃出去的院子，若是陳悠一家以後想在林遠縣安頓下來，這柳樹胡同也是個不錯的選擇。這最後一家卻是要差些了，不過離縣學不遠，打縣學大門出來，過了街道，就是這間鋪子。

只不過也就是個一進的小院加上門面，若真用起來，後頭小院也只能當廚房和倉庫，晚上要住人就麻煩了。這鋪面勝在便宜，一個月只要一兩租金，如果會砍價的，只怕是連一兩都不到。

陳悠朝秦長瑞看了一眼，秦長瑞也正朝自家閨女看過來。

孫老闆在一邊解釋道：「這幾家店鋪都是我那老朋友推薦的，定不會讓你們吃虧的。」

秦長瑞朝孫老闆一禮。「孫叔，可否讓我們先商量兩日再來回覆。」

「那是自然，這開店做生意可是大事，是要好好想想，與大妹子也說說。」

秦長瑞與陳悠走在路上，他瞧了女兒一眼，問道：「阿悠，妳覺得我們選哪個鋪子好？」

陳悠一路上也在想這事呢。「爹，縣中那鋪子雖是地方好，可租金太貴了，我們只是開間藥膳鋪子，要那麼好的門面沒用。我倒是喜歡縣學對面那鋪子，小是小了些，可咱們以前的藥膳攤子就在那處擺的，若是再回了那兒，生意也不會差到哪兒去，到時鋪子內的布置再弄得文雅些，不怕沒人上門。」

秦長瑞點頭，這三處鋪子他也最中意縣學對面那家，且不說縣學裡都是過了童生試的菁英學子，就算是先生，也多是有才德的，縣學也就是官學，日後若想打探什麼上層消息也容易。

陳悠可沒像秦長瑞想得這麼深，她只是客觀分析而已。等回到家中，秦長瑞將今天瞧的幾間鋪子說了，陶氏聽了後，卻覺得東市那間比較好，而兩個小傢伙喜歡縣中的那家，陳懷敏跟著湊熱鬧也說了縣中，只趙燁磊一人沈默地坐在一旁不說話。

秦長瑞溫和地喚了他一聲，趙燁磊才抬起頭來。「阿磊，你覺得應選哪處？」

「啊？我也要說嗎？」趙燁磊有些激動又有些茫然。

「阿磊，你現在也是我們家的一分子，你看，連懷敏都說了，你當然也要發表你的看法。」陶氏溫柔說道。

只是簡單的幾句話，卻讓趙燁磊的心房一陣柔軟。原本他當陳悠家只是一個暫時的避難所，而且他本就有些自卑，陳悠一家人相處又是這般和諧，他總覺得自己是被隔離在外的人，這家人對自己再怎麼好，他也總是個外人，可現在秦長瑞夫婦竟然讓他參與到家庭決策中，讓他有種自己已是這個家庭真正一分子的感覺。

趙燁磊有些靦覥地咳嗽了一聲。「叔、嬸，我覺得縣學對面那家鋪面要好些。」

秦長瑞盯著趙燁磊瞧，眉心微不可察地一皺，隨即恢復常色道：「看來，可要定下縣學對面那家了，我與阿悠也中意這家。」

陶氏嗔了他一眼。「原是你們父女誆騙我們呢，其實早就決定好了，回來還要問我們的意見，當真是可惡！」

「娘，妳還計較這個！」陳悠噗哧地笑出了聲。

「得，這鋪子就交給妳與妳爹忙活吧，我這去做針線了，馬上天就熱了，你們幾個還沒有夏裳呢！」陶氏說完，真去旁邊拿針線簸箕了。

阿梅見了也跟去。「娘，我與阿杏幫妳的忙。」

陳悠搗嘴笑，陶氏回頭正見到她笑，輕拍了下陳悠的額頭。「妳還是做姊姊的呢，阿梅、阿杏都會繡荷包了，妳這衣裳都縫補得不周正。」

陳悠被陶氏一噎，連忙坐直，一本正經地裝死，讓她去學繡活，還不如讓她給人瞧病實在。

陶氏明白她這性子，也就停了嘴，不再說她。

晚間，秦長瑞與陶氏在外頭院子井邊打水，秦長瑞將一桶水拎上來，倒入木盆，皺眉對妻子道：「文欣，我總覺得趙燁磊與前世差別太大，前世他可不是這般靦覥的。」

說起趙燁磊，陶氏一想，也確實是這樣，前世的趙燁磊膽大心細，且陰狠毒辣，那手段有時狠辣得連秦長瑞都不忍直視。可是瞧如今的趙燁磊，除了胸中有些文墨，還記著家仇外，瞧著與平常的十五、六歲少年並無二致，若依照著這個勢頭發展下去，他也只不過碌碌無為而已。即便是日後中舉，成為進士，也頂多做個芝麻官。

其實，自從秦長瑞將趙燁磊救下，他的命運就已經改寫，哪裡還會順著上一世的軌跡發展，要他成為像上一世一樣心狠手辣之人，起碼在陳悠家這種環境下是不大可能了。

趙燁磊不知道，他已經背離反叛BOSS的道路越來越遠了。

「永凌，你這般一提醒，我也有這種感覺。不過，我們並不知他前世經歷過什麼，至於現在更是無從得知了，那又該怎麼辦？」

秦長瑞皺緊眉頭，他當初急著救下趙燁磊，這些細節都未考慮過，現在卻覺得有些失算。「此事讓我好好想一段日子，眼下還有鋪子的事，一時也沒心思來管這些，在我想到對策前，便任由他這般吧。」

陶氏點頭。「也只能先這樣了。」

陶氏雖然這麼應著丈夫，可若是平心而論，要對趙燁磊做什麼狠事來，她一樣下不了手，趙燁磊在他們家這些日子，陶氏也早將他當作真正的家人看待。

一家人決定鋪面後，自然儘快去通知孫老闆。

在孫老闆與他老友的見證下，秦長瑞與鋪面原主立了契書，各自畫了押。因這鋪面有些偏僻，鋪子的原主自動給他們每月降一百文錢，鋪子的租金每月是九百文。秦長瑞拿了契書就痛快付了三個月的租金，那原主直誇他大方。因為這鋪面原是做朝食的，原主的婆娘生了病，也開不下去了，這鋪子裡的一應工具物什也沒用了，原主便作主將這些零碎東西都贈與了秦長瑞。

秦長瑞本是打算作東請孫老闆與他老友去酒樓吃一頓，可孫老闆體諒他，直說這頓免了，等哪日他們家藥膳鋪子開張了，他們再來免費吃上一頓。秦長瑞與陳悠自然感激謝過。

鋪子定下了，這該準備的便都要準備起來。一時，縣學對面的這家小鋪面進進出出，倒還惹得一些學子前來追問。

一瞧見陳悠，那些學子驚喜道：「阿悠，這鋪子是妳家開的？怪不得這些時日沒見妳與妳娘來擺攤，原來是要開鋪子了。」

這與她說話的是常來藥膳攤子的青年學子，一身縣學規制的藍布長衫，頭上紮了同款的綬帶，人高馬大，說話也格外親切，陳悠對他印象深刻。

「子楠哥哥，我與娘擺攤也是逼不得已，攤子小，每逢下雨、颳大風都有影響，不是長久的事，便存了錢，開了鋪子，以後不管是什麼樣的天氣，縣學裡的哥哥們都能吃到我們家的藥膳了。」

「阿悠說得有理，有段日子沒吃你們家的藥膳，可出新的了？特別是那詩詞可有新的？」

「那自然是有的，只要有新藥膳，就有與藥膳相配的詩詞，到時候開張，子楠哥哥就準備好來瞧吧！」陳悠答得歡快。

那叫子楠的學子搖了搖手中的摺扇，滿臉期待。「阿悠，妳可知曉，就連王先生也說你們家這藥膳攤子寫的詩詞好呢！縣學裡還有專人將你們家藥膳攤子上，每一道藥膳和藥膳所配的詩詞整理出來，這手抄本在縣學裡，許多學子都人手一分的。」

陳悠沒想到藥膳詩詞這般受歡迎，她偷偷瞟了正在店鋪內忙活的秦長瑞一眼，抽了抽嘴角。

「那哪日子楠哥哥的手抄本也借給我看看。」

「哦？阿悠也識字？」子楠驚奇地瞧著陳悠，眼前的少女雖穿得樸素，可是一張小臉清雅美麗，黑亮的瞳仁，秋水明眸，這般仔細瞧，竟真的不似一個普通的農家少女。

「子楠哥哥別笑話我，我剛剛學，認不得許多。」

子楠笑起來。「行，好說，過幾日我將手抄本拿來，順便送阿悠一本《百家姓》，初學識字，這本最適合，當初子楠哥哥剛剛進學時，在學堂也是首先唸這本。」

陳悠只能尷尬謝過。

「對了，阿悠，其實我與同窗們一直有一事不明，這些藥膳詩詞我們翻遍古籍，都未發現相似的，便一定是某人首創，那寫這些藥膳詩詞的到底是誰，連王先生也想見他一面呢！」

陳悠一聽，這可不好，這些詩詞她知是自家爹爹所寫，可原主陳永新畢竟是個白丁，要是讓別人相信一個白丁會識字還成，若是讓人知道原本的白丁不但識字還會寫詩作詞，怕是別人都會以為他是妖孽了。

陳悠朝子楠甜甜一笑。「子楠哥哥，那寫詩詞的人不讓我們透露身分，他將這些詩詞免費贈予我們家的藥膳鋪子，是阿悠要感激的人，阿悠不能恩將仇報，還將他的身分洩漏，子楠哥哥，恕阿悠不能告訴你們了。」陳悠無法，只能編了這個拙劣的理由。

子楠卻朝陳悠點點頭。「阿悠有君子風範，以後我們也不再問阿悠這個問題了，你們家藥膳鋪子什麼時候開張？」

陳悠暗暗吁了口氣。「日子還沒定下，不過應是快了，到時我與爹會把開張的日子掛在門口，子楠哥哥你們從這裡路過就能瞧見。」

兩人又隨意說了幾句，子楠才與他的同窗離開。

陳悠回到鋪內，擰眉瞧了秦長瑞一眼，心中打算著，以後要給藥膳配詩詞得更小心。

一家人有目標，也都有了幹勁，陳悠去唐仲那兒告了假，專心幫秦長瑞與陶氏準備開藥膳鋪子的事。因這客源主要是縣學內的學子，所以鋪子一應都要布置得文雅些。

鋪面不大，裡頭大概只夠擺上三、四張桌子，後面的小院有一棵老榕樹，陳悠想著可以在榕樹下擺放一張木桌，再放上幾張木凳，若非下雨的天氣，在這小院中與好友坐下，吃片刻的藥膳是不錯的享受。等時機合適了，還可以在小院中種下一片紫藤，紫藤花開，暗香徐徐，那才是一院好景。

這幾日一家人將鋪子大致收拾了遍，在後頭院子的一間屋中搭了一張小床，陶氏與陳悠每晚回去，秦長瑞就暫住在這裡看著鋪面。

陳悠回去也沒歇著，想了一宿的藥膳單子。現在開藥膳鋪子可與藥膳攤子不同，藥膳攤子只擺一個早上，賣的是當朝食吃的藥粥和包子花卷之類，而藥膳鋪子卻是全天營業，這中午是要做幾個像樣的藥膳大菜，否則，讓別人進你這藥膳鋪子只吃幾個藥膳包子嗎？顯然不現實。

陳悠想得差不多了，便去尋趙燁磊，她那字實在拿不出手，現在也只能請趙燁磊代勞了。

陳悠進東屋時，趙燁磊正端坐在桌前看著那本《民治綱要》。

趙燁磊聽到腳步聲，轉頭，見是陳悠，合上書本，有些尷尬地咳嗽一聲。「阿悠尋我何事？」

陳悠雖不大願意與趙燁磊說話，可是這時有事求他，也沒法子。「阿磊哥哥，幫我寫些藥膳方子。」

趙燁磊往旁邊讓了讓，空出了地方，朝陳悠招手。

陳悠坐過去，瞧著他書桌前擺放著筆墨紙硯，那薄薄一張宣紙正反兩面都密密麻麻寫了字，有的還重疊在上頭，顯然是極節省紙張的。

其實陳悠只是因見他的第一面反感而已，後來他在他們家住下，時間長了，陳悠也漸漸覺得這個病弱少年只不過是有些自卑和寄人籬下的悽惶而已。

由於平日裡她一直對他有些不冷不熱，突然的殷勤，又覺得很是奇怪。陳悠彆扭道：「我在唐仲叔那整理了些藥膳方子，準備開藥膳鋪子的時候用。」

「阿悠，妳來說，我來寫？」

陳悠點點頭，兩人這一說一寫便是一個多時辰，即便是趙燁磊也不得不佩服陳悠口述的這些藥膳方子，從而對她刮目相看。在沒接觸藥膳之前，趙燁磊怎麼也不會想到小小藥膳，也會有因症用膳、因時而異、因人用膳、因地而異這些區別，而陳悠所述藥膳大多都是養身保健作用，若是治療疾病，就要辨症施膳，「藥以祛之，食以隨之」了。這其中可是大有講究，並非三言兩語能夠說清，趙燁磊方才一時好奇，陳悠便洋洋灑灑說了小半刻鐘，那也只是皮毛和大概罷了。

趙燁磊微停下手中的毛筆，撇頭瞧了一眼托著下巴、微皺淡眉想著藥膳方子的少女。忽然明白，這世間萬事都分通與不通，不管做哪一行，不精通便只能碌碌無為，如陳悠一個十歲出頭的少女便能將藥膳學到這個地步，那他這個還背負著一家性命的男子漢又怎能這樣渾渾噩噩下去，真要甘心隱沒嗎？

趙燁磊抓著毛筆的右手不自覺地捏緊，蘸滿墨汁的毛筆在宣紙上浸了一個大大的黑點，眼底也有一抹堅定的光劃過。

陳悠說著說著，趙燁磊卻停下了筆，陳悠回頭看他，輕喚了兩聲仍是沒有回神，直到她氣憤地推了他一下，趙燁磊才驚醒。

他連忙道聲抱歉。「阿悠繼續說。」

陳悠無語地翻了個白眼。「把這個方子記下來後，今兒就先弄這些吧，晚上我一一做一遍，我們家人先嚐嚐。」

收拾記錄的紙張，不經意竟然有十張之多，且正反兩面都寫滿了。陳悠瞧了也有些汗顏，晚間便先選幾樣做好了，這麼多，一時是做不全了。

陳悠去西屋做飯，趙燁磊主動說要幫著燒火，陳悠也沒攔著，有時與趙燁磊太客氣，反而會讓他心情鬱卒。

等陳悠將藥膳大菜做好，秦長瑞與陶氏才匆匆從林遠縣趕回來。阿梅和阿杏將菜端上桌，秦長瑞夫妻倆洗過手臉便能用飯。

在開動前，陳悠給他們介紹這幾道藥膳。除了一道辣味有些重，夫妻倆有些接受不了之外，旁的都受到好評。看來這大魏朝的人都不大喜食辣味的菜餚，陳悠便把這道藥膳給刪去。

用罷飯，兩個小包子搶著洗碗，陳悠也就偷了個閒，與秦長瑞商量著新藥膳，也提到那日在鋪子裡有學子問到藥膳詩詞這件事。

「爹，這藥膳詩詞還寫嗎？」陳悠有些擔憂地詢問。

秦長瑞想了想，其實給藥膳配上詩詞本就是個噱頭，他們賣的是藥膳不是詩詞，可是他們家賣的藥膳會配上詩詞已經成了縣學學子津津樂道的事，如果立馬停下，怕是對他們開藥膳鋪子不利。

「先寫著吧，這段日子，阿悠妳將新的藥膳都列給我。」秦長瑞道。

陳悠點頭，也明白秦長瑞的顧慮，也是，凡事總有個循序漸進的過程。他們家藥膳鋪子還未開，以後等到真的打出名聲來，便慢慢將這項給去除吧。即便不能去除，有了餘錢也能請別人代筆，抑或是辦個藥膳詩詞大賽也行。

「爹，我們不若將鋪子裡要賣的藥膳全部羅列下來，裝訂成冊，一桌上放置一本，那樣進鋪子的人也不用每每都要向我們打聽，豈不是互相都省事？」陳悠提議道。

陳悠真是想做菜單想許久了，當初擺藥膳攤子的時候，特別是剛擺攤那會兒，來詢問的食客眾多，她每每都要與不同的人說一遍這藥膳的作用和好處，當真是說得她口乾舌燥。

現在開藥膳鋪子，他們的客源多半是縣學學子，不同於早市上多半不識字的百姓，若是能做菜單，他們自己看著，也更方便。到時，可以將每道藥膳都羅列在上面，寫清每樣藥膳的好處、功效，再配上詩詞點綴，在旁繪製一些簡筆畫，也可說是附庸文雅了。

秦長瑞與陶氏上輩子可都是生活在上層階級的，眼光自然不一般，陳悠剛將這主意說出來，他便雙眼一亮。「阿悠這法子可行，我明日便去採買相應的物什。」

一家人集思廣益，忙了小半月後，終是將藥膳鋪子的事告一段落。

這晚，秦長瑞匆匆回來，便對陳悠招手。「阿悠，快過來瞧！」

趙燁磊與陳悠正在堂屋燈下練字，聞言紛紛過去，秦長瑞放下肩上揹的藍布包裹，從裡頭拿出一本封面檀木色的菜單來，陳悠接過來瞧了滿臉喜色，這菜單簡直比她想做的精緻許多。

上書「百味館」，這藥膳鋪子的名字是秦長瑞與陶氏定下的，封面左右是一幅短聯：「藥膳百味，人間千情」。翻開後，差不多二十多頁，一頁寫著一種藥膳，旁邊配了詩詞與功效，還配上一幅簡約小畫，陳悠瞧得都有些愛不釋手了。

趙燁磊也在一旁感嘆。「叔，我還從未見過如此精緻的菜單，簡直比珍藏版的書籍還要好看。」

秦長瑞也對這菜單頗為滿意，又讓陶氏瞧了，陶氏也沒想到做出來的效果這樣好。

這小半月的忙碌下來，終於讓一家人瞧見前路的些許光明，開張的日子定在六月二十八這日。

轉眼只剩兩日時間，晚間睡前，秦長瑞夫婦在外頭小院打水洗漱，陶氏想了想，問丈夫。「永凌，你說我們這藥膳鋪子開張前，可否要請前院來家中吃一頓？」

雖然老陳頭放了那樣的狠話，可在外人眼裡，他們還是一家人，他們三房都要開藥膳鋪子了，總不能不與前頭院子說一聲，這要讓外頭人聽了，恐怕也要說些閒話。到時候，老陳頭和王氏在外面沒臉，總歸還是要怪到他們身上。

秦長瑞皺皺眉，擰了一把毛巾，擦了臉。「請吧，明兒各家我都去一遍。」

「成，你去請人，我與阿悠在家中準備吃食。」夫妻倆達成共識後，就都去歇下了。

當晚，陶氏便將要請前院來吃飯這件事告訴陳悠，陳悠與陶氏還有已睡著的阿梅、阿杏並排躺在臺子床上。

「娘，妳說嬸嬸他們會不會來？」

陶氏替陳悠蓋好薄被。「估摸著妳嬸嬸他們應是不會來吧，妳大伯家許是會來，不管怎樣，他們來也好，不來也罷，咱們人情做到了，日後也讓人沒閒話說。」

陳悠點頭，這些她確實是沒考慮到的，又與陶氏說了幾句明日做哪幾道菜，母女倆這才睡下。

翌日一早，陳悠與陶氏都早早起床準備吃的。秦長瑞則是天未亮，先將趙燁磊送去縣城鋪子裡，再回來去前院請老陳頭夫婦和大房、二房。果然如陶氏所料，老陳頭夫婦並未來，陳永賀也藉口沒來，只有陳永春一家老小都來捧場。

曾氏帶著兒女媳婦去陳悠家時，蕭氏站在廚房門口使勁地瞪眼，曾氏也未理她，將她氣得立時轉回了屋。

這時正處在育秧苗的農忙時節，陳永春也沒時間關注三房最近都在做什麼，乍一聽陳悠家要開藥膳鋪子了，都是驚得瞪大眼睛。

曾氏拉著陶氏的手。「這啥時候決定的事，怎麼一點風聲也沒有？」

陶氏笑著道：「大嫂，後日就開張了，你們前院農忙，我也不好意思去打攪你們。」

實際上，老陳頭這幾日一直在家中抱怨，說秦長瑞夫婦家中沒田地，也不知農忙的時候來前院搭把手，整日在家好吃懶做，總有一日要喝西北風。

所以秦長瑞去請老陳頭夫婦時，老陳頭總覺得他這是在吹牛，一個鋪子哪是想開就開的，還這般不聲不響地準備好了，他才不會相信，定是打著這個幌子，將他們兩個老傢伙請過去，就是開口要錢。老陳頭才毫不猶豫地拒絕了，他哪裡想到三房是真的要開鋪子，並非空話。

「這般快？鋪子什麼的都定好了？」曾氏問。

「早先便定下了，就在縣學對面，如今一應都準備好了，就等著開張。」陶氏笑著解釋。

曾氏聽了眉頭微皺，縣學那兒有些偏僻，怕不是個好地方啊！可她又不好意思直說，讓三房的人不痛快，總歸開鋪子是好事，總比在家中什麼事都不做的好。

「三弟妹後日可需要幫手？」

陶氏瞧了眼秦長瑞還有才十一歲的陳悠，也預料不到開張那日到底人有多少，但總歸只有他們夫妻倆還有陳悠一個半大孩子是有些少了。曾氏一提起來，陶氏才想起真得請人幫忙才行。

這時坐在另一邊的白氏輕推丈夫一把，陳奇也不是呆笨的，立馬笑道：「三嬸，若不嫌棄我們夫妻手笨，開張那日我們便去幫忙。」

「只是你們家農忙，要是耽擱田裡的事……」陶氏有些猶豫。

「只一日能耽擱啥？三嬸妳便放心吧！況且還有爹娘呢！」白氏道。

陳悠也中意陳奇夫婦，白氏人聰明又善解人意，要是開張有她幫忙再好不過了。

陳娥坐在對面一直不停地吃著飯桌上的菜，在自家可是難得吃這麼好的菜，而且味道還是這般好。她身邊的陳珠雖然也饞，可還沒有她姊姊這般誇張，畢竟顧慮著是別人家，還是有些靦覥。

陳娥吃著吃著便聽到大哥大嫂要去陳悠家幫忙，臉色就難看起來，她憤憤不平地瞪了陳悠一眼，滿臉不甘心，又不悅地瞪了眼白氏，心中怨恨道：都是這個大嫂，別以為她沒見著，就是她慫恿大哥，大哥才說出這話來的。

自從她無意推倒白氏，導致白氏流產，陳奇便有些反感這個妹子，也不像平日一樣寵愛這個大妹了。有時兄妹兩人見面，陳奇也不與她說上一句話。

實在是白氏當時艱險萬分，如果不是陳悠，白氏此時早已魂歸黃泉了。陳奇也因這件事嚇得不輕，不然他也不會對親妹子這般不冷不熱的，可陳娥都將緣由歸因於陳悠身上，連帶著也極度討厭起白氏來；白氏每日關心她，她當嫂子是假惺惺，白氏替她做衣裳、帕子，她背地裡拿著衣裳罵她，即便穿著身上的舊衣，也不願意換上，曾氏還為此與她吵了好幾回。

陳娥瞪白氏時，白氏恰好朝她的方向看過來，對著陳娥笑了笑。陳娥哼了一聲撇開臉，她這反應恰好被陳奇瞧見，臉色頓時就不好起來。陳奇在桌下拉了拉妻子的手，無聲安慰著。

陳悠在旁邊將這一切都瞧在眼裡。陳娥這樣下去，到最後只會招得所有人的不喜。

因田裡還有事，大房在陳悠家中也只是匆匆吃頓飯而已，吃完就要扛著農具下田幹活去了。

稍後，陳悠帶著兩個小包子又送了些吃食給李阿婆和唐仲，告知他們藥膳鋪子開張的消息。李阿婆接過陳悠送來的東西，直懊悔不能去幫忙，因老李頭還躺在床上，吃喝拉撒都要李阿婆一手照料，她還真一步都走不開，即便是走開片刻，李阿婆也要擔心家中老李頭怎樣了。

陳悠安慰了李阿婆兩句，才與阿梅、阿杏一起離開。走到半路，後頭卻突然閃出一個人影。

只見一個年輕小夥子，一身短褲短褂，正是張大爺家的夥計陳泉。陳泉跟了一路，方才他在陳悠家附近轉了許久，並沒瞧見趙燁磊。可前段日子他分明瞧見趙燁磊在老陳頭老三家裡，這老東家讓他來盯著，如今卻沒找著人。陳泉急得抓耳撓腮，見陳悠走遠了，立即跟上去。

陳悠去了唐仲家，唐仲說等開張那日定會去捧場，陳悠又詢問了些唐仲開藥鋪的事，唐仲只說近日正在研製麻沸散的方子，藥鋪等這陣子忙過了再打算。

開張前一日，秦長瑞去了顏莊老吳家。

趙氏一聽說大女兒家要開鋪子了，欣喜非常，竟要丟下家中的事，說要去幫忙，老吳頭爭不過她，也就讓她去了，是以當天趙氏就跟著秦長瑞來到家中。

趙氏瞧著這大女兒家越過越像個樣子，陳懷敏也不像當初那般的病氣，是打心眼裡高興，當晚就拉著陶氏聊了半夜，若不是第二日一早還要去林遠縣開張，趙氏恨不能與女兒談一夜的心。

六月二十八，宜納彩、掛匾、開市。陳悠一家、前院的大堂兄夫妻，還有趙氏，都早早出發去了林遠縣。而趙燁磊也趁著這個時候回了李陳莊。

陳悠家的藥膳鋪子「百味館」已裝修好了，訂做的匾額如今正在大堂中放著，秦長瑞開了鋪子的門，白氏和趙氏瞧見裡頭的樣子都是一陣驚豔。

藥膳鋪子不大，卻樣樣俱全，這一進門就是櫃檯，櫃檯後頭是個偌大的博古架，架上放的不是古玩玉器，而是各種養在花盆中具有觀賞性的草藥。大堂中只放置四張木桌，牆壁兩側掛著工筆花鳥，後廚與前堂的門上掛著一個隔簾。

進門右側有一細條長桌，上頭放置著數本精緻冊子，長桌旁邊還擺放一套筆墨紙硯，上方是一個空的裱框，裱框中只有八個龍飛鳳舞的簡單大字：「集思廣益，博採眾長」。

這些是給來吃藥膳的學子留字用的，若是覺得哪道藥膳好，抑或是覺得那藥膳旁配的詩詞不合適，可以自己下手，在細條長桌旁留下自己的墨寶和署名，每旬選出寫得最好的一位，這句可在百味館免費用餐。

陳悠帶著她們來到後院，後院最後還是放了兩張桌子，地兒有些小，只是與前院隔開，倒也安寧靜謐。旁邊錯落放置著幾盆花草，此時紅花綠葉，沾了露水，清透非常。

「我的老天爺，阿悠，這鋪子真是做吃食的？阿婆瞧著倒像是給那些文人辦詩會的。」趙氏感嘆道。

白氏雙眼亮晶晶的，也是著實第一次見到這般鋪子，與那些酒樓館子都不同。

「那邊是放雜物的房間，裡頭置辦了一張小床。」陳悠介紹道。

其實，這小鋪子這般簡單布置已經花去不少錢，陳悠根本就不敢再作他想了，沒開張也不知道生意如何，若是以後生意好，他們倒是還可以考慮將鋪子再改改。

幾人又看了廚房，陶氏才交代他們做什麼。

陳悠家的鋪子一早就忙得熱火朝天，且前幾日就在外頭掛了開張的日子，縣學裡的學子也各個都是翹首企盼，張元禮也在列。

陳悠正忙著在廚房做藥膳，外頭的陶氏叫她，她叮囑白氏看著鍋，就出去了，一出去便見著孫大姑娘。「孫姊姊，妳怎麼來了？」

孫大姑娘挎著個小竹籃，將陳悠拉到一邊。「還不是聽說妳家藥膳鋪子開張，我就等不及了，就先來看看。」

陳悠聽了笑起來。「孫姊姊覺得怎麼樣？」

「可不得了，我進來都不認識了呢！這哪裡像是吃飯的地方，不曉得的以為是進了文館。」孫大姑娘打趣道。

陳悠與孫大姑娘稍聊了一會兒，孫大姑娘留了些吃食給她，就先告辭了，說中午再與孫老闆一起過來。她也知陳悠這個時候很忙，不宜打擾。

等快到午時，藥膳鋪子的牌匾也掛好了，隨著一聲聲「噼啪」的鞭炮聲，陳悠家的藥膳鋪子終於開張了！

這時正逢縣學午休，縣學裡的大多學子早就對這藥膳鋪子好奇得心癢癢，所以一開張，都三五成群地湧進來，孫老闆與孫大姑娘、唐仲等人都來捧場了。

一時間，小小的藥膳鋪子擠滿了人，秦長瑞急忙將人引到後院。

百味館果然沒讓這些學子失望，聽了秦長瑞的介紹，這些學子也不用人報藥膳名字，都拿著菜單去瞧，有的直接捧著菜單討論起上頭的詩詞來，不服的還留下自己的墨寶。這沒一窩蜂地點餐，倒是讓在廚房的陳悠和陶氏幾人減了些壓力。

那邊從縣學裡走出一個人，一身青布長衫、花白鬍鬚、頭上束著冠，陳悠端著藥膳出來，恰好瞥見此人，認出是王先生。沒想到縣學裡的先生也會來他們百味館，著實讓陳悠驚訝一番。

王先生進了百味館，頓時吵鬧的大堂就安靜下來。他瞥了自己的這些學生一眼，吹鬍子道：「怎地這麼怕老夫，平日也不見你們這般惶恐過，得，該幹啥幹啥，我今日也是來吃藥膳的。」

這話一出，這些學子才鬆了口氣。

張元禮一進百味館，就到處找陳悠。陳悠正在廚房忙得分不開身，哪裡有精力應付他，張元禮在廚房門口瞅了瞅，就被陶氏給攆出去。

張元禮沒法子，只好暫且與同窗一起併桌點了藥膳，可一直待到縣學午休時間結束，陳悠也沒騰出空閒來，張元禮只好懊惱地甩了甩袖子先回縣學。

許是動靜過大，陳悠家的藥膳鋪子「百味館」開張的消息都傳到柳樹胡同那邊，午後還有零散食客來嚐鮮，不過比之午時，人卻是少了許多。

等到傍晚時，陳悠一家又開始忙碌起來，等藥膳鋪子的事忙得差不多了，天色已經完全暗下來。傍晚時，陶氏就讓趙氏先回了，還讓她帶了些吃食回去。

趙氏自然懂女兒的心思，她臨走時給大女兒順了順耳邊散落下來的髮髻，高興到眼角有些濕潤。「雲英啊！妳這日子是越過越好了，娘真是為妳高興，以後即便是恢復記憶了，也不要犯糊塗，阿悠可是你們家的小福星呢！」

陶氏自然知道趙氏說的人是以前的吳氏，她微微笑了笑。「行，娘，我知曉了，阿悠我疼她還來不及呢！妳快些回去吧，再不走，到家就要天黑了。」

「得，我走了。你們晚上回去定是要走夜路，也小心些。」

陶氏將趙氏送到岔路口，這才回轉。

秦長瑞早算好他們回去時定是天黑，早就租好了一輛牛車，這熟門熟路，點著燈籠，大家伙兒也都平安到家了。

只是半路時，陳悠已累得睡了過去，今兒藥膳吃食主要都是她做的，雖然如今陶氏已從「家務渣」轉變成能做些吃食出來的人，可色香味還遠遠不及，平常也只能替陳悠打下手，而白氏雖心靈手巧，但她才第一天接觸，一時做不出個什麼門道來，因此這重擔自然都落在陳悠一人身上，將她給累垮了。

陶氏坐在牛車上，陳悠躺在她懷中，陶氏時不時輕拍著陳悠的後背，她倒也睡得香甜。

秦長瑞先將前頭大房的姪子姪媳婦送回去，才回到家中。

趙燁磊帶著幾個小的立馬就迎出來，見陳悠被陶氏抱著，嚇了一跳。「阿悠這是怎麼了？」

「累得睡著了。」陶氏急忙快走幾步，將陳悠放在西屋臺子床上，替她蓋上薄被才出來。

「幾個小的今日在家中可聽話？」

阿梅連忙答道：「娘，我們都聽阿磊哥哥的話，還與阿磊哥哥練了字。」

陶氏摸了摸阿梅、阿杏的頭。

「嬸子，今兒鋪子如何？」趙燁磊有些緊張地詢問。

陶氏笑起來。「好得很，我們都忙到天黑才回來，阿磊莫要擔心了。」

趙燁磊聽她這麼說，鬆了口氣，他如今是真心希望這個家能日日好起來，不然，他也待得不安心。

「百味館」的生意很好，每日的盈利要比他們之前開藥膳攤子賺得多了許多，只是一家人每日起早貪黑，還要來回林遠縣，尤其是陳悠這個半大孩子便有些支撐不住了。

不兩日，陳悠就累得發燒，將夫妻倆嚇壞了，秦長瑞急忙去唐仲家尋人。

唐仲帶著藥箱就匆匆趕了過來，號了脈，施了針，配藥煎藥。

陶氏憂急地詢問。「阿悠可有大礙？」

唐仲收拾著藥箱。「嫂子，這幾日阿悠是否太過勞累？」

陶氏很慚愧地點頭。

「阿悠如今還在長身體，莫要再讓她這般下去了，若是鋪子忙不過來，便請兩個夥計吧！」唐仲皺眉建議。

「我知道了，多謝唐大夫提醒。」

秦長瑞將唐仲送走，陶氏便與他商量替藥膳鋪子找學徒夥計的事。

陳悠疲憊，秦長瑞夫婦也是看在眼裡，此時陳悠生病，更讓夫妻二人心疼又愧疚，兩個小包子也擔憂地陪在大姊身邊，一步也不願意走開。

等陳悠的高燒退下了，她腦子也清醒起來，藥膳鋪子開了還沒一旬，她存的草藥便已經拮据了。一來她沒想到百味館生意會這般好，二來鋪子的草藥消耗要比攤子多上許多，早已超過她的預估。

可藥膳鋪子要開下去，沒藥材可不行，現下在林遠縣又去哪兒弄那些藥材，陳悠是頭疼得緊。她閉著眼，腦中還在思慮著這些事，不自覺眉心就皺了起來，可把守在她身邊的阿梅、阿杏嚇著了。

阿梅把小手伸到陳悠的額頭上摸了摸，見陳悠的燒已經退下來，小傢伙才鬆了口氣。阿杏在一邊小聲喚了兩聲「大姊」，陳悠才慢慢轉醒，一睜眼就瞧見身邊的阿梅和阿杏，她虛弱地朝兩個小傢伙笑了笑。

「大姊，妳還頭疼嗎？還有沒有哪裡不舒服？」阿梅邊說著還煞有介事地給陳悠號了脈。

「平人之常氣稟於胃，胃者平人之常氣也。大姊，妳教給阿梅的，阿梅都記得，大姊妳現在是平脈。」

陳悠伸手揉了揉兩個小傢伙的頭髮。「阿梅、阿杏妳們學得真快。」

「大姊，妳好好躺著，阿杏去端湯藥。」阿杏索利地下床，將陶氏溫在鍋中的藥端過來。

陳悠好了許多，坐起身子靠在床頭，接過阿杏手中的陶碗，一口氣喝了藥。

「唐仲叔來過了？」陳悠問道。

阿梅點頭。「爹請唐仲叔來的，唐仲叔還將爹娘說了一頓。」

陳悠汗顏，她這幾日確實有些太過拚命了，凡事都要量力而為，怎麼到了這個時候，她卻是將這根本的道理給忘了呢！

兩個小包子也知道陳悠此時要多休息，端了稀粥給大姊吃，便讓陳悠歇下。

陳悠閉著眼睛，卻一點睡意也無，這藥膳材料已成她的心病。想著想著，便又想到了藥田空間，不自覺地伸手捏了捏藏在衣襟胸口掛著的那枚戒指。

思及藥田空間升級到凡級五品，便能獲得五塊自生藥田，陳悠忍了這些日，終究還是沒能忍住誘惑，再次決定努力讓藥田空間升級，即便藥田空間在干預她的生活，她已然顧不了許多。

——未完，待續，請看文創風412《小醫女的逆襲》3

霸氣說愛 威風有理／花月薰

2016年4月出版

旺宅好媳婦

嫁錯人不如不嫁人！前世命殞的慘痛教訓讓她明白——
後宅求生大不易，靠男人還不如靠自己呢！

文創風 401 1

想起死不瞑目的前世，薛宸心頭的恨意便熊熊燃燒，
今生報仇的時機到了，可正當她忙著執行宅鬥大計時，
俊美無儔的衛國公世子婁慶雲居然成了她家的座上客，
還不時逗逗她，再送上高深莫測的微笑，讓薛宸非常疑惑——
他家乃京城第一公府，而她爹不過區區小官，他倆應該沒交集不是？
為何這腹黑世子對她生出興趣了？她怎麼想都覺得不妙啊……

文創風 402 2

整頓好自家後宅，薛宸終於可以喘口氣，過起愜意的少女生活，
唯一的煩惱就是——一天到晚私闖她閨房的婁慶雲！
雖然知道他視規矩如浮雲，但以美男之姿投懷送抱實在太犯規，
她的心防再怎麼堅不可摧，總有被攻陷的一天……
這還沒煩惱完呢，老天爺竟又對她開了大玩笑——
前世渣夫再次盯上她，面對侯府強聘卻無力反擊，她該如何是好？

文創風 403 3

今生得遇良人，辦了得體的婚禮，薛宸歡喜嫁入衛國公府，
不過掌家真難啊，婆母鎮不了人，後宅簡直亂成一鍋粥了！
儘管挑戰當前，可薛宸跟婁慶雲的感情依然好得蜜裡調油，
他為她請封一品誥命，還把私房錢全交給她管，
喝醉酒也不讓別的女人靠近，樂得當個妻管嚴。
有夫如此，夫復何求？鎮宅之路雖任重而道遠，她也沒在怕的！

文創風 404 4

國公府的媳婦果然難為，除了努力做人，還得關心朝堂。
捲入奪嫡之爭是皇族宿命，但二皇子跟右相的手實在伸得太長，
人想作死果然攔不住，婁家人不是想捏就能捏的軟柿子，
這筆帳她記著了，絕對要加倍奉還給他們！
當她這一品夫人是瞎了還傻了，想跟她比後宅心計簡直自尋死路，
誰要了誰的命，不到最後還不知道呢～～

文創風 405 5 完

為了勤王保家，薛宸與婁慶雲聯手幫助太子奪嫡，
夫君在外圖謀大計，她就負責在敵人的後宅煽風點火，
明的不行來暗的，說起這些豪門，誰家沒有點齷齪事，
女人不必當君子，能讓對手雞飛狗跳、無心正事的都是好招！
但正值成敗的關鍵時刻，婁慶雲卻闖下大禍，只得連夜潛逃，
夫妻有難要同當，她堅持愛相隨，不管天南地北，她都跟定他了！

2016年4月出版

暖心小閨女

文創風 398～400

「五哥，我只恨不是男兒身，
不能回報你一二。」
唉，幸好妳不是男兒身呢！
這傻丫頭，究竟啥時才能開竅啊？

兒女情長 豪情壯闊／醺風微醉

從鬼門關前走了一遭，姚姒重新回到九歲那一年，
這一年母親遭人陷害葬身火窟，她因而被祖母幽禁長達數年，
唯一的姊姊抑鬱寡歡以終，最終她也心如死灰，遁入空門……
所幸重生一回，而今禍事尚未發生，母親仍然活著，
偏偏府裡各懷鬼胎的親戚、包藏禍心的下人依舊存在，
唯有提前布局，才能護著母親、姊姊一世平安，
豈料當她揭開層層謎團後，這才發現——
原來前世母親的死，竟牽扯上龐大的朝堂陰謀，
憑她一個閨閣女兒想要力挽狂瀾，無疑是螳臂擋車！
然而都死過一回了，她還有什麼好害怕的？
只要能帶著母親逃出生天，哪怕墜入地獄也在所不惜！

2016年4月出版

甜姑娘發家記

文創風 396～397

窮不可怕，可怕的是沒有奮發的決心！
現代小資女的古代求生記
縫布偶、烤蛋糕的家政課小技能
讓她第一次創業就上手——

輕快俏皮，妙趣橫生／安然

張青一覺醒來，發現自己穿成個貧窮農女不打緊，
悲催的是，這家人可能一點都不懂什麼叫家和萬事興。
她娘與她被奶奶和大伯娘明裡暗裡的欺壓虐待，
看看大房家兩個兒子肥得流油，再看看自己風吹就倒的小身板，
就知道她的生活有多麼水深火熱啊！
不過既然讓她穿越這麼一回，就不會是來當受氣包的，
她一定要讓疼愛她的父母過上好日子！
靠著現代人的優勢，張青竭力找尋商機，
她撿來碎布做成玩偶吊飾，在市集上大受歡迎，
布偶抱枕大熱賣，讓他們一家得以蓋新屋、買良田，
還有餘錢支持她開點心鋪，販售獨門蛋糕與餅乾。
眼看家境一天比一天好，幸福的日子讓她樂呵呵～～

有情有義・笑裡感動　活得率性・妙語如珠／小餅乾

二嫁得好

穿過來後，
她從寡婦到棄婦到貴婦，活得像倒吃甘蔗，
不只銀兩賺得飽飽，再嫁後夫妻生活也和和美美，甜得快膩人……

文創風 390 1

人家穿越是榮華富貴，而她穿來是個寡婦就算了，
才來沒幾日，居然就被趕出婆家門，帶著兩個小兒子窩山洞裡吃地瓜過活，
唉！穿過來之前沒當過娘，穿過來之後，不得不學著當個娘，
好幾回她氣得三人抱在一起哭，感動也抱在一起哭。
她想，既然回不去了，可得想法子讓這一窩三口吃飽、長進、活好，
看來能使得上力的就是她半吊子醫術、以及時不時來的靈光預感，
她決心要帶著兩個兒子活得有滋有味……

文創風 391 2

楊家人將她嫌得不成樣，還把她從寡婦休成棄婦，
呵呵，她倒覺得離了楊家那狼坑不是壞事，
人呢活著就是要有志氣能自在，機運來了，便能從賺小錢到賺大錢，
瞧她，活得多好，連棄婦都當上了，還怕人家說什麼，
想怎麼過日子就怎麼過日子，兒子想怎麼教就怎麼教，
醫術幫她賺一點，敢於嘗試幫她賺更多，
對人都一張冷臉的老寡婦，疼她的兩個兒子也順便對她好，
連房子都分他們一家三口住，就連老寡婦失而復得的兒子都對她……

文創風 392 3

說真的，楊立冬剛認識田慧這女人時，
他只有想翻白眼跟搖頭的分，要不就頻頻在內心嘆息……
天氣熱，她整個人懶洋洋躺在那兒，要她走動還會生氣；
說什麼都有她的理，直率得不像話，覺得她傻氣偏偏有時又很靈光，
倒是做起生意點子多，教起兒子很有她的理，連別人家的兒子也疼愛有加，
天下有女人像她那樣的嗎？他真真沒見過。
唉，男人一旦對個女人好奇起來，事情就沒那麼簡單了，
自願當起她兩個兒子外加一個乾兒子的接送車夫，
時不時就買好吃的討好三個孩子，人家可還沒叫他一聲爹呢！
那天，還趁她酒後亂性，誆騙她要對他負責，想方設法讓她只能嫁給他……

文創風 393 4 完

她棄婦的日子過得好好，本來沒打算再嫁的，
偏遇到了皮厚的冤家，對她吃乾抹淨還誆她要對他負責，
看在他對自家兩個兒子這麼照顧的分上，心想就跟他湊合著過看看吧……
沒想到，他對自己真是好得沒話說，
這一生，她沒奢想過能二嫁個皇上器重的將軍，
親兒子、乾兒子全考中、還連中三元，連開的餐館都賺得荷包滿滿，
現在的她什麼都不求，只求能度過命中這關卡，能跟他長長久久……

為流浪貓狗加油 和貓寶貝 狗寶貝 廝守終生(一定要終生喔!)的幸福機會

對人來說，貓寶貝狗寶貝只是生活的一部分，但妳(你)對牠們來說，卻是生活的全部，領養前請一定要考慮清楚——

▲ 我不凶，其實我很乖的Countess

性　　別：女生

品　　種：混種，可能混古代牧羊犬或拉薩犬

年　　紀：2歲多

個　　性：親人、親狗、親貓，愛撒嬌，非常友善

健康狀況：血檢正常，已施打狂犬、十合一疫苗，已點蚤不到除蟲

目前住所：新北市新莊區

本期資料來源：台灣認養地圖

『Countess』的故事：

與Countess的第一次相遇是在彰化員林的收容所，Countess是一隻混種的中大型㹴犬，一開始看到牠時，由於牠巨大的體型，大家認為是混古代牧羊犬，後來經過志工們再次判定，認為混拉薩犬的機率比較高。

Countess的外型雖很巨大，但個性卻與牠的外表截然不同，十分害羞膽小，完全不會凶而且非常喜歡撒嬌，看得出來曾經被人類飼養過，卻因不明原因被主人狠心地遺棄在山上。

Countess喜歡外出散步上廁所，牠很乖巧，拉著繩子牽牠散步時不會亂衝亂跑。目前新莊的志工正在訓練Countess也能在室內大小便，讓未來寵愛牠的新主人可以避免下雨天的窘境。

Countess吃飯時有一個有趣的習慣，牠常常一邊吃著碗裡的食物，一邊盯著其他同伴吃飯，非常不專心，可能Countess覺得同伴的食物比較好吃吧！

Countess在個性上算是慢熟型，初到新環境若聲響太大會嚇到躲在桌子下，非常膽小，但害怕之餘還是會偷偷觀察大家在做什麼，經過自己幾天的觀察後，就會主動靠近人和同伴，甚至會用頭去頂人討摸摸呢！

如果你/妳正在找一隻外型「大男人」但內心卻「小女人」的寵物作伴，請給Countess一個機會，相信你/妳絕對不會失望。歡迎來信carolliao3@hotmail.com(Carol 咪寶麻)，主旨註明「我想認養Countess」。

編註：不要猶豫，趕快來看看！更多Countess的生活照就在這裡！
https://www.facebook.com/liao.carol.3/media_set?set=a.10205457223702769.1615840763&type=3

認養資格：

1. 認養者須年滿25歲，有獨立經濟能力，並獲得家人、同住室友或房東的同意。
2. 認養前須填寫問卷，評估是否適合認養。
3. 須同意簽認養寵物切結書。
4. 同意送養人日後之追蹤探訪，對待Countess不離不棄。

來信請說明：

a. 個人基本資料：姓名、性別、年齡、家庭狀況、職業與經濟來源等。
b. 想認養Countess的理由。
c. 過去養寵物的經驗，及簡介一下您的飼養環境。
d. 若未來有當兵、結婚、懷孕、畢業、出國或搬家等計劃，將如何安置Countess？

文創風 411

小醫女的逆襲 2

國家圖書館出版品預行編目資料

小醫女的逆襲 / 墨櫻著. --
初版. -- 臺北市 : 狗屋, 2016.05
冊 ; 公分. --（文創風）
ISBN 978-986-328-592-2（第2冊：平裝）. --

857.7　　105003846

著作者　墨櫻
編輯　黃鈺菁
校對　黃薇霓　許雯婷
發行所　狗屋出版社有限公司
地址　台北市104中山區龍江路71巷15號1樓
電話　02-2776-5889～0
發行字號　局版台業字845號
法律顧問　蕭雄淋律師
總經銷　知遠文化事業有限公司
電話　02-2664-8800
初版　2016年5月
國際書碼　ISBN-13　978-986-328-592-2
原著書名　《医锦》

定價250元
狗屋劃撥帳號：19001626
網址：love.doghouse.com.tw　E-mail：love@doghouse.com.tw